강안남자 1부 5

강안남자 1부 5

초판1쇄 인쇄 | 2018년 3월 26일
초판1쇄 발행 | 2018년 4월 9일

지은이 | 이원호
펴낸이 | 박연
펴낸곳 | 한결미디어

등록일자 | 2006년 7월 24일
등록번호 | 제25100-2006-152호
주소 | 서울시 마포구 모래내로 83 한올빌딩 6층
전화번호 | 02 · 704 · 3331
팩스번호 | 02 · 704 · 3330

ISBN 979-11-5916-084-4 979-11-5916-079-0(set) 04810

강인한남자

強顏男子

1부

5

이원호 장편소설

한결미디어
HANGYEOL MEDIA

목차

1. 세계는 넓다 2

한강변에 세워진 블루호텔의 클럽은 경치도 좋을 뿐만 아니라 물도 좋은 곳이다. 거기에다 회원제로 운영되고 있어서 뜨내기가 걸러지고 노른자만 출입되는 일급 클럽인 것이다. 식당 앞에는 차 두 대가 세워져 있었는데 유문수의 국산 최고급 승용차에다 여자들이 타고 온 흰색 벤츠였다. 모두 대리 운전사가 대기하고 있는 터라 여자와 남자는 따로 타고 블루호텔을 향해 출발했다. 저녁 9시 반이 되어가고 있었다. 차가 강변도로로 진입했을 때 조철봉이 앞쪽을 본 채 정색하고 말했다.

"야, 인마. 사생결단을 하고 달려들란 말이다. 기회는 오늘밖에 없어."

문수가 머리를 돌려 조철봉의 옆모습을 보았다.

"그게 무슨 말이냐?"

"오늘 끝내지 않으면 기회는 다시 오지 않는단 말이야."

"글쎄, 그건 알지만."

"박지연이한테 밀어붙여. 난 나머지 둘을 맡을 테니까."

"술이나 잔뜩 먹일까?"

"그건 네가 알아서 하고."

심호흡을 한 조철봉이 의자에 등을 붙였다. 블루호텔에는 이쪽 차가 먼저 도착했으므로 그들은 현관 앞에서 여자들을 기다렸다.

"나 화장실에 다녀올 테니까 넌 여자들 오면 클럽으로 데려와."

조철봉이 문수에게 말했다.

"내 손님이라면 안내해 줄 거다."

세상에서 제일 한심한 놈을 꼽으라면 그 첫 번째로 비싼 술에다가 비싼 이차값까지 내고서 아가씨하고 호텔방에 들어갔다가 나와서는 다음 날 아침 집에서 깨어나 보니 어젯밤 아가씨하고의 기억이 마치 필름이 딱 끊긴 것처럼 생각나지 않는 경험을 가진 놈이 될 것이다.

그러고는 일장춘몽으로 생각하기에는 너무나 돈이 아까워서 차라리 증명이라도 되도록 성병 증후가 보이는가를 기대하는 놈이다. 그리고 두 번째로 한심한 놈이 친구한테 여자 데리고 와서 저 잘되기를 바라는 놈인데 바로 문수가 될 것이다. 조철봉이 클럽에서 기다린 지 15분쯤 지났을 때 문수가 여자들과 함께 들어섰다. 블루호텔의 클럽은 1백50평쯤 규모에 중앙에는 작은 플로어가 있고 벽 쪽으로 테이블이 배치되었는데 좌석 간의 간격이 넓었다. 조용하고 아늑한 분위기여서 손님의 반 정도는 외국인이었고 한국인 회원은 30대 후반의 사업가가 대부분이다.

"분위기가 좋아, 이곳은."

조철봉의 왼쪽에 앉으며 희영이 말했다. 그때 지연이 오른쪽에 앉았다.

그러나 유문수가 지연의 옆쪽에 앉았으므로 유경이 조철봉의 사정거리에서 멀어지게 되었다. 문수와의 작전대로라면 조철봉은 양쪽에 유경과 희영을 앉게 해야만 되었는데 지연이 덥석 유경이 앉아야 할 자리를 차지한 것이다. 술과 안주를 시킨 조철봉이 먼저 희영을 보았다.

"먼저 나하고 한번 추실까요?"

플로어에는 블루스 음악에 맞춰 서너 쌍의 남녀가 돌고 있는 중이다.

"좋아요."

선뜻 일어난 희영이 조철봉의 팔을 잡았다. 자연스러운 동작이다. 그러나 조철봉은 처음부터 희영을 만만하게 보지 않았다. 경험에 의하면 차갑고 굳어져 있어서 근접하기 힘들었던 여자가 빨리 허물어진 경우가 많았던 반면에 희영 같은 스타일은 입으로는 막 나갔지만 옷을 벗기기가 힘들었던 것이다. 플로어에서 희영의 허리를 안고 두 번을 돌았을 때 조철봉은 철봉에 열이 오르는 것을 느낄 수가 있었다. 희영의 부드러운 반응 때문일 것이다. 춤만큼 남녀 간의 교감을 증진시키는 행위는 어느 곳에도 없다. 마주보며 서로 안은 자세에서 비틀고 흔들며 같이 발을 떼는 동작이 반복되면서 일체감을 갖게 되기 때문일 것이다.

"어머."

몸을 트는 순간 철봉이 희영의 허벅지 안쪽을 찌르고 지났을 때 짧은 탄성이 일어났다. 시선을 돌린 조철봉은 희영이 눈을 반짝이며 웃는 것을 보았다.

"그것이 화났네."

"신경쓰지 마, 예의상 그런 거니까."

"예의상?"

그러고는 희영이 쿡쿡 웃었다. 그때 다시 턴을 하던 조철봉은 희영이 하체를 바짝 붙이는 바람에 자세가 조금 틀어졌다. 그 대신 철봉이 희영의 허벅지 안쪽을 더 세게 찌르고 지나갔다.

"버섯이 크네."

희영이 다시 말했을 때 조철봉은 허리를 감은 손을 힘을 주어 당겼다. 그러자 정면으로 철봉이 희영의 아랫배 조금 위쪽을 눌렀다.

"내 건 철봉이야."

"그렇지, 조철봉 씨."

"철봉 같으라고 아버지가 지어주신 이름이야."

"어떻게 할 거야?"

불쑥 희영이 물었으므로 조철봉은 흘끗 테이블 쪽을 보았다. 문수는 지연과 이야기를 하는 중이었는데 적극적이었다. 아예 바짝 붙어 앉아 있는 것이다.

"뭘?"

대충 짐작이 되었지만 조철봉이 희영을 이끌고 플로어 위쪽의 어둠 속으로 옮겨 가며 되물었다.

"뭘 어떻게 한다고 그래?"

"유 사장은 다 싫어해."

희영이 하반신을 바짝 붙이며 말했다.

"스타일을 다 알거든. 캐디한테 팁도 짜게 준다고 소문이 났는걸 뭐."

"팁 짜게 준다고 싫어한단 말이야?"

"스타일을 다 안다니까 그러네."

"그럼 오늘 왜 나온 거야?"

"하도 보채서, 그리고 친구 데리고 나온다고 해서."

다시 하반신을 비빈 희영이 얼굴을 펴고 웃었다.

"신통치 않으면 일 있다면서 빠져 나가기로 했거든, 그런데 아무도 안 나가는 거야. 그건 우리 셋이 다 자기를 좋아한다는 것이지."

사나이로 태어나서 할일이야 물론 많지만 이만큼 보람 있는 말을 듣는 사나이는 드물 것이었다. 조철봉은 희영의 허리를 바짝 당겨 안았다. 다음 순간 조철봉의 머릿속은 분주하게 움직이기 시작했다.

조철봉이 희영과 자리로 돌아왔을 때 어떤 수작을 부렸는지 문수는 지연을 데리고 플로어로 나간 후였다.

"지겨워 죽겠어, 정말."

그들이 자리에 앉자마자 유경이 말했는데 눈썹이 치켜들려 있었다.

"저 짠돌이는 오늘 지연이를 어떻게 해보려고 작심한 모양이다, 애."

유경이 희영에게 고자질을 했다.

"내가 옆에서 듣는데도 별소리를 다 하더라니까. 애들 장래도 책임지겠대."

조철봉이 웃음 띤 얼굴로 유경을 보았지만 더 이상의 폭로는 나오지 않았다. 어쨌든 문수가 오버한 것은 사실이었다. 조철봉의 충고대로 사생결단을 하고 나섰다고 해도 애들 장래까지 책임진다고 한 것은 너무 나갔다.

"그렇다면…."

힐끗 희영에게 시선을 준 조철봉이 유경을 보았다.

"우리도 나가서 한번 추실까?"

"이그 지겨워."

유경이 눈을 흘겼다.

"왜 오늘은 쪽수가 맞지 않아서 내가 이 꼴이 되었는지 모르겠네."

"어벙한 놈 서넛보다 단단한 놈 하나가 낫지."

"얘, 철봉이다."

그러고는 희영이 푸득 웃었으므로 유경이 눈을 동그랗게 떴다.

"그게 무슨 말이야?"

"조시 철봉이란 뜻이야."

조철봉이 정색하고 대신 대답했다.

"내 이름이."

"실제로도 그렇대."

희영이 덧붙여 주었을 때 유경의 얼굴도 환하게 펴졌다. 새침할 때와는 얼굴 표정이 아주 달라졌으므로 조철봉의 가슴은 철렁 내려앉았다. 감동을 먹은 것이다.

"정말?"

유경이 호기심이 가득 찬 표정으로 물었을 때 조철봉은 정색했다.

"그럼."

이제 유경하고도 슬쩍 말을 놓았다.

"시범을 보일 수도 있어."

"어떻게?"

"주전자에다 물을 가득 담아서 걸어 놓을 수 있어."

"어머머."

"세 살쯤 된 아이가 매달려서 철봉 놀이를 한 적도 있어."

"으흐흐."

"그네 줄을 달아서 시험해 보려고 했지만 도와주는 사람이 있어야 되었기 때문에 못 했어.”

“히히히.”

“자, 나갈까?”

그대로 정색한 조철봉이 일어나 손을 내밀자 유경이 먼저 바지 지퍼 쪽에 시선을 주더니 따라 일어섰다. 아직도 웃음 띤 얼굴이다.

“너무 문지르지 마.”

조철봉의 뒤에서 희영이 소리쳤다. 플로어로 나간 조철봉은 유경의 허리에다 살짝 손만 걸쳐 놓았다. 그러고는 몸을 5센티쯤 떼어놓고 스텝을 밟기 시작했다. 유경의 손은 부드럽고 섬세했다. 짧은 머리칼 밑으로 뻗어나간 목의 선도 육감적이다. 그러나 서너 번 돌면서 하체가 잠깐 스치기는 했어도 철봉이 유경의 몸에 닿지 않도록 조철봉은 배려했다. 물론 뻔한 작전이었고 그것을 유경이 모를 리 없었다. 음악에 맞춰 다시 몸을 틀었을 때였다. 유경이 하체를 바짝 붙여 왔으므로 조철봉은 눈을 크게 떴다. 철봉이 유경의 허벅지 사이를 정통으로 찔렀기 때문이다.

“왜 이래.”

“엄마, 진짜 철봉이네.”

유경이 두 눈을 반짝이며 웃었다.

이것으로 유경의 지겨웠던 기분은 싹 풀어졌다. 만나서 평생 같이 살 서방을 잡는 것도 아닌 터에 서로 즐거운 분위기로 지내다가 흩어지는 것이다. 그런 분위기를 위하여 사생결단의 자세로 임하라고 했더니 문수는 뜬금없이 애들의 장래까지 책임지겠다고 했다. 세상에 오입 한 번으로 상대한 여자의 애들 장래까지 책임질 정신 나간 놈이 있겠는가?

또 그것을 믿어줄 미친 여자가 있겠는가 말이다.

"세상에."

이번에는 조철봉이 솔선하여 철봉을 부딪치자 유경이 감탄했다.

"진짜 철봉이네."

"내 철봉의 비공식 기록으로는."

조철봉이 몸을 틀어 다시 철봉이 스치고 지나게 하면서 말했다.

"하룻밤에 여섯 번까지 해 보았지. 걸린 시간은 대충 여덟 시간, 물론 철봉이 들어가 있는 시간이야."

"어머머."

이제 유경은 조철봉의 철봉을 허벅지 사이에 낀 채로 몸을 좌우로 흔들고만 있다. 플로어에는 사람들로 차 있어서 그것이 오히려 자연스럽게 보이기도 했다. 유경이 번들거리는 눈으로 조철봉을 올려다보았다.

"남자들은 다 그래. 그 이야기는 모두 허풍을 섞는다고."

"실물을 느끼고서도 몰라?"

조철봉이 철봉에 힘을 주어 누르자 유경의 숨이 가빠졌다.

"나, 열이 올라."

"그럼 식혀야지."

"어떻게?"

"화장실에 가서 흔들고 와."

"미쳤어. 더럽게."

조철봉이 다시 유경의 하체에 철봉을 비볐다.

"방법이 있긴 해."

"뭔데?"

"잠깐 나하고 호텔방에 올라가서 철봉놀이를 하고 내려오는 거야."

"애들이 다 보잖아?"

유경이 이제는 제가 하체를 조철봉의 철봉에다 비볐다.

"우리 헤어졌다가 다시 만나면 안 돼? 애들 모르게."

조철봉은 심호흡을 했다. 애초에 하나를 찍어 소기의 목적을 달성하려던 계획이었으니 이것으로 게임이 끝난 것이 될 것이다. 처음에는 지연을 찍었다가 문수에게 양보해야만 했고 다음에 희영과 금방 접근되었는데 본론에 닿은 것이 유경이다. 그러나 세상 남자들에게 길을 막고 물어봐도 이 시점에서 유경만으로 끝낸다면 그야말로 세 번째쯤 한심한 놈이 될 것이었다.

"좋아, 하지만 우리 내기 할래?"

"어떻게?"

유경이 이제는 상체까지 바짝 붙이면서 물었다. 유경의 숨결에서 레몬향이 맡아졌다. 조철봉은 몸을 틀어 테이블 쪽에다 등을 보이고는 유경의 입술에 입을 맞췄다. 잠깐 입술만 붙였다 떼었는데도 유경의 두 눈이 몽롱해졌고 입술이 더 벌어졌다. 그러자 철봉에 더 힘이 실려지면서 유경의 호흡이 그만큼 더 가빠졌다.

"자기야, 미치겠어."

유경이 다시 하체를 비비며 말했을 때 조철봉은 정신을 차렸다. 유경한테는 이제 비즈니스적으로 말한다면 돈을 빌린 것이나 같다. 돈을 준 것이 아니라 빌린 것이다. 빌렸으니 앞으로는 내 맘이다. 돈을 받으려면 유경은 따라야 한다. 그때 조철봉이 유경의 귀에 대고 속삭였다.

"내가 지연이를 꼬셔서 침을 한 방 놓을까? 아니꼽게 구니까 말이야. 딱 10분만. 이건 너만 알고 있기로 하고."

"미쳤어."

금방 유경이 그렇게 말을 뱉었지만 크게 뜬 눈에는 호기심이 반쯤 섞여 있는 것을 조철봉은 보았다. 물론 그것은 10분 대(對) 긴 밤이라는 프리미엄을 갖고 있으니까 발생될 수 있는 호기심일 것이다. 조철봉은 유경의 허리를 바짝 당겨 안았다.

"평소에 박지연이 아니꼽게 굴었지?"

"그래, 별것도 아닌 것이."

유경이 눈을 치켜떴다.

"셋이 다니면서 그년은 꼭 공주처럼 굴어. 지가 나은 게 뭐가 있다고."

"그럼 내가 코를 납작하게 해주지."

"괜히 따먹고 싶어서."

"딱 10분."

그러고는 조철봉이 유경의 허벅지 사이에 낀 철봉을 비비면서 웃었다.

"감질만 나게 해주고 마는 거야."

"어떻게?"

"매달릴 때 나오는 거지."

"그걸 어떻게 믿어?"

걸려들었다. 심호흡을 한 조철봉이 정색한 얼굴로 유경을 내려다보았다.

"네가 보면 되잖아? 내가 방 열쇠를 줄 테니까 먼저 방에 들어가서 기다려. 그렇지, 옷장에 숨어 있으면 되겠다."

"옷장에?"

놀란 유경이 눈을 둥그렇게 떴지만 이야기에 빨려는 들었다. 그래서 허리를 흔드는 것도 잊고 물었다.

"옷장에서 뭐 해?"

"내가 지연이를 달아오르게 하고 나서 사정없이 빼내는 걸 보라고."

"미쳤어."

했다가 다시 유경이 머리를 들었다.

"어떻게 데리고 나갈 건데? 그 아니꼬운 것이 사람들 다 있는데 졸랑졸랑 호텔방에 따라 올라갈 것 같아?"

"그건 네가 도와줘야 돼."

"어머나."

퍼뜩 눈을 치켜떴던 유경이 궁금한 듯 곧 물었다.

"어떻게?"

"지연이가 머리가 아프다고 바깥바람을 쏘이러 나가도록 할게."

"그래서?"

"그때 네가 따라 나가는 거야. 내가 지연이한테 널 데리고 나가도록 할 테니까 지연이가 너한테 같이 나가자고 하겠지."

"그래서?"

"로비로 나왔을 때 넌 전화를 받게 돼. 그래서 지연이한테 30분만 밖에서 누굴 만나고 클럽으로 돌아가겠다고 하는 거지."

"그 전화는 자기가 하는 거고?"

"그래, 그럼 넌 키를 갖고 방으로 들어가서 옷장에 있는 거야. 물론 문은 잠그지 말고 열어놔. 내가 밀기만 하면 열리도록."

"그럼."

이맛살을 찌푸렸던 유경이 다시 조철봉을 보았다.

"그 사이에 자기가 혼자 있는 지연이를 꼬셔서 방으로 데려 오겠다는 거야?"

"이곳에서 미리 약을 발라 놓아야지."

"이 사람 도사네."

갑자기 유경이 손을 내리더니 조철봉의 철봉을 꽉 쥐었다가 놓았다. 조철봉이 허리를 뒤로 빼며 이맛살을 찌푸렸을 때 유경이 눈웃음을 쳤다.

"진짜 철봉이네."

"그럼 들어가자."

조철봉이 손을 끌자 유경이 버텼다.

"잠깐, 약속하고 가."

"뭘?"

"시간."

"좋아, 넣고 나서 10분."

"그 정도면 끝나겠다."

"난 한 시간이야."

조철봉이 어깨를 부풀리며 말했다.

사촌이 땅을 사도 배가 무지 아프다는 옛말도 있듯이 자유 시장 경제 사회인 작금에 이르러서는 다 경쟁자가 된다. 자유 시장 경제 체제에서는 열심히 일한 사람이 그만큼 대가를 받으며 게으르고 뒤처진 사람은 낙오되는 것이 당연한 것이다. 그리고 그것이 산업과 기술 발달의 원동력이 되었지 않은가?

유경이 지연을 함정으로 빠뜨리는 것에 동의한 것은 물론 시기심에다 아니꼬움 때문일 것이었다. 거기에다 술기운이 섞여 스릴과 흥분을 맛보려는 충동이 작용했을지도 모른다. 어쨌든 조철봉은 고스톱에서 기본 3점은 해놓고 고를 부른 상황처럼 되었으므로 더 긴장해야만 되었다. 경쟁 사회에서는 승자와 패자가 나눠지는 법이다. 균등 분배는 돼지 사육장에서 사료를 줄 때나 사용된다.

세상에, 세 명의 미인을 앞에 두고 어느 시러베아들 놈이 감히 이래라 저래라 한단 말인가? 더욱이 세 미인은 주관과 이성을 가진 생물이다. 열심히 뇌를 움직여 그 대가를 차지하면 되는 것이고 그것에 가책을 느낀다면 돼지 사육장 안으로 들어가야 된다. 자리로 돌아왔을 때 문수와 지연도 자리에 앉아 있었다. 희영은 그 사이에 위스키를 몇 잔 더 마신 모양으로 눈이 더 번들거리고 있었다.

"너, 분위기 좋더라."

문수가 말했을 때 조철봉은 지연의 눈치부터 보았다. 지연은 잠자코 옆모습만 보이고 있었는데 입가에 모나리자 같은 미소만 띠고 있는 것이 아닌 게 아니라 유경이나 희영의 미움을 살 만했다. 조철봉이 시선을 돌렸을 때 유경의 시선이 퍼떡이며 부딪쳐 왔다. 그리고 부딪친 순간 입 끝에 희미한 웃음기를 띠어 보인 것은 마치 연출가의 '고' 사인 같았다. 조철봉이 가볍게 헛기침을 하고 지연에게 말했다.

"아무래도 예의상 지연 씨하고도 한번 춰야겠는데, 나가실까요?"

"아뇨, 괜찮아요."

지연이 웃음 띤 얼굴로 머리를 저었다.

"저한테는 예의 차리지 않으셔도 돼요."

바로 이것이 친구들한테 미움을 사는 이유 중의 하나일 것이었다. 좋으면서도 싫은 척, 없으면서도 있는 척, 했으면서도 안 한 척, 그랬다가 하나씩 들통이 나면서 왕따가 된다. 그렇지만 매력적이다. 조철봉이 자리에서 일어나 지연의 팔을 잡았다.

"자, 나가십시다. 음악이 딱 좋은데."

어떤 음악인지 귀에 들어오지도 않았지만 어떤 핑계를 대든지 이렇게 끌게 되면 지연이 따라 나오리라고 조철봉은 믿었던 것이다. 과연 지연은 못 이긴 척 자리에서 일어섰고 그 순간 조철봉은 희영과 유경의 입술에 잠깐 스쳐가는 웃음을 보았다. 유경의 웃음이 더 진했던 것은 공모자로서의 입장 때문이었을 것이다.

"야, 빨리 들어와."

문수가 뒤늦게 말했지만 기세가 떨어져 있었다. 아마 플로어에서 애들 장래에서 한 걸음 더 나아가 지연의 친정 부모의 여생까지 들고 나왔지만 반응이 신통치 않았는지도 모른다. 지연은 이혼녀였고 초등학교에 갓 입학한 큰애와 5살짜리, 두 아이를 혼자 키우고 있다는 것이다. 플로어에 나와 지연의 허리를 감아 안은 조철봉이 속삭이듯 말했다.

"당신과 시선이 마주칠 때마다 가슴이 절벽에서 떨어지는 것처럼 울려."

"호호."

지연이 낮게 웃었을 때 조철봉은 입술을 지연의 보기 좋은 귓불에 붙였다.

"처음 당신의 눈빛을 보았을 때 날 원하고 있다는 걸 알았어. 당신의 눈이 그렇게 말하고 있었거든."

조철봉은 더운 입김을 지연의 귀에 불어넣었다.

"흐흐흐."

목을 움츠린 지연이 다시 낮게 웃었다.

"유 사장이 조 사장을 뭐라고 한 줄 알아요?"

"뭐라고 했는데?"

"전국구래."

"뭣이?"

"쓰레기라고도 했어."

"으음."

헛기침을 한 조철봉이 지연의 허리를 당겨 안았다. 유문수도 나름대로 열심히 공작을 하고 있었던 것이다. 상대방을 까부숴야 자신이 산다. 경쟁 사회에서 당연한 일이었고 자신도 문수에게 생사를 걸고 부딪치라는 충고를 했지 않은가? 조철봉은 다시 입술을 지연의 귀에 붙였다.

"잠깐 바깥바람을 쏘이겠다면서 밖으로 나가. 물론 혼자 나가면 이상하게 생각할 테니까 이유경을 데리고 나가라고. 그러고 나서 나하고 둘이 되는 거야."

"어떻게?"

정색한 지연이 눈을 크게 뜨고 조철봉을 보았다. 하체가 바짝 붙여져 있었으므로 조철봉은 슬슬 허리만 비틀었다.

"내가 이유경하고 나가자고 약속을 했거든. 바람 쏘인다면서 너와 나가기로 말이야."

"그래서?"

"나가면 이유경한테 전화를 해서 호텔방에서 만나기로 했어."

"어머머."

"그럼, 이유경을 방에서 기다리게 하고 난 너하고 있는 거지."

"바람맞히고?"

"그래."

"기가 막혀."

"기가 막힌 쓰레기지."

성이 난 철봉을 지연의 하체에 비벼댄 조철봉이 귀에 대고 말을 이었다.

"유경이는 아마 너한테 잠깐 밖에서 일을 보고 들어온다고 할 거야. 그 사이에 넌 나하고 있으면 돼."

"유경이는 방에서 기다리고?"

"내가 미리 방을 잡아 줄 거야."

"정말 이 남자."

지연이 이맛살을 찌푸렸다.

"자기는 뭐라고 하고 나올 거야?"

"난 화장실에 간다고 하면 돼."

"유경이가 화낼 텐데."

"대놓고 화는 못 내겠지."

그러고는 조철봉이 다시 지연의 허리를 당겨 안았다.

"어때? 스릴 있지 않아? 멀쩡한 표정으로 즐기고 오는 게 말이야."

"딱 10분만."

"그래, 밑만 벗고 딱 15분."

"알았어."

이번에는 지연이 하체를 밀어 붙이더니 한바탕 비비고는 떼었다.

"그래, 해봐. 내 핸드폰 번호 외워 놔."

지연이 불러준 핸드폰 번호를 복창하고 난 조철봉은 시치미를 뗀 얼굴로 함께 자리로 돌아왔다.

"야, 뭐하고 이제 와?"

시간이 별로 되지 않았는데도 문수가 투덜거렸지만 조철봉은 서둘렀다. 화장실로 가는 시늉을 하고 웨이터를 불러 두둑한 팁을 얹어서는 방 두 개 값을 쥐어주자 웨이터는 2분만에 아래층 프런트에 다녀오더니 키 두 개를 건네주었다.

키 번호를 확인한 조철봉은 자리로 돌아오는 길에 유경의 옆에 서서 술병을 집는 시늉을 하면서 손에 키를 쥐어 주었다. 그때 무대 위에서 꽤 잘나가는 가수가 노래를 부르고 있었으므로 모두의 시선이 그쪽으로 쏠려 있는 참이었다. 조철봉이 자리에 앉았을 때 유경이 지연에게 말했다.

"지연아, 머리 아프니까 잠깐 밖에 나가서 바람 쐬고 오지 않을래?"

유경에게는 지연의 코를 납작하게 해준다고 했으며 지연에게는 유경을 바람맞힌다고 했으니 둘을 다 속인 것이지만 둘이 함께 나가는 데 이의가 있을 리 없다. 유경이 말하자 지연이 자리에서 일어섰다.

"그래, 맑은 공기를 좀 마셔야겠어."

"나도 같이 갈까?"

그때 문수가 엉덩이를 조금 들고 말했다가 유경한테 핀잔을 들었다.

"좀 기다려요. 화장실에도 따라 오실 거야?"

유경과 지연이 나갔을 때 희영이 웃음 띤 얼굴로 조철봉을 보았다.

"저것들이 모처럼 짝이 되었네. 좀처럼 둘이 어울리지는 않는데."

"그런가?"

건성으로 대답한 조철봉이 자리에서 일어섰다.

"난 화장실에 간다."

"젠장."

분위기가 산만해진 것이 못마땅한 듯 문수가 이맛살을 찌푸렸지만 따라 일어서지는 않았다. 복도로 나온 조철봉은 핸드폰을 꺼내 들고는 먼저 유경의 번호를 눌렀다. 벨이 두 번 울렸을 때 유경이 금방 응답했다.

"여보세요."

"난데, 이야기를 조금 길게 해야겠지?"

"어머, 언니. 지금 어디세요?"

유경이 놀란 듯한 목소리를 냈다.

"방에서 기다리고 있어. 스릴이 있을 거야. 내가 데려갈 테니까."

"이 근처에 계신다고요?"

"벽장에 들어가기 거북하면 밖에서 기다리든지. 문은 열어놓고 말이야."

"알았어요. 제가 갈게요."

그러고는 유경이 먼저 전화를 끊었으므로 조철봉은 쓴웃음을 지었다. 조철봉이 엘리베이터를 타고 내려가 712호실에 들어선 것은 그로부터 3분쯤 후였다. 유경의 방은 807호실이었으니 위층이다. 침대에 걸터앉은 조철봉이 다시 핸드폰의 다이얼을 누르자 곧 지연이 전화를 받았다.

"여보세요."

"여기 712호실이야."

"알았어요."

지연의 목소리가 차분해져 있는 것은 이미 유경이 떠났기 때문일 것이었다. 옥상에서 유경은 807호실로 내려왔고 지연은 712호실로 오는 것이다. 지연이 방으로 들어섰을 때는 2분 후였다.

"정말 웃겨."

조철봉이 문을 잠갔을 때 지연이 웃음 띤 얼굴로 말했다.

"내가 지금 무슨 짓을 하는지 모르겠어."

"자극이지."

바지 혁대를 풀면서 조철봉이 정색하고 말했다.

"감동이고."

"미쳤어."

"팬티만 내려."

다가간 조철봉이 지연의 스커트를 들쳐 올리고는 팬티를 잡았다. 그때 지연이 눈을 흘기고는 조철봉의 손을 잡았다.

"벗을 거야."

"그럼 스커트만 벗어."

지연이 선 채로 스커트와 팬티를 벗더니 조철봉을 보았다. 그때 조철봉은 이미 아래를 벗고 기다리는 참이다.

"15분이야."

조철봉이 지연을 침대 쪽으로 밀면서 말했다. 지연의 상반신을 침대에 기대놓은 조철봉은 후배위의 자세로 진입했다. 애무는커녕 손도 잡지 않은 상태로 진입한 것이다. 철봉이 샘 주위를 맴돌지도 않고 들어섰지만 지연의 깊은 곳은 이미 젖어 있었다. 낮게 신음을 뱉은 지연이 엉덩이를 움직여 쾌감을 더 음미했다. 조철봉은 지연의 흰 엉덩이를 움켜쥐었다.

지연은 금방 달아오르기 시작했다. 감동이라면 조금 미안한 표현이고 자극을 받았기 때문일 것이다. 숨어서 벌이는 정사에 남녀가 몰입하듯이 몰래 빠져나와 잠깐 즐기는 스릴에 온몸의 신경이 곤두선 상황이 아니겠는가? 조철봉의 공격은 거칠었다. 잔재주를 넣지 않고 마치 선머슴처럼 무지막지하게 진퇴 운동만 반복했는데 그것이 지연을 더욱 자극시켰다.

신음이 빨라지면서 절정에 오르려는 듯이 상반신이 뒤틀려졌고 하체의 움직임도 격렬해졌다. 그러더니 이윽고 길고 높은 탄성을 뱉으며 온몸이 굳어졌다. 지연이 시트를 잡아 비틀면서 굳어진 시간은 정확히 12분 30초였다. 조철봉의 바로 눈앞 탁자에 전광시계가 깜박이고 있었으므로 초 단위까지 계산이 된 것이다. 조철봉은 철봉을 넣은 채 오직 드러난 지연의 흰 엉덩이를 쓰다듬었다.

"좋았어."

지연은 신음만 뱉으며 대답하지 않았다. 기력을 다 쏟은 듯 상반신을 침대에 붙이고 있었는데 기묘한 자세가 조철봉의 성욕을 더욱 촉발시켰다. 그러나 조철봉은 몸을 떼었다. 그러고는 발목 밑으로 내려놓기만 했던 팬티와 바지를 추슬러 입었을 때 지연이 머리만을 틀고 조철봉을 보았다.

"어디 가?"

"정확히 15분 되었어."

조철봉이 정색하고 말하자 이제는 지연이 몸을 돌려 누웠다.

"글쎄 어디 가느냐구?"

시트로 하체를 가리면서 지연이 정색했다. 아직 가쁜 호흡은 가라앉지 않았지만 눈동자의 초점은 잡혀져 있다. 바지 혁대를 채운 조철봉이 지연을 내려다보며 웃었다.

"유경이한테."

지연은 그것을 묻고 있는 것이다. 그러자 지연이 눈을 치켜떴다.

"뭐 하러?"

"그쪽도 15분이야. 기다리고 있을 텐데 실망시키면 안 되지."

"참 내."

지연은 뒷말은 잇지 않았다. 마음대로 말을 뱉으라면 개새끼나 미친 놈, 또는 쓰레기 등 할 말이 많겠지만 이미 사또 떠나고 나팔 부는 격이며 택시 지나고 나서 손드는 꼴이다. 다시 말하면 볼일은 다 보았으니 무슨 말을 들어도 상관이 없는 것이다. 조철봉이 정색하고 말을 이었다.

"그럼 15분 후에 방에서 나와, 그리고 클럽 현관에서 유경이 만나서 같이 들어오라고."

지연은 대답하지 않았다. 방을 나온 조철봉은 심호흡을 하고는 엘리베이터로 다가갔다. 그가 8층 복도에 내려섰을 때였다. 비상구 쪽 구석에 서 있던 유경이 그에게로 다가왔다. 화가 난 듯 눈초리가 올라가 있었다.

"왜 이제야 오는 거야?"

"안 됐어."

이맛살을 찌푸린 조철봉이 어깨를 추켜올려 보였다.

"안 넘어가, 그래서 혼자 온 거야."

"걘 지금 어디 있는데?"

"네가 올 때까지 20분쯤 더 기다렸다가 클럽에 같이 들어가겠다는 거야."

그러고는 조철봉이 유경의 어깨를 감아 안았다. 복도에는 그들 둘뿐 이다.

"20분 시간이 있어. 들어가자."

"난 또."

못 이긴 척 유경이 따라오면서 종알거렸다.

"그 애 데리고 딴 데로 샌 줄 알았네."

"내가 미쳤냐?"

유경한테 벽장에서 기다리라고 했지만 현장을 잡으려는 마누라도 아닌 터에 그럴 수는 없을 것이었다. 유경도 이렇게 될 줄 예상하고 있 었을지도 모른다.

방으로 들어선 유경은 조철봉이 문의 고리를 채우는 걸 보면서 코웃 음을 쳤다.

"참, 내가 오늘 무슨 짓을 하고 있는지 모르겠어."

"아주 정직한 짓이지."

다가선 조철봉이 이제는 저고리를 벗어던지고는 곧 바지까지 내렸 다. 모두 벗으려는 것이다.

"어머머, 이 아저씨 좀 봐."

했지만 유경의 눈빛이 반짝였다.

"시간 없어, 너도 얼른 벗어."

"벗고 입는 데만 20분도 더 걸리겠다."

"그렇다면 넌 밑에만 벗든지."

그 사이에 조철봉은 알몸이 되었는데 이미 믿음직한 철봉이 건들거리며 서 있었다. 조금 전에 지연한테 대포를 발사하지 않은 터라 더욱 성이 나 있는 것이다. 유경이 철봉에 시선을 주더니 꼴깍 침을 삼켰다.

"뭐해?"

그러면서 조철봉이 다가서자 유경은 결심한 듯 블라우스 단추부터 풀었다. 유경도 다 벗으려는 것이다.

"좋았어."

조철봉이 유경의 스커트 지퍼를 벗겨 내리면서 웃었다.

"다 벗고 하는 것이 낫지."

"빨리 해야 돼."

"마음에도 없는 소리 하지 마."

"아니, 그래도."

"좋아"

유경의 팬티를 끌어 내리면서 조철봉이 승낙했다.

"일단 시작하고 보자. 내가 15분이 지났을 때 너한테 그만할 거냐고 물어 볼 테니까 말이야."

"시끄러."

어느덧 알몸이 된 유경이 발갛게 상기된 얼굴로 눈을 흘겼다. 침대는 바로 뒤쪽이었지만 유경은 조철봉을 바라보고 선 채 아직 움직이지 않았다. 먼저 발라당 누울 정도까지는 아직 마비가 되지 않았다는 증거였다. 조철봉은 선 채로 유경의 허리를 당겨 안았다. 그러자 유경이 안겨 오면서 눈을 감았다. 다소곳한 자세였지만 벌써 가쁜 호흡이 조철봉의 턱에 닿았다. 조철봉은 유경의 입술에 부드럽게 입을 맞췄다. 마주본 자세여서 이미 성이 난 철봉은 유경의 아랫배를 누르고 있는 상황이다.

"아, 미치겠어."

입술을 떼었을 때 유경이 조철봉의 목을 끌어안으면서 발돋움을 했다. 그러자 철봉이 숲 근처에 닿았고 그 순간 유경이 허리를 비틀면서 조준을 했다.

"빨리 해줘, 나 벌써 젖었어."

유경이 목을 잡아당긴 것은 침대로 가자는 뜻이었다. 그러나 조철봉이 싱긋 웃었다.

"너하고는 이대로도 궁합이 맞을 것 같은데 그래?"

"어떻게?"

들뜬 유경이 샘 주위로 미끄러지는 철봉을 잡으려고 허리를 다시 흔들었을 때였다. 조철봉은 유경의 한쪽 다리를 잡아 올리면서 철봉을 샘에 넣었다.

"아아!"

철봉이 단숨에 샘 안으로 깊게 진입한 순간 유경이 커다랗게 탄성을 뱉었다.

"아, 좋아!"

조철봉은 유경의 추켜올린 한쪽 다리를 움직이는 것으로 운동을 대신했다. 유경의 샘은 진즉 넘쳐나고 있었는데 묘한 자세가 자극을 더 준 모양이었다. 비명 같은 신음이 금방 높아졌고 곧 조철봉의 어깨를 물기까지 했다. 조철봉은 유경의 나머지 다리까지 치켜들었다. 그러고는 그 자세 그대로 벽으로 다가가 유경의 등을 붙이고 섰다. 그때 철봉은 아주 끝까지 들어가 있게 되었다.

조철봉은 유경의 두 다리를 치켜든 자세로 몸을 움직이기 시작했다. 유경은 등을 벽에 붙인 채 철봉만 받는 자세가 되었는데 온몸을, 공처럼 오그리며 신음을 토해 내었다. 상대의 반응을 보면 느낌의 정도를 알 수 있는 조철봉이다. 유경이 느끼는 쾌감은 격렬해서 보통 상대의 절정에 올라 있는 것과 같았다.

짧은 머리가 헝클어져 봉두난발이 되었고 초점을 잃은 두 눈은 한껏 치켜뜨고 있었는데 입에서는 이제 조철봉이 움직일 때마다 단말마의 비명 같은 탄성이 뱉어졌다. 그러고는 유경의 샘이 경련을 일으키며 좁혀오기 시작했다. 절정에 오르려는 것이다. 조철봉은 이를 악물었다. 이런 경우는 처음이다. 유경의 샘과 비슷한 구조는 여러 번 겪었지만 이번에는 전체적인 분위기에 휩쓸린 때문인지 같이 대포가 발사되려고 했기 때문이다.

눈을 부릅뜬 조철봉은 유경의 몸을 벽에 부딪치는 순간마다 요즘 배우고 있는 중국어를 중얼거리기 시작했다.

"칭 게이 워 쫜장."

계산서를 갖다 달라는 말이었다. 유경이 계산서 대신 비명을 지르며 조철봉의 어깨를 다시 물었다.

"찬팅 자이 나얼?"

이번에는 식당이 어디에 있느냐는 말이었다.

"나 지금 해."

유경이 악을 쓰며 소리쳤을 때 조철봉도 이제는 크게 말했다.

"칭 통즈 징차."

경찰에 연락해 달라는 말이었고 그 순간 유경이 온몸을 흔들면서 울음을 터뜨렸다. 절정에 오른 것이다. 그러나 여자의 절정은 남자처럼 순간에 끝나는 것이 아니다. 신의 조화와 축복으로 절정에서 노니는 시간은 꽤 오래 계속되는 데다 내려가는 속도도 더디다. 이를 악문 조철봉이 다시 유경의 몸을 부딪치며 잇새로 말했다.

"게이 워 차수이."

차를 달라는 말이었고 그때 유경이 몸을 굳히기 시작했다.

"용신용카 커이마?"

어깨를 늘어뜨린 조철봉이 유경에게 카드로 지불해도 좋으냐고 물었다. 그리고 다시 체크아웃을 한다고 말했다.

"워 시엔짜이 야오지에장."

그때서야 유경의 온몸이 늘어지기 시작했으므로 땀으로 범벅이 된 조철봉은 길게 숨을 뱉었다. 더 이상 생각나는 중국어 회화가 없었던 것이다. 유경은 이제 앓는 소리를 뱉으며 조철봉에게 매달려 있었는데 저는 등을 벽에 부딪기만 했는데도 역시 땀으로 멱을 감은 것 같았다.

"아이휴."

유경이 겨우 눈을 반쯤 뜨더니 가쁜 숨과 함께 한숨을 말로 뱉었다.

"자기야, 나 좋아 죽을 것 같아."

조철봉의 철봉은 아직 유경의 몸을 꿰고 있는 중이었다.

"나도 그래."

조철봉이 철봉에 힘을 주고 유경의 몸을 지그시 밀면서 말했다.

"좋았어."

"자기야."

유경이 다리 한쪽을 비틀어 내리더니 발로 바닥을 짚었다. 그러나 조심스럽게 행동해서 철봉은 빠지지 않았다.

"자기 안 했지?"

"그래."

조철봉이 땀에 젖은 유경의 입술에 가볍게 입을 맞췄다.

"한 번 더 해주고 싶어서 그래."

"지금 당장 하면 나 죽어."

그러고는 유경이 조철봉의 입에 입술을 붙였다가 떼었다.

"우리 가자 응? 우리 이따 다시 만나고."

조철봉의 관점에서 남녀의 관계를 논하라면 현재와 미래, 그다음이 과거의 순서로 시간대별 정리부터 할 것이다. 가장 중요한 것은 현재인 것이다. 그다음이 미래이고 과거는 지난 일이니 죽은 자식 나이 세는 것이나 같다. 따라서 과거의 행적은 믿지도 않고 묻지도 않는다. 예를 들자면 현재에서 가슴이 아리도록 좋아하며 지냈다가 천재지변 같은 사연으로 헤어지게 되었다면 그것은 과거가 된다.

조철봉이 또한 의심스러워하는 장면이 있는데 그것은 물론 사기성이 강한 본인의 주관이 작용했기 때문이겠으나 잃거나 헤어진 상대를 시간이 지날수록 애달프게 그린다는 사연이다. 시간이 지나면 배를 갈라 수술을 한 흔적도 엷어지는 것이 현실인데 가슴속이나 머릿속에서 만져지지도 않는 그 모호한 덩어리가 뭉쳐져서 암이라도 된단 말인가?

다 거짓말이라고 조철봉은 믿었다. 상처는 안이나 밖이나 시간이 지나면 흐려지고 나아지는 것이 정상이다. 그래야 인간이 사는 것이다. 그래서 천재지변으로 헤어졌던 상대가 5년 내지는 15년 만에 다시 만나게 되었다면 그 공백 기간 동안의 사연은 대충 넘겨 뛰는 것이 현명하다고 생각하고 있었다. 만일 상대가 당신만을 그리며 그 기간 동안 수절을 지켰다고 해도 감동을 먹지 않을 것이었고 그동안 수없이 상대를 갈아 치웠다고 해도 상처를 받지 않을 것이었다.

진실한 사랑은 현재로만 확인해도 과분한 것이다. 사우디 공사 현장에 나가 있는 몇 년 동안 마누라가 끓는 몸을 주체하지 못해서 밤마다 남자를 바꿔치기 했다고 손에 도끼를 들고 나댄다면 저만 비참해진다. 그것은 서경윤으로부터 익힌 생교육이 되겠으나 눈앞에서 배신을 하지 않는 이상은 덮어버리는 것이 자신을 위해서도 낫다고 조철봉은 믿었다. 과거인 것이다.

사우디에서 돌아온 후에 현실에 부딪친 마누라가 착실한 행세를 해준다면 조철봉의 경우에는 넘어가 버릴 것이었다. 조철봉이 다시 클럽으로 들어섰을 때는 유경을 먼저 내보낸 지 5분이 지난 후였고 정확하게 자리를 비운 지 49분 만이었다. 항목별 소모된 시간을 계산하면 지연과의 섹스에 12분 30초에다 기타 시간이 5분 정도, 그리고 유경과는 15분 40초에 기타가 7분이었고 나머지는 기다리거나 왔다 갔다 한 시간이다. 자리에 앉았을 때 예상했던 대로 문수가 눈을 치켜뜨고 조철봉을 보았다.

"야, 이 자식아, 화장실에 간다는 놈이 한 시간이 되도록 어디 갔다가…."

그러자 옆쪽에 앉아 있던 유경이 조철봉에게 눈을 흘겼다.

"어디 갔다 온 거예요?"

"아, 갑자기 배가 아파서 약국에 다녀오느라고."

의자에 등을 붙인 조철봉이 흘끗 지연의 눈치를 보았다. 지연은 시치미를 뗀 채 옆얼굴을 보이고 있었는데 의연했다.

"그래, 이젠 나았어요?"

옆쪽에 앉은 희영이 물었으므로 조철봉은 머리를 끄덕였다.

"아, 이젠 괜찮은데."

그때 희영이 테이블 밑으로 조철봉의 다리를 구두 끝으로 툭 찼다. 놀란 조철봉이 머리를 들었으나 희영의 얼굴은 유경에게로 향해져 있었다. 술잔을 쥔 조철봉은 테이블을 둘러보았다. 유경과 지연은 만나서 같이 들어왔겠지만 서로 떨떠름한 기색이 역력했다. 지연은 유경이 분명히 자신과 섹스를 했다고 믿을 것이다. 그러나 유경은 지연이 꼬드겨도 안 넘어 갔다고 했으니 저 혼자서 즐긴 것으로 알 것이다. 그때 문수가 시계를 보는 시늉을 하더니 자리에서 일어섰다.

"자, 나가자. 김이 새버렸다."

나가자고는 문수가 했지만 술값 계산은 조철봉이 했다. 호텔 현관을 나왔을 때는 밤 11시 40분이 되어 있었는데 맑은 밤공기를 들이마신 조철봉이 혼잣소리처럼 말했다.

"밤이 짧구나."

그때 옆에 서 있던 유경이 흐드득 웃었다. 차를 기다리던 문수는 입술을 더 내밀었으며 지연의 옆얼굴은 무표정했다. 조철봉은 쓴웃음을 지었다. 눈앞에 지연의 희고 살찐 엉덩이가 떠올랐기 때문이다.

후배위로 일을 치렀기 때문에 표정은 볼 수 없었지만 탄성과 뒤틀림은 지금도 생생하게 머릿속에 입력되어 있다. 그때 뒤쪽에 서 있던 희영이 조철봉의 옆으로 바짝 다가와 섰다.

"내 차 타고 가."

조철봉의 시선을 받은 희영이 입술 끝만 비틀고 웃었다. 그러나 당당하게 말했다.

"나하고 데이트해."

"좋지."

어깨를 편 조철봉이 문수에게로 머리를 돌렸다. 문수는 벌써 그 말을 듣고 이쪽에다 시선을 주는 중이다.

"야, 나 이쪽 차 타고 간다. 그런데."

조철봉이 지연을 보았다.

"지연 씨, 저쪽 차 타고 가요. 유 사장이 데려다 줄 거요."

"싫어요."

지연의 시선이 희영부터 유경까지 재빠르게 스치고 지나갔다. 그러자 유경이 나섰다.

"얘, 데려다 준다는데 타지그래? 그럴 거 없잖아? 이쪽 차는 좁은데."

"그래, 타고 가."

희영이 거들었고 문수도 한 걸음 다가와 섰다.

"탑시다, 모셔다 드릴 테니까."

"어서 타, 얘."

유경이 이제는 지연의 어깨까지 밀었다.

"그럼 유 사장님, 지연이 잘 부탁해요."

마무리를 하듯이 희영이 인사까지 했을 때 마침 문수의 차가 앞에 와

섰다. 대리운전자가 운전하고 있었으므로 문수는 뒷좌석에 올랐고 입술을 꾹 다문 지연도 마침내 따라 탔다.

차가 호텔 정문을 나갔을 때 희영이 혼잣소리처럼 말했다.

"하긴 대줘도 못 먹는 병신이 있긴 해."

"쟨 맛도 없을 거야."

유경이 씹어뱉듯 말을 이었다.

"내가 남자라면 저런 건 안 먹어."

"그래?"

희영이 조철봉을 향해 머리를 돌리고 물었다.

"철봉 씨도 그렇게 생각해?"

"글쎄, 나는."

"청탁불문이야?"

그때 희영의 벤츠가 도착했고 역시 대리운전자가 운전석에 앉아 있었다.

"뒤에 둘이 타."

하면서 유경이 먼저 앞쪽 문을 열었으므로 조철봉과 희영은 뒷자리에 올랐다.

"논현동으로 가주세요."

운전사에게 말한 희영이 다시 머리를 돌려 조철봉을 보았다.

"나가서 지연이 손 안 댔어?"

"그게 무슨 말이야?"

조철봉이 눈을 둥그렇게 떴을 때 이번에는 유경이 뒤쪽으로 몸을 돌렸다. 눈은 치켜뜨고 있었지만 입술 끝은 웃는 것처럼 위쪽으로 올라간 모습이다.

"바른대로 말해, 15분 동안 실랑이만 하다가 보냈을 리가 없어."

그러자 희영도 거들었다.

"말해, 쥐이지 않을 테니까."

"그래, 먹었어."

그러자 갑자기 유경이 얼굴을 활짝 펴고 웃었다.

"거봐, 내가 뭐랬어? 먹었다지 않아?"

"세상에."

희영이 두 눈을 크게 뜨고 입까지 벌리고는 조철봉을 보았다. 그러더니 흘끗 대리운전사의 뒤통수에 시선을 주고 나서 한숨까지 섞어 말했다.

"대에단혀."

"그게 시치미를 떼고 있는 걸 좀 봐."

유경이 지연을 씹기 시작했다.

"아주 고고한 척하고 말이야. 별것도 아닌 것이."

"그래, 맛이 어땠어?"

희영이 정색하고 조철봉을 보았고 유경은 꼴깍 침까지 삼켰다. 조철봉은 백미러에 운전사의 두 눈이 비쳤다가 사라지는 것을 보았다. 차는 3호터널을 향해 달려가고 있었는데 운전사의 귀는 뒤쪽으로 뉘어져 있을 것이었다.

"별로였어."

마침내 조철봉은 여자들의 기대에 어긋나지 않게 발언했다. 여자들의 미진한 듯한 시선을 받고 조철봉은 말을 이었다.

"후배위로 시작했어. 팬티만 내리고 말이야. 그래서 엎어놓고 했지."

"어머머."

기성은 희영이 질렀다. 이미 맛을 본 유경이 차차 차분해지는 것과는 대조적이라고 볼 수 있었다.

"막상 몸이 합쳐지게 된 경우에는 최소한 가식이 없어져야 돼. 그래야 섹스도 제대로 되는 법이지."

조철봉의 말에 열기가 띠어졌다.

"그런데 지연이는 그게 아니었어. 그래서 아예 얼굴을 보지 않으려고 뒤에서 한 거라구."

"세상에, 세상에."

이번에도 다급하게 희영이 탄성을 뱉었는데 불빛을 받은 두 눈이 번들거리고 있었다. 조철봉은 헛기침을 했다. 다 거짓말이다. 지연은 자극적인 섹스를 기대했을 뿐이었고 자세는 성실했다. 지연의 엉덩이를 떠올리며 조철봉이 말을 이었다.

"엉덩이를 손바닥으로 때려 달라고 하더군. '아주 세게, 아주 세게' 하면서 말이야."

그때 운전사가 갑자기 브레이크를 세게 밟았으므로 모두의 몸이 앞쪽으로 쏠렸다가 돌아갔다. 이야기에 정신이 팔린 운전사가 앞차를 받을 뻔했던 것이다.

유경은 앞자리에 앉아 있었지만 다행히 안전띠를 매어서 어디에 부딪치지 않았다.

"이 아저씨가?"

눈을 치켜뜬 희영이 목소리를 높였을 때 조철봉이 얼른 나섰다.

"이보셔. 지금 한방 치료한 것을 이야기하고 있으니까 오해하지 마쇼."

운전사는 젊었다. 그래서 제대로 대답도 하지 못했는데 희영의 아파트 앞에 도착할 때까지 조철봉은 입을 열지 않아도 되었다. 그러나 운전사를 보내고 났을 때 희영이 멀쩡하게 서 있는 조철봉에게 말했다.

"내 아파트에서 쉬었다가 가."

"그래."

유경이 거들었다.

"아파트에 아무도 없어."

"아무도 없다니?"

이맛살을 찌푸린 조철봉이 희영과 유경을 번갈아 보았다.

"둘 다 유부녀라고 했지 않아?"

"그건 위장복을 입은 거야."

희영이 던지듯 말했다.

"귀찮은 놈들 떼기 위한 방법이었다고."

"아니, 그럼 지연이만 왜?"

"그건 지가 공주 취급을 받고 싶어서 그런 거지, 실속도 없이."

아파트 지하 주차장에는 그들 셋뿐이었으므로 목소리가 울렸다. 이윽고 조철봉이 머리를 끄덕였다.

"좋아, 들어가자."

조철봉은 아까는 밤이 짧다고 했지만 오늘은 긴 밤이 될 것 같다는 생각이 들었다.

50평형 아파트는 깨끗했고 정돈이 잘 되어 있었다. 비싼 가구만 들여다 놓는다고 집 안이 좋게 보이지는 않는다. 잘못하면 오히려 천박한 분위기가 난다. 그러나 희영의 아파트는 자세히 보면 고급품으로 치장을 했는데도 산뜻했다. 괜히 어질어질한 장식으로 티를 내지 않아서 편안하게 느껴졌다. 희영의 겉모습과는 다른 분위기였다.

"씻고 와. 오늘 여기서 자고 가도 돼."

희영이 턱으로 옆쪽 화장실을 가리키며 말했다.

"갈아입을 옷도 있어. 이런 경우에 대비해서 준비해 놓았거든."

"허참, 이 아줌마 프로네."

조철봉의 가슴은 더 편안해졌다.

희영 혼자 있는 것이 아니라 유경까지 같이 있기 때문일 것이다. 지금까지 여자 둘이 남자 하나를 데리고 사건을 일으켰다는 말은 못 들었다. 대충 샤워를 마쳤을 때 화장실 문이 조금 열리더니 손 하나가 안으로 내밀어졌다. 손에는 파자마와 내복이 쥐어져 있었다.

"갈아입어."

유경의 목소리였다. 옷을 갈아입고 화장실을 나왔을 때 유경 혼자 소파에 앉아 있었는데 희영은 다른 쪽 화장실에서 씻고 있는 중이었다. 유경의 앞쪽에 앉은 조철봉이 낮게 물었다.

"희영 씨도 알아?"

"뭘?"

유경이 곧 알아차리고는 머리를 저었다. 유경과의 섹스를 희영이 알고 있느냐고 물은 것이다.

"아니, 몰라."

"뭐라고 했는데?"

"달라고 했는데 안 줬다고 했어."

"그 말 믿을까?"

"믿거나 말거나."

그러고는 유경이 눈을 흘겼다.

"지연이 그 기집애를 딴방으로 데려가서 해치우다니 기가 막혀."

"그런데 오늘 희영 씨가 줄까?"

"뭘?"

"거, 자꾸 한 번씩 더 묻지 말라구."

조철봉이 눈살을 찌푸리자 유경이 입술을 내밀었다.

"하고 싶으니까 데려왔겠지."

"그럼 넌 조금 있다가 빠져줄 거야?"

"뭘?"

그러고는 유경이 눈썹을 추켜올렸다.

"아니, 하룻밤에 세 명하고 뛸 거야?"

"이제 한 명 남았어."

"나도 오늘 여기서 자고 갈 거야."

"글쎄. 자고 가는 건 상관없는데."

"힘이 달린단 말이지?"

"웃기네, 이 여자."

그때 희영이 화장실에서 나왔으므로 둘은 입을 다물었다. 머리에 타월을 감은 희영은 가운 차림이었는데 맨다리가 드러났고 얼굴과 목도 발갛게 상기되었다. 화장을 지운 얼굴을 보면 영 딴사람같이 보이는 경우도 있지만 이목구비가 반듯한 경우에는 오히려 신선한 분위기가 난다. 희영이 그런 경우였다. 볼은 붉은 사과처럼 반질거렸고 피부는 오히려 더 맑다.

"너도 씻어."

유경에게 말한 희영이 조철봉의 앞에 앉더니 손바닥으로 가볍게 양쪽 볼을 두드렸다.

"선반에 양주 많아. 마음대로 꺼내 마셔."

"천천히."

조철봉이 소파에 등을 붙이고는 유경이 화장실에 들어가는 것을 기다렸다가 말을 이었다.

"오늘 밤 둘하고 해야 돼? 난 희영 씨하고만 하고 싶은데."

그러자 희영이 이를 드러내고 웃었다.

"그 철봉이 제대로 서기나 하겠어?"

밤이 깊었다. 새벽 3시는 넘었을 것이다. 침대에 반듯이 누운 조철봉은 천장을 바라본 채 한동안 손도 까닥하지 않았다. 주위는 조용해서 옆에 누운 희영의 숨소리만 들려왔다. 희영의 숨소리가 고른 걸 보면 잠이든 모양이었다. 아직도 방에는 성 운동 후의 끈적이는 습기에다 비린 내음이 덮여 있었지만 조철봉에게는 그것이 더 편안했고 익숙한 분위기였다.

희영이 조금 몸을 뒤척이는 바람에 방안의 공기가 진동을 했고 옅은 향내에 섞인 비린내가 다시 느껴졌다. 희영의 비린내라고 해야 맞는 말이 될 것이다. 희영과의 섹스는 셋 중 제일 다소곳했지만 제일 감미로웠다. 샘이 제일 많이 넘쳤을 뿐만 아니라 끝난 후의 여운도 가장 좋았던 것이다.

물론 먼저의 두 명에게는 아끼고 발사하지 않았던 대포를 희영에게만 발사했기 때문인지도 모른다. 그리고 또 있다. 응접실 건너 바깥방에 유경이 있다는 의식이 희영을 더 자극했을 것이었다. 희영이 다시 뒤척거리더니 조철봉의 가슴에 볼을 붙였다. 알몸이어서 옆구리에 닿는 젖가슴의 감촉이 푸근하게 전해졌다. 조철봉이 팔을 들어 희영의 어깨를 안았을 때 희영이 물었다.

"안 자?"

"응."

"난 깜박 잤어."

"그러더구만."

"자기야."

희영이 조철봉의 허리를 감싸 안았다.

"나 아까 정말 좋았다."

"그런 것 같더라."

"자기 선수야."

"그 짓으로 먹고 살지는 않아."

조철봉이 희영의 등과 엉덩이를 부드럽게 쓸었다.

"너하고의 섹스는 울고 싶도록 좋았어."

"정말?"

"죽을 때까지 잊지 못할 것 같다."

희영이 허리를 감은 팔에 힘을 주더니 볼을 가슴에 비볐다. 조철봉은 길게 숨을 뱉었다. 물론 거짓말이다. 내일 아침이면 새까맣게 잊어버리고 일을 시작할 것이며 두 달쯤 지나서는 얼굴도 기억하지 못하게 된다. 그때 희영이 볼을 떼더니 조철봉의 가슴에 턱을 얹었다.

"자기야, 가끔 연락해줄 테야?"

"그러지."

"나한테 연락하면 유경이도 만날 수 있어."

"그게 무슨 말이야?"

"유경이하고 즐겨도 좋다구."

그러고는 희영이 어둠 속에서 이를 드러내고 웃었다.

"유경이하고 한 것 알고 있어."

"안 했다고 했다던데?"

"그럴 리가 없지."

희영이 조철봉의 철봉을 가볍게 쥐었다가 놓았다.

"유경이 저것도 굶고 있었는데 지가 무슨 배짱으로 팅기겠어?"

"그랬나?"

"쟤 좋았어?"

"별로였어."

조철봉이 희영의 샘을 손끝으로 건드렸다.

"너하고는 분위기가 전혀 달랐어, 이곳이."

"난 자기 같은 남자는 처음 봐."

조철봉은 희영의 몸이 다시 뜨거워지는 것을 알 수 있었다. 오늘 밤이 너무 길어지는 것 같았지만 싫지는 않다.

"피곤할 텐데 내가 위에서 할까?"

이미 희영의 손끝에서 철봉은 단단해져 있었으므로 조철봉은 머리를 끄덕였다.

"이번은 더 길어질 거야."

"설마 죽기야 하겠어?"

조철봉의 몸 위로 올라가면서 희영이 벌써 가쁜 목소리로 말했다.

"그리고 죽으면 어때? 상관없어."

다음 날 아침 조철봉이 출근한 지 얼마 되지 않았을 때 최갑중이 들어섰다.

"아니, 사장님, 어디 아프십니까?"

조철봉의 얼굴을 본 갑중이 눈을 둥그렇게 떴다.

"아프다니? 내가 왜?"

이맛살을 찌푸린 조철봉에게 갑중이 다가와 섰다.

"얼굴이 반쪽이 되셨습니다. 얼굴색도 누렇구요."

"감기몸살 기운이 조금 있어서 어젯밤에 앓았다."

"과로하셨군요."

혀를 찬 갑중이 소파에 앉더니 생각난 듯 입을 열었다.

"형님, 며칠 휴가를 다녀오시지 않으실랍니까? 제가 수행할 테니까요."

"여행?"

조철봉이 쓴웃음을 지었다. 갑중은 은근한 이야기를 꺼낼 적에는 지금도 형님이라고 부르는 것이다.

"인마, 내가 그럴 여유가 어디 있어?"

"다 잊고 넓은 세상을 돌아보고 오시면 기력이 다시 솟는다고 합니다."

"돌아다니면 더 지칠 텐데."

"정신적인 피로를 푼다는 말씀이죠."

갑중이 정색하고 조철봉을 보았다.

"형님이 가보신 곳은 중국하고 베트남뿐이지 않습니까? 그것도 사업 때문에 가신 거죠. 프랑스나 영국, 아니면 아프리카의 케냐나 에티오피아, 이집트 같은 곳으로 여행을 가시란 말씀입니다."

"이 자식이 나라 많이 아네."

"관광 광고를 보았습니다."

"가서 뭐 해? 카메라 목에다 걸고 안내원 따라서 몰려다니란 말이냐?"

"글쎄 가신다면 제가 수행한다니까요."

열이 오른 갑중이 눈을 치켜떴다.

"저한테 맡기십시오. 제가 아는 사람이 여행사 사장이라 그쯤은 문제가 없습니다."

"뭐가 문제가 없다는 거야?"

"안내원은 현지에서 조달하면 됩니다. 형님께서 떠나시겠다고 허락만 해주시면 다 준비해 놓겠습니다."

"이 자식이 갑자기."

"형님."

갑중이 다시 정색했다.

"형님은, 아니 저도 휴식이 필요합니다."

"왜? 갑자기 가운데가 안 서?"

"형님도 지치신 것 같아서 그럽니다."

"내가 그렇게 보여?"

"예, 갑자기 얼굴 여위신 걸 보니까 우리가 너무 쫓기듯 살아왔다는 생각이 들어서 그럽니다."

"그래?"

조철봉이 손바닥으로 얼굴을 쓸었다. 어젯밤에 지연과 유경, 희영과 차례로 섹스를 하느라 새벽 4시 반까지 과로를 했다는 것을 갑중이 알 리가 없다. 그러나 조철봉은 갑중의 제의에 호기심이 일어났다. 넓은 세상이란 표현이 가슴에 와 닿은 것이다. 조철봉의 눈치를 살핀 갑중의 목소리에 열기가 더해졌다.

"요즘은 세계 어느 곳에서라도 연락이 가능하지 않습니까? 회사 일이 궁금하시다면 얼마든지 체크하실 수도 있습니다. 형님, 떠나십시다."

"너, 집에 무슨 일이 있어?"

"떠나실 거죠?"

갑중이 엉거주춤 몸을 일으키고 조철봉을 보았다.

"제가 당장에 계획을 세우겠습니다. 걸릴 것도 없는데 내일 떠나십시다."

"결재 좀 하고."

마침내 조철봉도 마음을 굳혔다. 넓은 세상을 보는 것도 이로울 것이었다. 그러면 더 큰 일이 만들어질지도 모른다. 그러자 갑중이 얼굴을 펴고 웃었다.

"알겠습니다. 준비하지요."

갑중도 세상이 답답했는지도 모른다.

　김성산에게서 전화가 온 것은 조철봉이 여행을 떠나기로 한 전날 저녁 무렵이었다. 전화는 사무실로 걸려왔는데 성산의 목소리가 밝았으므로 조철봉은 일단 마음이 놓였다. 성산은 좀처럼 사무실로 전화를 하지 않았기 때문이다.

　"궁금해서 전화한 겁니다, 조 사장."

　성산은 지금 호치민시에 있는 것이다.

　"여긴 사업 잘 됩니다. 그런데 조 사장은 언제 오시오?"

　"예, 저는 며칠 있다가."

　조철봉이 퍼뜩 시선을 들고 앞쪽을 보았다.

　"김 사장님, 며칠 여행을 가시지 않을랍니까? 사업을 떠나서 휴식을 취하자는 말씀입니다."

　"그게 무슨 말씀이오?"

　성산의 목소리가 굳어졌다.

　"휴식을 취하자니?"

　"말씀 그대로 사업을 잊고 관광이나 하자는 말씀입니다."

　"허어, 갑자기 관광은."

　"저는 내일 이집트로 갑니다. 그래서 같이 갔으면 해서요."

　"이집트로 말입니까?"

　"그렇습니다."

　"관광 여행으로, 휴식을 취하려고?"

　"예, 말 그대로."

그러자 성산이 숨 두 번 쉴 동안이나 가만있더니 이번에도 굳어진 목소리로 물었다.

"혼자 가시오?"

"적적해서, 최 전무 아시죠? 그 친구하고 둘이 갑니다."

"그렇다면 나도 갑시다."

결심한 듯 성산의 목소리가 높아졌다.

"내가 이곳에서 이집트로 가지. 이집트에서 만나면 되겠군."

"그러실랍니까?"

조철봉이 눈을 크게 떴다.

"그렇다면 카이로에서 뵙지요. 제가 호텔 예약을 해 놓겠습니다."

"그래 주시겠소?"

"예, 며칠 같이 푹 쉬다가 오십시다."

"내가 그럴 형편은 아니지만."

수화구에서 성산의 입맛 다시는 소리가 울리더니 말이 이어졌다.

"조 사장님하고 며칠 같이 지내면 우리 사이의 신뢰감이 더 쌓이겠지요. 그렇지 않습니까?"

"아, 그거야."

조철봉이 쓴웃음을 지었다. 그렇다면 성산에게는 휴식 여행이 아닌 것이다. 통화를 마친 조철봉이 밖에 나가 있는 갑중에게 연락을 했다. 내일 출발이라 일찍 집에 들어가 있던 갑중이 성산과의 통화 내용을 말해 주었을 때 예상했던 대로 투덜거렸다.

"그 양반하고는 코드가 맞지 않을 텐데요, 형님."

"이 자식도 코드 찾네. 코드 찌를 데도 없는 놈이."

조철봉이 혀를 찼다.

"이집트에 있는 안내원한테 연락을 해서 준비를 시켜라."

"예, 그러지요."

갑중은 안내원과 세밀하게 계획을 세워 놓았는데 아직 내용은 아무 것도 조철봉에게 알려주지 않았다. 조철봉이나 갑중도 마찬가지로 여행을 떠난다고는 했지만 무작정하고 무계획적으로 떠나는 성품들은 아닌 것이다. 이번 여행의 첫 기착지는 이집트였고 그 다음이 이태리, 그리고 프랑스 순서였지만 유동적이기는 했다. 도중에 돌아올 수도 있고 목적지가 변경될 수도 있는 것이다.

그러나 갑중은 안내원과 숙박지, 그리고 여러 장소를 철저히 수배해 놓았다. 지금까지 조철봉의 기호와 습성을 훤하게 꿰고 있는 터라 말하자면 코드에 맞게 준비를 해놓았던 것이다.

여행은 배낭여행이나 또는 특별한 목적을 갖고 떠나는 경우를 제외하고는 여유가 있어야 한다. 몸과 마음의 여유는 물론이고 물질의 여유도 있어야 된다는 것이 조철봉의 생각이었다. 빠듯한 일정과 경비를 갖고는 그야말로 집 떠나면 고생이라는 한국의 옛말과 여행의 travel이 고생의 trouble에서 나왔다는 영어권의 옛말과 같다는 것을 증명해 주는 셈만 될 것이었다.

따라서 최갑중은 서울발 카이로행 티켓도 일등석으로 끊었다. 일반석보다 몇 배나 비싼 요금이어서 누구는 비행기 앞쪽에 앉는 것하고 뒤쪽에 앉는 것만 다를 뿐 같이 출발해서 같이 도착하지 않느냐며 그것은 허세고 사치다, 일등석에 탄 놈들은 세무조사를 해야 한다, 하고 눈에 핏발을 세운다. 그런데 만일 누가 그놈한테 일등석 티켓을 끊어준다면

100발 99중의 비율로 아무 소리 않고 일등석에 앉을 것이라고 조철봉은 확신하고 있었다.

가진 자를 무조건 비판하면 못 쓴다. 가진 자는 더 열심히 공부했고 일했을 것이라는 선입견이 박혀 있어야 저도 발전하고 사회도 진보하는 것이다. 일등석 손님은 대개 붉은색 양탄자가 깔린 창구로 가서 티켓을 받으며 비행기로 들어가는 문도 다르다. 신분의 격차를 느끼게 하는 장면이 공공연하게 노출되지만 그것은 당연한 것이다.

항공사는 그래야 수지를 맞추며 남는 돈으로 일반석 승객의 기내식 비용에다 비행기가 소모하는 기름값을 낸다. 만일에 시민단체가 들고 일어나 일등석을 없애자고 해서 일반석만 있을 경우 그 요금으로는 열 시간 동안 기내식을 못 먹고 앉아 있어야 될지도 모른다. 또 아예 기름 값이 모자라 비행기가 뜨지 못할 수도 있다.

물론 조철봉 같이 비정상적인 방법으로 치부한 사기꾼이 일등석에 앉아 있는 것은 조금 문제가 되겠다. 그렇지만 그것에 대해서 미안하다는 의식을 갖고 있다면 조철봉은 아예 이렇게 되지도 않았다.

"한 잔 더 드릴까요?"

일본항공의 스튜어디스가 물었을 때 조철봉은 눈치로 알아들었다. 조철봉은 지금 위스키를 다섯 잔째 마시는 중이었고 비행기는 이륙한 지 3시간이 되었다. 조철봉이 머리를 끄덕이자 스튜어디스는 웃음 띤 얼굴로 몸을 돌렸다.

"괜찮지요?"

옆자리의 갑중이 조철봉에게 물었다. 일본 항공기를 탄 것은 시간을 맞추기 위해서였는데 일등석 담당의 스튜어디스는 미인들이었다. 특히 조철봉과 갑중의 담당은 아담한 체격에다 갸름한 얼굴이어서 조철봉이 자주 시선을 보내고 있었던 것이다.

다른 때 같았으면 갑중의 이런 물음에 대답도 하지 않았을 것이지만 휴식 여행이다. 갑중도 휴식 여행이 아니었다면 그렇게 묻지도 않았을 것이었다. 조철봉이 머리를 끄덕였다.

"아담하다. 안기에 딱 좋은 사이즈구나."

"그럼 이번 여행의 일번 상대로 정하시지요."

그때 스튜어디스가 쟁반에 술잔과 땅콩을 얹어서 다가왔다. 가슴에 붙인 명찰에 시바다라고 적혀 있었다.

"땡큐, 미스 시바다."

조철봉이 아는 영어는 단어가 1백 개 내외였지만 서너 개만 사용하고서도 밤을 훌륭하게 보낸 경험이 있다. 단어를 세 개나 사용하여 인사를 했을 때 시바다의 눈이 둥그레졌다.

"유어웰컴."

시바다가 웃으며 말했으므로 조철봉은 심호흡을 했다. 그러고는 시바다가 몸을 돌렸을 때 조철봉이 갑중을 보았다.

"좋아. 시바다로 정했다."

휴가 여행에서 금욕을 한다는 건 말도 안 된다.

카이로 공항에는 현지 안내인으로 정해진 김억수가 기다리고 있었는데 유학생으로 왔다가 현지 안내인이 되어버린 사내였다. 조철봉과 최갑중이 대합실로 나왔을 때 커다란 피켓을 들고 서 있던 억수를 만난 것이다.

"최선을 다해서 모시겠습니다."

억수가 조철봉을 향해 허리를 기역자로 꺾으면서 말했다. 갑중의 친지인 여행사 사장으로부터 교육을 단단히 받은 눈치였다. 억수가 공항 건물의 현관 앞에 리무진을 대기시켜 놓았으므로 그들은 곧장 차에 올랐다.

"이봐, 김 과장."

차가 출발했을 때 갑중이 정색하고 운전사 옆자리에 앉은 억수를 불렀다. 억수가 몸을 돌리자 갑중은 거침없이 말했다.

"자네가 할 일이 있어."

"말씀만 하십시오, 전무님."

"이번에 우리가 타고 온 일본항공 말이야."

"예, 전무님."

"거기 승무원들도 오늘 카이로에서 쉬겠지?"

"예, 장거리 비행을 했으니까 쉴 겁니다."

"시바다라는 스튜어디스가 있어."

"아, 예."

눈을 크게 뜬 억수를 향해 갑중이 정색하고 말을 이었다.

"자네가 어떻게 만들어 봐. 우리 사장님하고 말이야."

억수의 시선이 창밖을 바라보고 있는 조철봉을 스치고 지나갔다. 그때 갑중이 목소리를 높였다.

"우리는 체면이고 자시고 탁 풀어놓고 쉬려고 온 거야. 그러니까 경비는 상관하지 말고 추진해 봐. 잘 되면 보너스도 듬뿍 줄 테니까."

그러자 억수도 정색하고 머리를 끄덕였다.

"승무원들이 투숙한 호텔은 금방 알아낼 수가 있습니다, 전무님."

"알고 있겠지만 우리 사장님이 외국어에 약하시니까 참고로 하고."

"알겠습니다."

마음이 급해진 억수가 손목시계를 내려다보더니 운전사에게 아랍어로 뭐라고 말했다. 그러자 차가 속력을 내기 시작했다. 억수는 다시 핸드폰을 꺼내들더니 어딘가로 전화를 했다. 그때 조철봉이 창에서 시선을 떼고 갑중을 보았다.

"너 시바다가 웃는 얼굴을 보았지?"

"예, 천사같이 보입디다."

"그런데 몸을 돌리는 순간에 그 웃음이 얼굴에서 싹 지워지더라."

조철봉이 눈만 껌벅이는 갑중을 향해 웃어보였다.

"돌리는 순간부터 지워져서 몸이 돌아섰을 때는 표정 없는 얼굴이 되는 거야. 기계보다 정확했다."

"그걸 어떻게 다 보셨습니까?"

"내 옆쪽 손님을 대할 적에 다 보였다."

"그럴 겁니다. 손님마다 웃어 주고 나서 그대로 얼굴을 들고 다녔다가는 얼굴이 일그러져 버릴 테니까요."

그때 억수가 몸을 돌려 그들을 보았다.

"호텔을 알아냈습니다. 승무원들은 오늘 밤하고 내일 밤까지 이틀을 예약해 놓았더군요."

"이틀 밤 여유가 있군."

이번에는 조철봉이 억수에게 직접 말했다.

"시바다가 내 이름이 미스터 조라는 건 알아. 그러니까 잘 해 봐."

"예, 사장님."

억수는 20대 후반으로 넓은 얼굴에 눈이 가늘어서 웃을 때면 호인 인상이 되었다. 얼굴을 펴고 웃은 억수가 조철봉을 보았다.

"제가 손님을 여럿 모셨지만 처음부터 이렇게 화끈하게 나가시는 VIP는 처음입니다."

"나중에 개새끼라고 욕하지나 마라."

조철봉도 웃으며 대답했다.

김억수는 나일강이 내려다보이는 특급호텔의 특실을 예약해 놓았는데 호텔마다 부르는 이름이 다르지만 이곳은 로열 룸이라고 했다. 말이 방이지 침실이 두 개에 응접실과 회의실, 테라스에도 탁자와 의자가 놓여 있고 화장실이 두 개에 욕실까지 따로 구비된 그야말로 저택 수준의 방이었다. 물론 누가 보면 허세고 사치다. 결국 자빠져 자는 건 반 평도 안 되는 침대 위가 될 텐데 웬 지랄이냐고 묻는다면 조철봉은 할 말 없다. 아니, 있어도 안 한다.

"놀기 좋군요."

제 방에다 짐을 놓고 조철봉의 방으로 들어온 최갑중이 둘러보며 말했다. 그도 같은 급의 방에 짐을 풀었다.

"이제 여자만 챙기면 되겠습니다."

그러자 김억수가 조심스러운 표정으로 조철봉을 보았다.

"사장님, 그 시바다란 여자를 오늘 밤에 만날 계획이십니까?"

"계획은 당신이 세워야겠는데."

정색한 조철봉이 억수를 보았다.

"난 영어가 약해서 말이야."

"제가 해보지요."

억수가 결심을 굳힌 듯 눈을 치켜떴을 때 조철봉이 봉투 하나를 내밀었다.

"여기 5백 불 들었어, 이건 활동비로 쓰고 성사가 되면 내가 2천 불을 내지."

"아, 아니."

놀란 억수가 입을 쩍 벌렸다가 곧 손을 반쯤 내밀더니 도로 내렸다. 그러다가 다시 손을 뻗쳐 봉투를 쥐었다.

"감사합니다, 사장님."

"부담 없이 뛰어. 성사가 안 돼도 불평하지 않을 테니까."

"최선을 다하겠습니다."

손목시계를 들여다본 억수가 1초가 아깝다는 표정으로 방을 나갔을 때 갑중이 피식 웃었다.

"이집트에 와서 일본 여자하고 연애한다는 것은 이상하지 않습니까? 이집트 여자들도 있을 텐데요."

"인연이 있어야지."

"지하층에 나이트클럽이 있던데요, 그곳에서 인연을 만들면 되지 않습니까?"

"인마, 거기 나오는 여자들은 뻔하잖아."

오후 3시가 되어가고 있어서 창밖으로 내려다보이는 거리에는 인적이 드물었다.

나일강 위로 앞머리가 반월형으로 휘어진 목선이 지나고 있었는데 뒤쪽의 스크루에서 물거품이 거칠게 일어났다.

"이거, 더워서 나가기가 싫구만."

"피라미드까지는 택시로 30분이면 간다는데 덥겠지요?"

이집트에 오면 제일 먼저 찾아가야 하는 곳으로 알려진 곳이 피라미드와 스핑크스일 것이다. 조철봉과 갑중도 예외가 아니어서 조금 초조해졌다. 더욱이 안내원 억수를 만사 제쳐놓고 일본항공 스튜어디스를 꾀어보라고 내보낸 처지여서 둘만 남게 되었기 때문이다.

"나가자."

마침내 조철봉이 선글라스를 집어 들면서 말했다.

"김억수가 올 때까지 피라미드 구경이나 하고 오자."

"좋습니다."

갑중이 마치 적진에 정찰이나 나가는 것 같은 얼굴로 말했다.

"까짓, 호텔 리무진을 빌려 타면 되겠습니다. 택시 잡을 것 없이 말입니다."

"그렇군."

이곳은 완전한 객지다. 중국이나 하다못해 베트남처럼 인연이 닿지 않는 곳이어서 조금 불안하긴 했지만 새로운 세상에 대한 호기심도 일었다. 둘은 서둘러 방을 나왔다.

카이로 시내에서 10여 킬로 거리의 기제에는 쿠푸, 카프라, 엔카우라 왕의 피라미드가 있다. 조철봉은 물론이고 갑중도 피라미드는 초등학교 시절부터 듣고 사진으로 봐왔지만 실제로 거대한 실물 앞에 서자 입이 딱 벌어졌다.

"이것을 4,500년 전에 만들었다니."

나란히 선 갑중이 쿠푸왕의 피라미드를 올려다보며 감탄했다.

"돌도 엄청나게 크네요."

"애썼다."

조철봉이 눈을 가늘게 뜨고 말했다.

"돌 쌓느라고."

"도대체 왜 이렇게 큰 무덤을 만들었을까요?"

"그것은 우리가 로열 룸으로 방을 잡은 것이나 같아, 인마."

혀를 찬 조철봉이 갑중을 흘겨보았다.

"폼 잡으려고 그런 거다."

"아니, 죽어서까지 무슨 폼을 잡는다고."

"그래야 사람들이 꼬이는 거다. 몇천 년 전이나 지금이나 같아."

"하긴 한국에도 출세하면 지 조상묘부터 이따만 하게 다시 만듭디다."

갑중이 피라미드 앞에서 양팔을 벌려 보였지만 석재 하나 간격도 안 되었다. 쿠푸왕의 피라미드만 해도 한 변의 길이가 230미터, 지금은 꼭 대기가 조금 부서졌지만 높이는 146.7미터, 넓이는 259만 제곱미터이며 2.5톤짜리 석재를 230만 개나 쌓아놓은 것이다.

"형님, 사진 한방 찍읍시다."

갑중이 사진기를 들어 올리며 말했으므로 조철봉은 피라미드를 배경으로 여러 각도에 서서 사진을 찍었다. 사진기를 받아서 이제는 갑중을 찍어주고 났을 때 둘이 함께 찍자면서 갑중이 주위를 두리번거렸다. 오후 5시가 되어갈 무렵이라 더위가 조금 가라앉았고 주위에는 관광객이 많았는데 갑중이 동양인 그룹을 발견하더니 서둘러 다가갔다. 그러더니 20대의 여자 두 명을 데려왔는데 희색이 만면했다.

"사장님, 한국 관광객입니다."

갑중이 소리쳐 말했는데 사장님이라고 부른 것은 긴장하고 있다는 증거였다. 다시 예의를 차릴 테니 이쪽도 긴장하라는 신호로도 해석할 수가 있다. 조철봉은 다가오는 여자 두 명을 찬찬히 보았다. 허름한 작업복 바지에 소매가 긴 셔츠를 입고 머리에 모자를 쓴 여행자 차림이었지만 건강했고 햇볕에 탄 얼굴도 둘 다 보통 이상이다. 당연히 갑중이 모래밭에서 돈을 주운 듯 히죽거릴 만했다.

"그럼 찍어줘요."

갑중이 조철봉의 옆에 서서 말하자 카메라를 받아든 여자가 대여섯 장을 찍어 주었다.

"그래, 숙소가 어딥니까?"

사진을 찍고 나서 갑중이 은근한 목소리로 물었다. 이제 본격적으로 시작하려는 것이다. 여자 둘은 일행이 그들뿐이었는데 아직 긴장을 풀지 않았다. 사진을 찍어 주면서도 한 번도 웃음을 띠지 않는 것만 봐도 알 수 있었다. 여자들이 대답 대신 서로의 얼굴만 보았을 때 조철봉이 정색하고 말했다.

"아가씨들, 고맙습니다. 여행 재미있게 보내세요."

그러고는 몸을 돌렸으므로 갑중이 당황했다. 갑중이 조철봉의 뒤를 따르며 낮게 말했다.

"형님, 왜 이러십니까? 시바다도 될지 안 될지 모르지 않습니까?"

"병신아, 여기는 한국하고 달라."

"아, 그러니까."

바짝 붙어 선 갑중이 투덜거렸다.

"그러니까 더 잘 될 것 아닙니까?"

"한국에서 하던 식으로 하면 안 된단 말이다."

조철봉이 혀를 찼다.

호텔 리무진은 매표소 앞쪽 주차장에 세워 두었으므로 조철봉은 갑중과 함께 걸었다. 햇살은 하얗게 비치고 있었지만 하늘은 흐렸다. 탁하다는 표현이 맞을 것이다. 마른 먼지가 자주 일어났고 대기는 건조해서 입술이 금방 말랐다. 리무진 앞으로 다가갔을 때 예상보다 빨리 나왔기 때문인지 운전사는 차 안에서 의자를 눕히고는 잠이 들어 있었다.

"이곳에서 기다리자."

조철봉이 흘끗 뒤쪽에 시선을 주면서 말했다.

"시내까지는 외길이니까 여기서 다시 만날 수가 있을 거다."

"아니, 그렇다면."

갑중의 더위에 지친 얼굴에 다시 생기가 떠올랐다. 차 안으로 들어가자 놀란 운전사가 몸을 일으켰지만 갑중이 손짓으로 더 기다리라고 해놓고는 조철봉을 보았다.

"형님, 한국과는 다르다고 하셨는데 여기서는 어떻게 꼬셔야 됩니까? 지도해 주십시오."

농담같이 말했지만 갑중의 얼굴은 진지했다. 리무진의 에어컨은 강했고 온몸이 금방 서늘해지자 조철봉의 분위기도 살아났다. 조철봉이 웃음 띤 얼굴로 갑중을 보았다.

"외국에서 한국사람 등을 치는 한국 놈이 많다는 보도가 많이 나간 것이 탈이다."

"그렇죠. 저도 가끔 그런 기사 봤습니다."

"무조건 친절하면 경계하게 되는 거야."

"한국에서도 그렇죠."

"여행을 가면 들뜨게 된다. 지금 우리처럼 말이야. 재들도 마찬가지일 것이다."

"그래서요?"

"기회만 잘 잡으면 돼."

"방법을 말씀해 주시라니까요? 형님은 그 방면에 저보다."

그때 창밖에 시선을 주었던 조철봉이 정색했다.

"온다."

창밖을 내다본 갑중은 여자 둘이 이쪽으로 오는 것을 보았다. 거리는 70, 80미터 정도. 그 순간 갑중은 눈을 치켜떴다. 서양인 여행자 두 명이 여자들과 함께 오고 있는 것이다. 반바지에 반소매 차림의 서양인 두 놈은 여자들의 양쪽에 붙어 서서 무언가 열심히 지껄이고 있다.

"아니, 저놈들이."

갑중이 머리를 돌려 조철봉을 보았다.

"형님, 어떻게 하죠?"

"어차피 이 앞으로 지나게 되어 있으니까."

조철봉이 눈을 가늘게 뜨고 일행을 노려보며 말했다.

"넌 저기 매표소 앞을 한 바퀴 돌고 와. 우리가 재들 기다리고 있었다는 눈치를 보이면 안 된다."

"예, 형님."

눈치 빠른 갑중이 반대쪽 문을 열고 나가더니 서둘러 땡볕 밑을 걸어 나갔다. 여자들과 반대 방향이었지만 한 걸음 한 걸음에 정성이 깃든 것처럼 보였으므로 조철봉은 저도 모르게 풀썩 웃었다. 두 쌍의 남녀가 다가오고 있었다. 거리는 이제 30, 40미터로 좁혀졌는데 조철봉의 이맛살이 찌푸려졌다. 여자들은 서양인과 웃으며 이야기를 나누고 있는 것이다.

조철봉은 심호흡을 했다. 첫째로 그 분위기에 기분이 상했으며 둘째로 서양인과 자연스럽게 대화를 나누는 여자들의 회화 실력에 자존심이 상했던 것이다. 여자들이 20미터의 거리까지 접근해 왔을 때 조철봉은 차에서 내렸다. 그 순간 여자들의 시선이 이쪽으로 쏠렸고 조철봉도 정면으로 그들을 향해 섰다. 그러고는 여자들을 향해 한국어로 소리쳤다.

"아니, 아까 사진 찍어주신 분들 아닙니까?"

조철봉이 거침없이 말했다.

"내가 태워 드릴 테니까 타요. 잘 모르는 외국 사람들은 조심해야 돼."

그때 조금 갸름한 얼굴형의 여자가 피식 웃었다.

"걱정해주셔서 고맙습니다."

"더운데 타요. 내가 숙소까지 태워다 줄 테니까."

그때는 외국인까지 걸음을 멈췄고 여자들이 서로 시선을 맞추는 것을 조철봉은 보았다. 카바레에서 그 짧은 3분 동안의 찬스를 놓치지 않았던 조철봉이다. 조철봉이 그들에게로 한 걸음 다가섰다.

"경계하는 건가? 같은 한국 사람이라고 그냥 호의를 보인 건데 싫다면 할 수 없고."

조철봉이 시선을 당당하게 보내면서 어깨를 폈다. 물론 지금은 카바레와 상황에서부터 조건까지 다 다르다. 그때 갸름한 얼굴이 동그란 얼굴에게 짧게 말하더니 다시 외국인들을 향해 이야기를 했다. 갸름한 얼굴이 리더 격이다. 그러자 서양인 사내 두 명이 머리를 끄덕이고는 발을 떼었다. 조철봉은 사내들이 보내오는 시선에서 적의를 느꼈고 그것이 보람으로 간직되었다. 이긴 것이다.

"그럼 태워주세요."

갸름한 얼굴이 웃음 띤 얼굴로 다가오며 말했다.

"고맙습니다."

동그란 얼굴도 미리 인사부터 했다. 그때 갑중이 땡볕 속을 달려왔다. 성사가 된 것을 본 그는 생기에 차 있었다.

"다녀왔습니다, 사장님."

갑중은 매표소의 중간까지 할일 없이 걸어갔다가 온 것이다.

"수고했어."

조철봉은 리무진의 뒷문을 열고 여자들을 기다렸다.

"어서 타지, 더운데."

"어머 안이 넓네."

동그란 얼굴이 먼저 타면서 감탄했다.

"아이 시원해."

리무진은 VIP용으로 좌석이 마주보고 앉게 되어 있는 데다 냉장고 안에는 음료수와 술까지 넣어져 있다. 호텔에서 로열 룸 투숙객에게만 빌려주는 리무진인 것이다. 여자들과 마주보고 앉았을 때 운전사는 부드럽게 차를 출발시켰다.

"숙소가 어딥니까?"

갑중이 정중하게 물었다. 갑중은 이제 여자들에게 존댓말을 썼는데 왜냐하면 조철봉이 말을 내렸기 때문이다. 경우가 밝은 갑중은 조철봉과 같이 말을 내리지 않았다. 이것은 갑중에게 자연스럽게 굳어진 습성이다. 갑중은 룸살롱 같은 곳에서도 조철봉과 이차 나간 아가씨한테도 절대로 말을 놓지 않는 것이다.

그때 갸름한 얼굴이 대답했다.

"우린 유스호스텔에 있어요."

"그럼, 학생인가?"

"대학원에서 연구하고 있어요."

이번 대답은 동그란 얼굴이 했다. 그리고는 동그란 얼굴이 조철봉을 보았다.

"아저씨들은 관광 오셨어요?"

"관광은 무슨."

심호흡을 한 조철봉이 정색했다.

"그냥 쉬러 온 거야."

맞는 말이다. 그러나 이것만으로는 성겁고 신뢰성이 떨어진다. 그래서 조철봉이 말을 이었다.

"불쑥 날아왔더니 불편해. 영어도 모르고, 가는 곳마다 안내원을 고용해야 되니까 말이야."

또 맞는 말이다. 계속 진실만 말하는 바람에 갑중이 이상하다는 표정으로 조철봉을 흘끗거렸다. 그때 갸름한 얼굴이 물었다.

"여기서도 안내원 고용하셨어요?"

"응."

"그럼 그분은 어디 가셨어요?"

"심부름을 보냈어. 뭘 좀 조사해오라고 했거든."

그러고는 조철봉이 물었다.

"그럼 둘은 어디로 여행할 계획이야?"

2. 방랑

"이집트 여행이 끝나면 그리스로 갑니다."

갸름한 얼굴이 대답했다.

"그리스에서 이탈리아로, 그다음에 유럽을 횡단할 계획이에요."

"대단하군."

조철봉이 감탄했다.

"그래, 아직 학생일 때 실컷 여행을 해야지. 사회생활을 시작하면 그럴 여유가 없어."

"아저씨는 무슨 일 하세요?"

그러자 갑중이 나섰다.

"사장님은 사업체를 여러 개 가지고 계세요. 중국과 베트남에도 10여 개의 사업체가 있고 서울에도⋯."

여자들이 별로 감동하는 기색이 없었으므로 갑중은 김이 빠진 모양인지 목소리가 낮아졌다. 그때 갸름한 얼굴이 먼저 인사를 했다.

"저는 윤영화라고 합니다. 국제대학원에서 지리학 박사 과정에 있어요."

"저도 같아요. 이름은 정민주구요."

동그란 얼굴도 따라서 인사를 했다. 조철봉과 갑중은 명함으로 인사를 대신했는데 여자들은 한참이나 명함을 들여다보았다. 여자들이 머리를 들었을 때 조철봉이 갑중에게 물었다.

"오늘 저녁에 내 스케줄을 봐서 저녁을 사고 싶은데 어떻게 될까?"

"글쎄요, 그것이."

갑중이 정색하고 머리를 한쪽으로 기울였다.

"호텔에 가봐야 알겠는데요. 일본 측에서 연락이 올지 모릅니다."

시바다를 말하는 것이다. 조철봉이 윤영화를 보았다.

"오늘 저녁에 일본 거래선하고 약속이 되면 내일 저녁을 같이 할까?"

"언제라도 상관없어요."

영화가 웃음 띤 얼굴로 선선히 대답했다.

"경비 절약하려고 밥 얻어 먹는 건 언제든지 환영합니다."

"맛있는 것 사주세요."

민주도 거들었다.

"빵하고 주스만 사먹다 보니까 늘 배가 고픈 것 같아요."

경계심이 풀리기 시작하자 밝은 성품이 드러났고 그것이 조철봉은 물론이고 갑중에게까지 생기를 불러일으켰다. 조철봉은 순간 김억수가 시바다의 일을 성사시키지 말았으면 하고 바랄 정도였다.

"유스호스텔이 어디야?"

조철봉이 묻자 영화가 창밖을 보았다. 차는 이미 호텔 근처로 다가가는 중이었다.

"호텔에서 다리를 건너 20분쯤 더 가야 돼요."

"그럼 이 차를 타고 가."

그러고는 조철봉이 지갑에서 100불짜리를 꺼내 영화에게 내밀었다.

"난 영어를 모르니까 운전사한테 이 돈을 주고 유스호스텔까지 데려다 달라고 해. 그럼 데려다 줄 거야."

"어머, 너무 많아요."

정색한 영화가 눈을 크게 떴지만 돈은 받았다. 그러고는 힐끗 민주를 보더니 다시 조철봉에게로 시선을 주었다.

"저, 호텔에서 그냥 택시 타고 갈래요."

"아니, 왜, 이 차가 편할 텐데."

"이 돈이면 택시비 내고 우리 둘이 맛있는 저녁을 사먹을 수 있다고요."

"으음."

헛기침을 한 조철봉이 머리를 끄덕였다.

"마음대로 해."

"고맙습니다."

영화가 머리를 숙여 인사했고 민주도 활짝 웃었다. 호텔 앞에서 내렸을 때 영화가 조철봉을 보았다. 맑은 눈이었다.

"그럼, 오늘 저녁에 전화 드릴까요?"

"그래, 8시에."

조철봉이 정색하고 말했다. 두 시간 후다.

호텔 로비에서 기다리고 있던 김억수가 조철봉을 보더니 서둘러 다가왔다.

"리무진을 빌려 나가셨더군요."

다가선 억수의 얼굴에 희색이 떠 있는 것을 보았어도 왠지 조철봉은 기대감이 일어나지 않았다. 사업도 마찬가지지만 남녀관계에 있어서도 언제나 복선을 깔고 있었던 조철봉이다. 한 곳에다 전력을 쏟아부었다가 성사가 되지 않았을 때 참담해진 경험이 있었기 때문인데 이번도 마찬가지 경우가 될 것이다.

"됐습니다."

그래서 눈을 빛내며 억수가 말했을 때도 차분하게 머리만 끄덕여 보였다. 내막을 모르는 억수가 들뜬 목소리로 말했다.

"사장님 피아르를 한 시간이나 했지요. 그랬더니 만나겠답니다."

"허, 그래?"

그 말을 들은 갑중이 억수에게 물었다.

"어떻게 피아르를 했는데?"

"사장님이 한국에서 10위권 안에 드는 그룹 회장님이라고 했지요."

"그 말 믿을까?"

"그건 상관없는 일입니다, 전무님."

"상관이 없다니?"

그러자 억수가 정색하고 조철봉을 보았다.

"탁 까놓고 말했습니다, 사장님."

"어떻게?"

조철봉이 묻자 억수는 침을 한 번 삼켰다.

"하룻밤 데이트 해주면 5천 불을 주겠다고 했습니다. 그랬더니 한참을 망설이더니 승낙을 하더구만요."

"으음 그래?"

감탄한 듯 조철봉이 신음을 뱉으며 눈을 치켜떴을 때 갑중은 혀를 찼다.

"5천 불씩이나?"

"그 정도 수준의 여자면 5천 불을 줘야 될 것 같습니다."

"가격 흥정을 한 거야?"

갑중이 묻자 억수는 머리부터 저었다.

"어떻게 흥정을 하겠습니까? 이런 경우에는 조금 파격적인 가격을 불러야 됩니다. 그런 애들은 아마추어라 흥정하는 분위기가 되면 거부감을 느끼게 되거든요. 그러면 끝장입니다."

"그렇군. 이해가 간다."

조철봉이 동의하자 억수가 물었다.

"오늘 밤에 만나시겠습니까? 제가 지금 연락을 해줘야 되는데요."

"어떻게 만나는 거야?"

이번에도 갑중이 끼어들었다. 갑중이 눈을 가늘게 뜨고 억수를 보았다.

"사장님은 예스, 오케이밖에 모르시는데 말이야. 물론 땡큐나 굿바이도 할 줄은 아시지만 둘이 같이 식사를 하거나 데이트를 하기에는 조금."

그러다가 헛기침을 한 갑중이 조철봉에게로 시선을 돌렸다.

"죄송합니다, 사장님. 제가 나설 일이 아니긴 합니다만."

"최 전무 말이 맞다. 계속해라."

입맛을 다신 조철봉이 어깨를 폈으므로 갑중이 다시 억수에게 말했다.

"분위기가 어색해질 것 같다는 말이야. 둘이 이야기하기에는 말이지."

"그건 걱정하실 필요가 없습니다."

잠자코 갑중의 말을 듣던 억수가 얼굴에 웃음을 띠고 말했다.

"사장님 방으로 오면 되지 않겠습니까? 그러면 끝난 것이지요."

"그, 그렇게까지 이야기가 되었어?"

놀란 갑중이 묻자 억수가 자신 있게 머리를 끄덕였다.

"예. 그렇습니다. 하지만."

"하지만 뭐야?"

"돈을 먼저 줘야 합니다."

억수가 다시 조철봉을 보았다.

"여자 측에서 그렇게 요구한 건 아닙니다만 분위기상 그렇게 해야 될 것 같습니다. 그러면 제가 책임지고 방으로 데려오지요."

"좋아."

조철봉이 머리를 끄덕였다.

"성사가 되었다니 과연 놀랍다. 그런데 지금 당장 5천 불을 만들어야 하나?"

이맛살을 찌푸린 조철봉이 억수를 보았다.

"예, 일정이 바뀌어서 내일 오후에 떠나기 때문에 기회는 오늘 밤밖에 없습니다."

억수가 초조한 표정으로 말했을 때 조철봉이 손목시계를 보는 시늉을 했다.

"그럼 두 시간만 기다려주겠나? 지금이 6시니까 8시에 내 방에서 만나자구."

"알겠습니다, 사장님."

억수도 손목시계를 보면서 말했다.

"8시에 그쪽에다 이야기를 해주기로 하지요."

로비에서 억수와 헤어진 조철봉은 갑중을 데리고 방으로 들어왔다. 갑중은 입술을 조금 내민 표정으로 조철봉과 시선을 마주치려고 하지 않았는데 입도 열지 않았다. 냉장고에서 생수병을 꺼낸 조철봉이 혼잣소리처럼 말했다.

"네가 억수 입장이 되었다고 생각해 봐라. 넌 어떻게 할 것 같으냐?"

"뭘 말씀입니까?"

시선을 들었던 갑중이 곧 말뜻을 알아차리고는 뱉듯이 말했다.

"그 자식 아무래도 사기치는 것 같습니다. 오입 한 번에 5천 불이라니요. 형님이 그 자식 간댕이를 키워 놓으신 겁니다. 사례비로 2천 불을 내겠다고까지 했으니까요."

"그래서 너라면 어떻게 할 것 같냐?"

그러자 갑중이 눈을 껌벅였다. 그것까지는 정리가 안 된 모양이었다. 생수를 서너 모금 마신 조철봉이 소파에 앉아 갑중을 보았다.

"나 같으면 시바다를 찾아가 이렇게 말하겠다. 일등석에 타고 온 한국인 졸부가 너하고 하룻밤 데이트를 하고 싶다고 한다. 내가 2천 불까지는 받아 주겠는데 데이트 해보겠나?"

빙그레 웃고 난 조철봉이 말을 이었다.

"얼마까지 받아내면 데이트 해보겠나? 하고 묻고 나서 여자와 협상을 한다. 그러고는 아마 3천 불 정도로 합의를 하겠지. 그 이상을 받아내면 차액은 내 몫으로 달라고 할 것이다."

"여자한테 3천 불이나 준단 말입니까? 나 같으면 여자는 2천 주고 3천은 먹겠습니다."

갑중이 말했을 때 조철봉이 쓴웃음을 지었다.

"그게 적당한 비율이다. 욕심을 부리면 여자가 폭로할 가능성이 있으니까. 그리고 사례금 2천도 챙길 수가 있지 않아?"

"호구 잡았군요."

눈을 치켜떴던 갑중이 정색했다.

"그럼 두 시간 후에 그놈이 오면 어떻게 하실 겁니까? 우린 그 여자하고 그놈이 눈앞에서 수작을 부려도 눈 뜬 장님과 같단 말씀입니다. 그만두겠다고 하시는 것이."

"그럴 수야 있나?"

정색한 조철봉이 자리에서 일어섰다.

"리무진을 빌려라. 빌릴 수 있지?"

"예, 그거야 프런트에 가서 리무진, 하면 됩니다. 그런데."

"가서 빌려."

"어디를 가시려구요?"

"그건 차에 타고 나서 말해 줄 테니까."

조철봉이 서두르자 갑중도 엉겁결에 방을 나왔다. 프런트에 간 갑중이 아닌 게 아니라 리무진, 한 마디를 하자 직원이 금방 전화를 하고는 벨 보이를 부르더니 따라가라는 시늉을 했다. 조철봉은 로비를 걸어 나가면서 주위를 둘러보았다. 저녁 무렵이어서 로비는 혼잡했는데 억수는 보이지 않았다. 현관 앞에는 오후에 타고 나갔던 리무진이 이미 대기하고 있었다. 팁을 두둑하게 받은 운전사가 그들을 보더니 문을 열고 기다렸다. 그러자 갑중이 다시 물었다.

"어디로 가시게요?"

"유스호스텔."

차에 탔을 때 조철봉이 말하자 갑중은 눈을 둥그렇게 떴다.

"예에?"

그때 조철봉이 운전사의 어깨를 가볍게 치고는 주머니에서 방에 비치되어 있던 시내 지도를 꺼내더니 유스호스텔을 짚어보였다. 운전사가 머리를 끄덕이더니 속력을 내었다. 어느 사이에 조철봉은 시내 지도를 꺼내왔던 것이다.

"형님, 그럼 시바다는 포기하시고."

갑중이 조심스럽게 말했을 때 조철봉은 쓴웃음을 지었다.

"두고 봐야지. 하지만 가만 앉아서 당한다고 생각하니까 화가 난다."

"그렇다면."

"두고 보라니까."

조철봉이 눈을 치켜떴으므로 갑중은 입을 다물었다. 유스호스텔까지는 딱 15분이 걸렸는데 정문 앞에서 차가 멈췄을 때 조철봉이 갑중에게 말했다.

"들어가서 데리고 나와라."

"둘 다 말씀입니까?"

"잠깐 이야기할 것이 있다고 해."

"알겠습니다."

영문을 몰랐지만 갑중은 밖으로 나갔다. 의자에 등을 붙인 조철봉은 심호흡을 했다. 그냥 안 한다고 해버리면 될 일이었지만 그렇게 마무리가 되면 두고두고 미련이 남을 것이었다. 거기에다 영어를 못해 벙어리가 되어버린 수치심도 있다. 갑중이 윤영화와 정민주를 데리고 나왔을 때는 5분쯤 후였다. 영화와 민주는 씻고 옷을 갈아입었기 때문인지 다른 사람처럼 보였는데 갓 딴 사과처럼 생기가 났다.

시바다의 세련되고 화사한 분위기와는 대조적이다. 차의 앞쪽 자리에 나란히 앉은 영화와 민주가 조철봉을 보았다. 긴장과 호기심이 섞인 표정들이다. 조철봉의 옆에 앉은 갑중도 우물쭈물 시선을 주었다. 건너편에 등을 보이고 앉은 운전사만 한가한 듯 음악의 볼륨을 조정하고 있다. 이윽고 조철봉이 입을 열었다.

"우리가 안내원을 한 명 고용했다는 건 아까 말했었지?"

여자들이 머리만 끄덕였고 조철봉이 말을 이었다.

"그런데 조금 전에 안내원이 나한테 오더니 어떤 여자하고 하룻밤을 지내라는 거야. 그 여자는 내가 타고 온 일본항공의 스튜어디스인데 5천 불로 합의가 되었다는 거야. 이런 기가 막힐 일이 있나?"

그때 옆에 앉아 있던 갑중이 숨이 막히는지 입을 벌리고 공기를 들이마셨다. 숨을 참고 있었던 모양이었다. 여자들의 표정도 묘해졌다. 긴장한 것도 아니고 놀란 것도 아닌 어정쩡한 얼굴로 눈만 깜박이고 있다. 조철봉이 소리 내어 숨을 뱉었다.

"물론 안내원의 그런 분위기를 만든 내 책임도 있어. 하지만 우리가 대화가 통하지 않는다는 것을 이용해서 그런 장난을 하는 안내원이 괘씸해. 그래서 말인데."

정색한 조철봉이 여자들을 번갈아 보았다.

"내가 사례는 할 테니까 나하고 같이 그 여자한테 가서 안내원이 도대체 뭐라고 했는지를 알려주지 않겠어?"

조철봉이 이제는 눈을 부릅떴다.

"이건 국가적인 망신이야. 아무래도 안내원은 그 여자한테 내가 어떤 제의를 했다고 한 것이 틀림없어."

힐끔 갑중에게 시선을 준 조철봉의 말이 이어졌다.

"난 일등석의 당번이었던 그 여자가 참 세련되었고 친절하다고 칭찬한 것밖에 없었는데 안내원이 제멋대로 그 여자한테 찾아간 모양이야. 그러고는 5천 불만 내면 된다는군. 세상에 이런 망신이 있나?"

윤영화와 정민주가 20여 성상(星霜)을 살아오면서 이런 황당한 요청을 받은 것은 처음일 것이다. 그러나 충격적이긴 하다. 여자를 꼬시는데 안내원이 개입되어서 제멋대로 5천 불을 불렀으며 그 당사자는 국가적 망신이라고 펄펄 뛰는 상황인 것이다. 괴이쩍다는 느낌도 있을 것이었다. 거기에다 그것을 확인하고 싶다면서 같이 가자고 한다. 사례를 하겠지만 황당하지 않을 수가 없다. 여자들의 눈치를 살핀 갑중이 어깨를 늘어뜨렸을 때였다. 조철봉이 분개한 듯 눈을 치켜떴다.

"그래, 내가 안내원한테 그렇게 말한 적이 있지. 안내원이 여행하시는데 적적하지 않느냐고 자꾸 묻길래 우린 그런 사람이 아니라고 했어. 하지만 마음에 맞는 여자가 나타나면 돈 아끼는 사람이 아니라고도 했더니 이놈이 그만."

"가서 확인만 해드리면 되죠?"

영화가 불쑥 물었으므로 갑중의 어깨가 솟아 올라갔고 조철봉은 헛기침을 했다.

"그래주기만 하면 사례하겠어."

"그럼 그 스튜어디스가 있는 호텔로 가요."

그러고는 영화가 머리를 돌려 옆에 앉은 민주를 보았다.

"너도 갈래?"

"나는 뭐."

민주가 우물거렸을 때 갑중이 나섰다.

"그럼 민주 씨는 저하고 같이 식사나 하시죠. 영화 씨가 돌아오실 동안 제가 모시겠습니다."

갑중이 절절한 눈빛으로 민주를 보았다.

"카이로에서 제일 좋은 식당에서 저녁을 대접하겠습니다."

"그럼 넌 내려."

아직도 눈을 치켜뜬 조철봉이 갑중에게 말했다.

"난 이 일을 분명하게 매듭을 짓고 돌아갈 테니까."

"예, 사장님."

정색한 갑중이 조철봉을 마치 판문점에 남측 대표로 떠나보내는 것처럼 존경스러운 시선을 보내면서 일어섰다.

"그럼 민주 씨, 내리십시다."

갑중과 민주가 차에서 내렸을 때 조철봉으로부터 시바다가 묵고 있는 호텔을 들은 영화가 운전사에게 지시했다.

"아트라스호텔로 가요. 서둘러 주세요."

유창한 영어였는데 조철봉은 그쯤은 알아들었다. 차가 속력을 내기 시작했을 때 심호흡을 한 조철봉이 옆에 앉은 영화를 보았다.

"미안해, 번거롭게 해서."

"재미있네요 뭐."

영화가 앞쪽을 향한 채 입술 끝만 올리고 웃었다.

"이야깃거리가 하나 생겼다고 치죠."

"나도 그냥 넘기면 끝나는 일이었지만."

영화와 비슷한 모양으로 입술로만 웃은 조철봉이 말을 이었다.

"윤영화 씨 만날 핑곗거리를 하나 만든 것이지."

"핑곗거리치고는 좀 황당하네요."

"그 사기꾼 안내원 놈이 괘씸해서 그래."

"도대체 안내비로 얼마 주셨는데요?"

"일당 1백 불로 계약했어."

"그만하면 적정 가격인데요."

"우리가 처음이라 그런 모양이야."

조철봉이 영화의 진한 갈색 눈동자를 차분하게 보았다. 흰자위가 맑은 눈이어서 조철봉의 가슴이 부풀어 올랐다. 시바다와는 다른 매력이 풍겨왔기 때문이다. 더욱이 같은 동포인 것이다.

"결혼하셨어요?"

문득 영화가 물었으므로 조철봉은 시선을 들었다.

"아, 했는데 작년에 헤어졌어."

이럴 때는 정색하고 가볍게 말하는 것이 낫다.

이혼한 남녀에게 왜 헤어졌느냐고 묻는 상대가 있다면 다음의 세 경우로 분류가 될 것이다. 첫째로는 물론 호감을 느꼈기 때문으로 이때에는 헤어진 상대방을 절대로 욕하면 안 된다. 다 제 잘못으로 헤어졌다고 해야 점수를 딴다.

둘째는 이혼한 이유를 듣고 제 남편이나 아내와의 생활을 비교, 분석하여 어떤 장점을 찾아내려는 수작인데 이때는 여유 있는 처신으로 상대방의 배를 아프게 만드는 것이 정신위생상 낫다. 셋째 경우는 그냥 인사치레로 물어보는 것인데 바로 윤영화가 그렇게 보였다. 아직은 호감 따위를 느낄 상황은 아닌 것이다. 호텔이 가까워지고 있었으므로 조철봉이 입을 열었다.

"영화 씨가 안내원 미스터 김의 동료 역할을 해주는 것이 낫겠어. 대신 왔다고 말이야."

영화의 시선을 받은 조철봉이 얼굴을 펴고 웃었다.

"나하고 같이 시바다를 셋이서 만나는 거야. 그래서 영화 씨가 직접 물어보는 것이지. 다 알고 있는 것 같이 말이야."

그러고는 조철봉이 한국어로 리허설을 해보였다.

"저, 미스터 김 대신으로 제가 왔는데요. 이분한테서 얼마 받기로 하셨죠? 이분이 직접 드리겠다고 해서요."

그러고는 조철봉이 정색하고 영화를 보았다.

"그러면 그 여자가 뭐라고 할 것 아닌가? 돈 단위쯤은 나도 들을 수가 있거든. 그럼 그걸 듣고 잠깐 실례하겠다면서 우린 나가는 거야."

"어디로요?"

"밖으로."

조철봉이 뻔한 말을 왜 묻느냐는 표정으로 영화를 보았다.

"나는 안내원 그놈이 어떻게 사기를 치려고 했는가만 알면 되니까."

"만일에 안내원 말이 맞다면요?"

"그래도 할 수 없지. 안내원이 제멋대로 일을 벌인 것이니까 말이야. 난 정말 황당해. 안내원이 내 칭찬 한 마디만 듣고 이렇게 일을 벌였을지는 몰랐어."

"만일에 그런 일이 없다면요?"

"그때는 안내원이 완전 사기를 치려고 한 경우인데 영화 씨가 수고 좀 해줘야겠어. 안내원의 사기 내막을 그 여자한테 말해 주면 해. 사과는 내가 할 테니까."

영화의 시선을 받은 조철봉이 지갑을 꺼내더니 백 달러짜리 지폐 다섯 장을 세어서 내밀었다.

"이건 사례비야."

정색한 조철봉이 지폐를 영화의 손에 쥐어 주었다.

"미친 짓 같지만 난 그런 사기 행각은 용납하지 못해. 그리고 지금 생각했는데 안내원 말이 맞거나 액수가 틀리더라도 그 여자한테 내가 안내원 대신으로 사과를 해야겠어."

"알겠어요."

영화가 손에 쥐어진 지폐를 보더니 눈웃음을 쳤다.

"정말 황당한 일로 돈 벌었네요."

"내가 그냥 넘어가지 못하는 성격이라."

입맛을 다신 조철봉이 의자에 등을 붙였을 때 리무진은 호텔의 정문으로 들어서고 있었다.

"그럼 사장님은 여기서 기다리시는 것이 낫겠네요."

차가 현관 앞에 멈춰 서자 영화가 자리에서 일어서며 말했다.

"제가 시바다를 찾아서 이곳으로 데려올 테니까요. 차 안에서 이야기하는 것이 낫겠죠?"

"그렇군."

"이야기가 안 되어 있다면 데려올 수도 없겠죠."

그러고는 영화가 밖으로 나갔다.

그로부터 15분쯤이 지났을 때였다. 리무진의 창밖으로 호텔 현관을 주시하던 조철봉은 숨을 들이마시고는 뱉지 못했다. 윤영화와 시바다가 나란히 걸어 나왔기 때문이다. 시바다는 제복을 벗고 블라우스에 스커트 차림이 되어 있었는데 더 싱그럽게 보였다.

나란히 걷는 영화의 모습도 결코 시바다에게 뒤지지 않는다. 막혔던 숨을 뱉은 조철봉은 어금니를 물었다가 풀었다. 시바다를 이쪽으로 데려온다는 것은 어쨌든 안내원 김억수와 합의가 되었다는 의미였다. 그것이 5천 불인지 아니면 3천 불인지는 아직 불확실하다. 운전사가 영화를 알아보고는 문을 열어 주었으므로 두 여자는 안으로 들어섰다.

"하이."

안으로 들어선 시바다가 조철봉을 보더니 그랬다. 얼굴에 배시시 웃음까지 띠고 있다. 그리고 영화의 얼굴도 밝다.

시바다하고는 현관을 나오면서 뭔가 밝은 표정으로 이야기를 나누었는데 오래 사귄 친구 같았다. 시바다에게 머리만 끄덕여 보인 조철봉에게 영화가 말했다.

"사장님이 시킨 대로 다 했어요. 그랬더니 여자가 웃으면서 따라 나왔어요."

그러고는 영화가 시바다에게 유창한 영어로 뭐라고 설명했다. 다시 조철봉에게 시선을 돌린 영화가 말했다.

"그래요. 안내원 김 씨가 사기쳤어요. 이 여자는 2천 불이면 데이트하겠다고 했답니다."

그렇다면 김억수는 3천 불을 사기치려고 했던 것이다. 머리를 끄덕인 조철봉이 시바다의 검은 눈동자를 보면서 말했다.

"내가 마음이 약해서 말이야. 지금 내가 안내원한테 그런 부탁을 하지 않았다고 말하면 이 여자는 상처를 받겠지."

"아마 그렇겠지요."

정색한 영화가 가늘게 숨을 뱉었다.

"행동이 참 밝아요. 조금도 어색해하거나 부끄러워하지 않는 것이 전문가 같기도 하지만 자연스럽네요."

그때였다. 앞쪽에서 영화와 나란히 앉아 있던 시바다가 일어서더니 조철봉의 옆으로 옮겨 앉았다. 그러고는 조철봉에게 시선을 맞추더니 다시 배시시 웃었다. 덧니가 살짝 보이는 귀여운 웃음이다.

"귀엽네요."

마침내 영화도 한숨처럼 말했다.

"남자들이 끌리겠어요."

심호흡을 한 조철봉의 시선이 영화에게로 옮아갔다. 지금까지 살아오면서 수많은 곡절과 갈등을 겪었던 조철봉이다. 카바레에서 연속 두 탕을 뛴 적도 있었으며 최근에는 세 여자를 두고 머리가 빠개질 정도로 두뇌를 쓴 후에 다 처리한 경험도 있다. 그러나 지금은 전혀 새로운 장면이 전개되었다. 조조가 닭갈비를 들고 망설일 정도의 경우라면 진즉 끝냈을 것이었다. 이것은 그보다 몇 배나 더 어렵다.

"좋아."

마침내 조철봉이 결심하고 말했다. 그러고 나서 시바다를 향해서도 정색하고 영어로 말했다.

"굿."

그러고는 조철봉이 주머니에서 지갑을 꺼내더니 백 불짜리 20장을 센 후에 머리를 들었다. 시바다와 영화의 시선이 동시에 쏟아졌는데 각각 달랐다. 시바다는 여전히 웃었지만 돈 세는 장면이 어색했는지 눈 밑이 조금 붉어졌고 영화의 얼굴은 굳어 있었다. 조철봉이 지폐를 시바다에게 내밀면서 영화에게 말했다.

"돈은 주겠어. 이건 한국 남자의 체면이 걸린 문제니까. 하지만."

조철봉이 시바다의 손에 지폐를 쥐어주고는 말을 이었다.

"내일 저녁으로 약속을 해 줘."

"오늘은 왜 안 돼요?"

윤영화가 정색하고 물었다.

"지금 돈을 주었으니까 오늘 끝내시는 게 낫지 않아요?"

"오늘은 영화하고 데이트를 하고 싶어서 그래."

조철봉은 영화의 눈썹이 올라가는 것을 보고는 어깨를 부풀렸다. 이제 하나는 매듭을 지었지만 다른 하나가 마치 풍전등화 상황이 되어 있는 것이다. 조철봉이 말을 이었다.

"그래, 내일 이 여자한테 연락을 하지 않을 거야. 그냥 돈을 받게 하려고 내일로 미룬 거야. 난 영화하고 같이 있고 싶어."

"그럼 2천 불만 날린 셈이 되는 건가요? 한국 남자의 체면을 세우려고 말이죠?"

비꼬듯이 말했지만 영화의 눈썹은 조금 내려져 있었다. 조철봉이 머리를 끄덕였다.

"그래, 그래도 사기당한 것보다는 낫다는 생각이 들어. 아깝지도 않고."

그때 시바다가 조철봉에게 어깨를 붙이더니 손을 쥐었다. 따뜻하고 말랑한 손이었다. 조철봉의 시선을 받은 시바다가 눈웃음을 쳤다. 모든 것을 허락한 사이에서만 통용될 수 있는 눈빛이었다. 순간 가슴이 벅차오른 조철봉이 시바다의 손을 힘을 주어 잡았다. 앞에 앉은 영화가 정색한 얼굴로 조철봉과 시바다를 눈도 깜박하지 않고 응시하더니 입을 열었다.

"나한테는 조건을 붙이지 않나요? 데이트하는 조건요."

"솔직해서 고맙군."

조철봉이 활짝 웃었다. 그러고는 이제는 팔을 들어 시바다의 어깨를 당겨 안았다.

"그쪽은 3천 불을 내지."

"좋아요."

영화가 머리를 끄덕였지만 여전히 얼굴은 굳어져 있었다.

"그럼 이 애한테 말해 드리지요."

그러고는 영화가 시바다에게 이야기를 했는데 조철봉은 투마로가 세 번이나 말 속에 들어가 있는 것을 확인했다. 영화의 말이 끝났을 때 시바다가 머리를 들고 조철봉을 보았다. 바로 턱밑에 떠 있는 시바다의 두 눈은 맑았고 조금 벌려진 입술을 본 순간 조철봉의 입안에 저절로 침이 고였다.

"투마로."

조철봉이 시바다의 눈을 들여다보면서 말했다.

"씨 유 투마로."

"오케이."

머리를 끄덕인 시바다가 다시 덧니를 보이며 웃더니 갑자기 얼굴을 올리고는 조철봉의 입술에 가볍게 입을 맞췄다.

"씨 유 투마로."

그러고는 시바다가 차 문을 열고 밖으로 나갔을 때 영화가 가볍게 숨을 뱉었다.

"쟤가 사장님한테 호감이 갔었대요."

조철봉의 시선을 받은 영화의 입술에 쓴웃음이 번졌다.

"아주 성격이 밝아요. 호감이 가는 사람한테서 돈 받고 데이트하게 되었으니 기쁘다고 하더군요."

"이거 부담이 되는군."

"괜한 소리 마시고 내일 저 애한테 가보세요."

영화가 앞쪽에 앉은 운전사에게 짧게 말하자 차는 곧 출발했다.

"나도 쟤처럼 가볍게 말했지만 영 기분이 나지 않네."

영화가 혼잣소리처럼 말했을 때 조철봉이 상체를 일으키고는 영화의 팔을 잡아끌었다. 영화를 옆자리에 앉힌 조철봉이 팔로 어깨를 감싸안았다.

"우리는 스치고 지나는 사람들이야. 쟤나, 나나, 그리고 영화도."

영화는 대답하지 않았다.

조철봉에게 섹스는 그저 짐승의 욕구나 비슷할 뿐이다. 존재의 확인이니 성취감이니 따위의 이유도 가끔 붙였지만 괜찮은 여자를 보면 은근한 감정이 일어났고 그것이 곧장 성욕으로 연결되었다. 하긴 간혹 친구들 중에 점잖게 처신하는 부류가 있었으나 세월이 지나고 보면 거의 다 밑구멍으로 호박씨를 까고 있다는 사실이 드러났던 것이다.

체면을 내세우며 감정을 숨기다가 발각되는 모습은 더 추하다. 마치 저는 애무 한 번도 하지 않고 그냥 철봉만 넣고는 불경을 외울 것 같은 처신을 했던 놈이 알고 보니까 별 지랄을 다 했던 것이다. 조철봉은 대놓고 밝히는 스타일이다. 옛적에는 차를 운전하고 가던 중에 길가에 서 있는 늘씬한 여자에게 한눈을 팔다가 앞차를 들이받은 적도 있다. 사무실에서는 여자 손님한테 한눈을 팔다가 쓰레기통과 함께 엎어진 적도 있다. 엘리베이터에서 괜찮은 여자가 뭘 들고 있다면 꼭 말을 걸거나 들어준다. 물론 그에 대한 대가도 다 받았다.

추돌 사고 보상은 물론이고 쓰레기통과 함께 엎어졌을 때는 팔목을 삐었으며 짐을 들어준다고 했다가 남편한테 걸려 멱살을 잡히기도 했다. 그러나 지금이 어떤 세상인가? 인터넷에서 하루에도 수십 통씩 쏟아지는 스팸메일을 한 번만 클릭해도 온갖 음란물이 펼쳐진다. 명백한 불법 행위지만 어느덧 대중은 오염되었다. 전에는 대서특필이 되었을 사건도 지금은 기삿거리도 되지 않는 것이다. 따라서 조철봉 같은 사기꾼이 이 시대의 조류를 간과할 리가 없다.

컴퓨터 용량이 수시로 올라가는 것처럼 사고와 행동의 기준을 높여 적절하게 대응해 왔다. 전에는 영화 같은 수준의 아가씨가 대담하게 이런 '딜'도 하지 못했을 것이었다. 하지만 지금은 이런 사건은 술좌석의 이야깃거리도 되지 못한다. 호텔에 들어섰을 때 목이 빠지게 기다리고 있던 김억수가 조철봉과 영화를 보더니 눈을 둥그렇게 떴다. 조철봉이 눈알만 굴리는 억수에게 웃음 띤 얼굴로 말했다.

"수고했어. 그 일 없었던 것으로 하지."

"예? 아, 예."

얼굴에 실망의 기색을 역력하게 드러낸 억수가 머리를 끄덕였을 때 조철봉이 말을 이었다.

"그리고 내일부터는 안 와도 돼. 내가 서울 본사에다 연락을 할 테니까."

"아, 예."

억수의 시선이 다시 영화를 스치고 지났다. 그러나 그로서는 어쩔 수가 없는 일이다. 본사에 통보를 한다니 불가항력이기도 했다.

"자, 그럼."

조철봉이 몸을 돌렸을 때 영화가 팔을 끼었다.

"실망했겠네요, 저 아저씨."

"뛰는 놈 위에 나는 놈이 있는 법이지."

"아저씨가 날았군요."

큭큭 웃는 영화의 모습이 귀여웠으므로 조철봉은 팔을 둘러 어깨를 안았다. 한국에서는 호텔 로비에서 세상없어도 이렇게 여자의 어깨를 안을 수가 없다. 영화가 조철봉에게 착 몸을 붙여 주었는데 그쪽도 마찬가지일 것이다.

"아저씨, 스케줄은 어떻게 돼요?"

영화가 물었을 때 조철봉이 어깨를 안은 팔에 힘을 주었다.

"먼저 근사한 저녁을 먹기로 하자. 아마 호텔 안에 멋진 식당이 있을 거야."

"그래요."

주춤 발을 멈춘 영화가 로비의 벽에 붙여진 호텔 식당 선전물을 보면서 말했다.

"우리 정통 아랍식 요리를 먹어요, 아저씨."

영화의 목소리는 들떠 있었다.

호텔 식당에서 저녁을 마치고 나왔을 때는 밤 10시가 되어 있었다. 그때는 갑중과도 연락이 되었는데 그도 정민주와 시내에서 저녁을 먹고 있다는 것이었다. 윤영화가 프런트에다 조철봉이 호텔 식당에 있다는 메모를 남겨주었기 때문에 가능했던 일이다.

조철봉이 혼자 있었다면 연락이 되지도 않았다. 그것은 갑중도 마찬가지일 것이었다. 방으로 들어서면서 조철봉이 혼잣소리처럼 말하고 웃었다.

"내가 영화하고 같이 호텔에 있다는 걸 알았으니 그놈도 분발하겠군."

"힘들걸요?"

방을 둘러보던 영화가 웃음 띤 얼굴로 조철봉을 보았다.

"걘 자존심이 세어서요."

"무슨 말이야?"

"나하고 경쟁의식이 있거든요."

"그래서?"

"그래서 아저씨 부하 파트너는 되려고 하지 않을 거란 말이죠."

"그건 남자의 수단에 달렸지."

"글쎄요."

영화가 침실을 들여다보더니 조철봉을 향해 몸을 돌렸다.

"아저씨 부자예요?"

"뭐, 잘못됐어?"

"이 방값 비싸겠죠."

"일반실의 몇 배는 되지."

냉장고로 다가간 조철봉이 주스 캔을 꺼내 영화에게 내밀었다. 머리를 저은 영화가 다시 물었다.

"아저씨 여행 목적은 뭐죠?"

"그냥 쉬려는 거야."

영화의 시선을 받은 조철봉은 심호흡을 했다. 카이로의 밤이 깊어가고 있었다. 로열 룸의 분위기는 그야말로 영화의 한 장면처럼 화려했으니 자신이 주인공인 것으로 착각할 만도 했다. 그냥 벗고 침대에 눕는다면 너무 아깝다. 조철봉이 입을 열었다.

"난 사기꾼이야."

놀란 영화가 눈만 크게 떴을 때 조철봉이 소파에 등을 붙였다.

"지금은 커다란 기업체를 여럿 소유한 사장님이지. 하지만 바탕은 사기꾼이야."

"아저씨도 참."

영화가 마음이 놓였다는 듯이 얼굴을 펴고 웃었다.

"사기꾼도 여러 종류겠죠 뭐. 지금 그렇게 말씀하시는 걸 보니까 아저씬 바탕이 선하신 것 같은데요?"

"그런가?"

정색한 조철봉이 영화를 보았다.

"하긴 난 여자한테 피해를 입힌 경우는 없는 것 같다."

"아저씬 어떤 사업을 하시는데요?"

"여러 가지. 베트남에서는 운수회사가 있고 중국에는 공장이 있지, 한국에는 자동차 판매회사가 있고, 실버타운도 운영하고 있어."

"그런데도 사기꾼이에요?"

"그래, 바탕이 그렇다."

조철봉이 이번에는 길게 숨을 뱉었다. 갑자기 영화에게 고해를 하고 싶은 충동이 일어난 것은 아니다. 이것도 사기다. 사기꾼이 자신을 사기꾼이라고 말할 적에는 복선이 깔려 있다고 봐야 한다. 만일 그것이 없다면 그는 처음부터 사기꾼이 아니다.

"나는 별짓을 다해서 돈을 모았어. 수단 방법을 가리지 않고 살아온 거야. 그런데 어느 날 갑자기 내 주변을 둘러보게 되었는데 허무한 거야. 와이프도 자식도 다 떠났고 나 혼자가 되어 있는 거야."

그러자 갑자기 눈물이 쏟아졌으므로 조철봉은 눈을 크게 떴다.

"아저씨도 참."

영화가 다가오더니 옆에 앉았다. 눈물의 위력이다. 카이로의 밤이다. 분위기에 잘 어울리는 눈물이다.

조철봉은 팔을 들어 영화의 어깨를 안았다. 영화가 가슴에 안겨오면서 가늘게 숨을 뱉었다.

"아저씨, 저 어떻게 생각해요?"

가슴에 얼굴을 묻은 영화가 물었으므로 조철봉이 정색했다. 이제 눈물은 그쳤고 정신은 다시 멀쩡해졌다.

"무슨 말이야?"

"제가 제의했던 것에 대해서요. 놀라셨죠?"

"아니."

조철봉이 머리를 저었다.

"솔직해서 좋았어. 전혀 분위기를 깨지 않았으니까 신경쓰지 않아도 돼."

"그건 아저씨가 그렇게 분위기를 이끌어 가신 것 같아요."

쓴웃음을 지은 조철봉이 영화의 블라우스 단추를 차분하게 풀어 내렸다. 블라우스가 벗겨졌을 때 곧 영화의 브래지어만 찬 상반신이 드러났다.

"건강한 몸이다."

조철봉이 감탄했다. 햇볕에 탄 영화의 상체는 윤기가 흘렀으며 단단했다. 어깨뼈가 두드러지지도 않았고 그렇다고 뱃살도 없다. 머리를 숙인 조철봉이 영화의 어깨와 가슴 위쪽에다 입술을 붙였을 때 영화가 스스로 브래지어를 풀어 내렸다. 그러자 흰 유방이 탄력 있게 솟아올랐다. 이쪽은 볕에 타지 않아서 흰색이다.

"아저씨, 저 경험이 별로 없으니까 천천히 해주세요."

두 손으로 조철봉의 목을 감은 영화가 속삭이듯 말했다.

"아주 천천히요."

그 순간 조철봉은 저도 모르게 빙긋 웃었다. 조철봉의 경험으로는 천천히건 빨리건 간에 남녀 간의 관계는 상대적이었던 것이다. 천천히 나아간다고 다 좋은 것이 아니며 상대에 따라서 반응하기 마련이다. 지금까지 영화가 상대한 남자들은 급하게 서둘렀던 모양이었다. 조철봉은 영화의 말을 따르는 것처럼 스커트를 아주 천천히 벗겨 내렸다.

"키스해도 되겠니?"

조철봉이 묻자 영화가 얼굴을 붙여왔다. 눈을 감은 영화의 얼굴은 붉게 달아올라 있었고 숨결에서는 달콤한 알코올 냄새가 맡아졌다. 식사와 곁들여서 포도주를 마신 것이다. 입술이 포개졌을 때 영화는 혀를 내밀어 주었지만 서툴렀다.

조철봉의 혀와 만났을 때 아직 딱딱해서 여러 번 어긋났다. 그러나 곧 조철봉의 리드를 받더니 엉켜지기 시작했다. 영화의 숨결이 거칠어지고 있었다. 키스만으로도 얼마든지 성감이 고조될 수가 있는 것이다. 키스를 하면서도 조철봉의 두 손은 젖가슴에서 아랫배를 거쳐 엉덩이까지를 쉴 새 없이 애무했지만 아직 숲은 건드리지 않았다. 이윽고 입술을 뗀 영화가 거친 숨을 뱉더니 스스로 팬티를 끌어내렸다. 이제 영화는 알몸이 된 것이다.

"아저씨도 벗어요."

영화가 투정하듯 말했으므로 조철봉은 상체를 세웠다. 둘은 아직 소파에서 엉켜 있었던 것이다.

"침실로 가지 않을래?"

영화가 머리를 끄덕이더니 정신이 난 듯 손으로 아래쪽 숲을 가렸다가 조철봉을 올려다보았다. 두 눈 주위가 빨개져 있었다.

"내 몸 이뻐요?"

소파 위에 두 다리를 비스듬히 얹은 알몸만큼 성욕을 자극하는 포즈도 없을 것이다. 조철봉은 머리를 끄덕이며 옷을 벗었다. 셔츠와 바지를 순식간에 벗어던졌을 때 팬티 차림이 되었다. 영화가 눈이 부신 듯한 얼굴로 조철봉의 팬티를 보았다.

"아저씨도 섹시해요."

그러자 조철봉은 팬티를 끌어내렸다.

다음 날 아침, 눈을 뜬 조철봉은 옆에서 곤하게 자는 영화를 보았다. 모로 누운 영화는 알몸이었는데 아직 한쪽 다리가 조철봉의 몸 위에 걸쳐져 있다. 탁자에 붙은 디지털시계가 오전 8시 35분을 표시하고 있었다. 영화의 다리를 조심스럽게 들어 내린 조철봉은 침대를 빠져나왔다. 자신도 알몸이었으므로 가운만 걸친 조철봉은 창가로 다가가 커튼을 젖혔다.

검푸른 나일강 위로 유람선 한 척이 지나고 있었다. 날씨가 덥기 때문인지 갑판 위에 나온 관광객은 한 사람도 보이지 않았다.

"아저씨, 일어났어?"

침대 쪽에서 영화의 느리고 낮은 목소리가 울렸다. 머리를 돌린 조철봉은 기지개를 켜는 영화를 보았다. 알몸을 그대로 드러낸 채 두 손을 위로 힘껏 뻗자 동시에 두 다리가 아래쪽으로 일직선으로 놓여졌다. 묘한 자세였고 조철봉의 시선을 받으면서도 영화는 몸을 가리지 않았다.

"아, 개운해."

영화가 이제는 두 다리를 엇갈리게 꼬면서 쭉 뻗었다. 말 그대로 얼굴에는 웃음기가 떠올라 있다.

"멋진 섹스를 하고 나면 이렇게 온몸이 개운한가 봐."

영화의 반말은 조금도 어색하지 않았다. 조철봉이 침대로 다가서자 영화가 두 손을 뻗었다.

"안아줘."

영화는 스물여섯 살이었으니 알 건 다 아는 나이일 것이다. 그러나 섹스는 서툴렀다. 천천히 해달라는 주문도 익숙지 않았기 때문이다. 영화를 안아 들고 입술에 가볍게 입을 맞춘 조철봉은 만일 이곳이 한국이었다면 절대로 이런 인연이 만들어지지 않았을 것이라고 믿었다.

우리는 스쳐지나가는 인연이라는 말이 영화에게 용기를 주었을지도 모른다. 조철봉의 목을 두 팔로 감은 영화가 달콤한 숨 냄새를 풍기며 말했다.

"아저씨, 조금만 더 자자."

"또 하자는 말이구나."

"응, 해줘."

영화가 조철봉의 목을 당겼다.

"최 전무가 올 거야."

조철봉이 영화의 젖가슴에 입술을 붙이면서 말했다.

"시간은 많으니까 이제 옷 입고 밥 먹자."

그러자 영화가 눈을 크게 뜨고 조철봉을 보았다.

"아저씨, 나 같이 있어도 돼?"

"네가 좋다면."

"내가 가이드 할게."

"그렇다면 일당도 주지."

"일당은 필요 없어."

정색한 영화가 손을 풀더니 조철봉을 똑바로 보았다.

"너무 돈만 내세우지 마, 아저씨."

"그래."

조철봉이 얼굴을 펴고 웃었다. 그러고는 손끝으로 영화의 콩알만 한 젖꼭지를 가볍게 건드렸다.

"그럼 내가 내세울 게 뭐가 있을 것 같니? 사장 명함? 내 외모? 내 언변?"

조철봉이 천천히 머리를 저었다.

"더럽고 유치하게 보일지도 모르지만 그것이 가장 확실한 방법이었다. 적어도 나한테는 말이지."

"이젠 그렇게 안 해도 돼."

"알았어."

영화의 이마에 다시 입을 맞춘 조철봉이 침대에서 몸을 일으켰다.

"그럼 지금부터는 너를 내 공주님으로 모시지. 아니 정식 와이프 행세를 해도 된다."

그리고 조철봉이 빙긋 웃었다.

"네 덕분에 나도 신사 행세를 할 수 있겠다."

아침에 호텔 식당에서 만난 최갑중은 윤영화가 예언했던 대로 혼자였다. 그러나 갑중은 조철봉과 영화를 보자 예의 바르게 인사를 했다. 특히 영화에게는 깍듯했다. 시치미를 뚝 떼고 마치 조철봉과 3년쯤 같이 살고 있는 사모님처럼 대한 것이다. 그래서 같이 식사를 하는 동안에 분위기가 겉은 무난했지만 조철봉은 조금 거북해졌다. 식사를 마치고 커피를 마실 때였다. 갑자기 영화가 갑중에게 물었다.

"넷이 룩소르에 가시지 않을래요?"

넷이란 정민주까지 포함한 숫자를 말하는 것이다. 갑중이 눈을 크게 뜨고는 2초쯤 영화를 보았는데 그 짧은 순간에 자존심과 욕망이 머릿속에서 레슬링을 하다가 승부가 났다.

"그러시죠."

갑중이 정중하게 대답했을 때 조철봉이 풀썩 웃었다.

"아니 이쪽이 가자고 해서 되는 일이 아니잖아? 문제는 정민주 씨가 이 친구하고 짝이 될 의사가 있느냐는 것 아냐?"

갑중의 자존심을 여지없이 박살낸 발언이었으나 아예 처음부터 이렇게 나가야 당사자도 속이 편해지는 것이다. 아니나 다를까 갑중의 눈 주위가 붉어졌지만 곧 회복되었고 빙그레 웃기까지 했다. 그때 영화가 정색하고 말했다.

"제가 데려올게요."

"그렇게만 해주신다면 은혜는 잊지 않겠습니다."

갑중이 절실한 표정으로 영화를 보았다.

"제가 아무리 꼬셔도 말이 먹히지가 않았습니다."

"3천 불만 주세요."

"네?"

놀란 갑중이 눈을 크게 떴을 때 영화가 눈웃음을 쳤다.

"1주일간 안내 비용으로요."

"내가 내지."

조철봉이 나섰다.

"어차피 돈은 내 주머니에서 나가니까."

"아니, 형님."

갑중이 정색하고 조철봉을 보았다.

"이 돈은 제가 냅니다."

"그럼 됐다. 네가 내라."

그러고는 조철봉이 머리를 돌려 영화를 보았다.

"자존심이 센 친구라면서 돈으로 이야기가 되겠어?"

"저도 아저씨한테 3천 불 받았다고 하면 승낙할 거예요. 지가 뭔데."

그러고는 영화가 입술을 내밀었다가 풀고 다시 웃었다.

"이런 꿈같은 기회를 놓치려고 하겠어요? 더구나 돈까지 벌고."

그리고 일주일 후에는 기약 없이 헤어지는 것이다. 머리를 끄덕인 조철봉이 의자에 등을 붙였다.

"좋아, 그럼 친구한테 이야기하고 룩소르행 비행기를 예약해줘, 호텔까지."

"제가 돈을 가져오겠습니다."

자리에서 일어선 갑중이 서둘렀다.

"5분만 기다려 주십시오."

갑중이 식당을 나갔을 때 조철봉이 영화를 보았다.

"고맙다."

"뭐가요?"

영화가 다시 눈웃음을 쳤다. 이번의 눈웃음은 몸을 섞은 사이에서만 감지할 수 있는 은밀한 웃음이다. 조철봉이 영화의 진갈색 눈동자를 똑바로 보면서 말했다.

"우리를 편하게 만들어줘서."

"그래야 나도 편해, 아저씨."

정색한 영화가 조철봉을 마주보았다.

"그런데 아저씨, 오늘 룩소르로 떠날 거야? 그럼 그 일본 아가씨는 어떻게 할 건데? 어떻게 해야 할 것 아냐?"

본래 조철봉의 의도는 시바다였지만 유영화가 개입되고 나서 형세가 꼬였다. 그래서 둘과 계약을 한 셈이 되었는데 어젯밤 영화와 방에 들어가기 전까지는 오늘 밤 시바다를 만날 계획이었다. 그러나 지금은 마음이 바뀌었다. 선금을 줘버린 것이 아쉽기는 했지만 대를 위하여 소를 희생시키기로 결심한 것이다.

"그만둬."

정색한 조철봉이 영화를 향해 머리를 저었다.

"영화가 전화나 해줘. 내가 바쁜 일이 있어서 그냥 간다고, 그리고 그 돈은 친절에 대한 보상으로 받아줬으면 한다고 말이야."

"정말."

영화가 눈을 가늘게 뜨고 다시 웃었다.

"아저씬 이상해."

"난 항상 양다리를 걸쳤지. 만일의 경우를 생각해서 말이야."

"두 건 다 할 수도 있잖아?"

"그럴 수도 있지, 하지만."

영화의 시선을 받은 조철봉이 쓴웃음을 지었다.

"너하고 일주일을 지내게 된 이상은 그동안만이라도 성실할란다."

"고마워, 아저씨."

"오히려 내가 고맙지."

그때 갑중이 서둘러 다가왔으므로 둘은 말을 그쳤다.

"여기 있습니다."

갑중이 수표를 내밀었을 때 영화가 자리에서 일어섰다.

"그럼 다녀올게요."

수표를 받아든 영화가 둘을 향해 화사하게 웃었다.

"비행기하고 호텔 예약도 해 놓을게요. 그리고 점심때쯤 민주하고 같이 올 테니까 준비하고 계세요."

영화가 식당을 나갔을 때 갑중이 감탄한 표정으로 조철봉을 보았다.

"멋진데요, 지금까지 겪은 여자들하고는 분위기가 전혀 다르지 않습니까? 밝고, 화끈하고, 거기에다 교양이 있어 보입니다. 저만하면 용모도 수준급이고."

"외국에서 들뜬 분위기로 만났기 때문이다. 시간이 지나면 쉽게 잊는다."

"그럴까요? 어제 저는 밤 12시까지 온갖 수단을 다 썼지만 한국에서보다 더 어려웠습니다. 그런데 형님은."

그때 자리에서 일어선 조철봉이 목을 좌우로 비틀었다.

"어젯밤에 과로를 했나 보다. 방에 들어가서 다시 한숨 자야겠다."

조철봉이 눈을 떴을 때는 오후 1시 반이었다. 전화벨이 울렸기 때문에 깬 것인데 갑중이었다.

"형님, 체크아웃해야 되지 않습니까?"

갑중이 묻자 조철봉은 시계를 보고는 침대에서 몸을 일으켰다.

"곧 여자들이 올 테니까 짐만 꾸려 놓고 있어."

"짐은 다 꾸려놓았습니다."

그로부터 세 시간 반이 지난 오후 5시경에 조철봉과 갑중은 호텔의 커피숍에 나와 있었는데 앞에는 안내원 김억수가 앉았다. 김억수가 입을 열었다.

"유스호스텔에 기록된 이름은 이경숙과 김정자입니다. 그런데 이 이름도 가짜일 가능성이 많습니다."

힐끔 조철봉과 갑중의 눈치를 살핀 억수가 말을 이었다.

"체크아웃은 10시에 했더구만요. 어디로 갔는지는 아무도 모르고 있었습니다."

그러고는 억수가 정색하고 조철봉을 보았다.

"그런데 그 여자들하고 무슨 약속을 하신 겁니까?"

"아니, 약속은. 그냥."

조철봉이 태연하게 머리를 저었다.

"그냥 궁금해서."

조철봉은 심호흡을 했다. 옆에 앉은 갑중이 이쪽을 힐끔거리고 있었지만 아예 시선도 주지 않았다. 갑중의 우거지상을 보면 더 속이 뒤집힐 것 같았기 때문이다. 이쪽은 하룻밤 같이 지내기나 했지만 갑중은 멀쩡하게 3천 불만 사기당한 셈이었다. 그리고 그 책임의 절반 이상이 자신에게 있는 것이다. 그들의 눈치를 살핀 억수가 다시 조심스럽게 물었다.

"들뜬 관광객을 상대로 사기를 치는 사람들이 꽤 있습니다. 조심하셔야."

"그런가?"

자리를 고쳐 앉은 조철봉이 희미하게 웃었다. 그런 말을 하는 억수도 어제 시바다를 두고 사기를 쳤던 것이다. 2천 불로 합의해놓고는 5천 불을 받아서 3천 불을 제가 챙기려고 했다. 유영화가 아니었다면 밝혀내지 못했을 것이었다.

"이 사람아, 어디 우리가 사기당할 사람들 같은가? 솔직히 오늘 밤 어떻게 해보려고 당신을 보내서 알아보라고 한 거야."

그러고는 조철봉이 입맛을 다셨다.

"그런데 떠나버렸다니 조금은 서운하군."

영화에게 사기당한 내막을 알려주면 아마 억수는 두고두고 이야깃 거리로 써먹을 것이었다. 그리고 5년 묵은 체증이 뚫린 것 같을 것이다.

"사장님, 그 일본항공의 여자는 어떻게 하시려고 그 여자들을 찾으시 는 겁니까?"

억수가 기대에 찬 시선을 보냈지만 조철봉은 머리를 저었다.

"아니, 나는 그 여자한테는 관심이 없어."

"사장님, 그렇다면."

정색한 억수가 이맛살을 찌푸렸다.

"어제 저녁에 시바다한테 계약금 2천불을 주셨다면서요?"

조철봉도 놀랐고 갑중도 놀라 눈을 크게 떴다. 갑중한테는 이 말을 하지 않은 터라 조철봉의 얼굴이 굳어졌다. 억수가 정색하고 다시 물 었다.

"계약금만 날리게 되는 것 아닙니까? 제가 어제 전화를 했더니 사장 님이 여자하고 같이 오셔서 계약금을 내고 가셨다고 하던데요, 잔금 3 천 불은 오늘 밤 주시기로 했다면서요."

"으으음."

저도 모르게 신음을 뱉은 조철봉이 억수를 보았다. 그렇다면 억수가 사기를 친 것이 아니라 유영화가 거짓말을 한 것이다. 어제 저녁에 준 돈은 계약금이었다.

"내가 컨디션이 좋지 않아서."

겨우 그렇게 변명을 한 조철봉이 헛기침을 하고 억수를 보았다.

"시바다한테 언제 전화했는데?"

"어제 저녁 이곳에서 사장님하고 헤어지고 나서 시바다한테 연락을 했거든요. 어쨌든 일이 깨진 것이라 양해를 구하려고 전화를 했더니 계약금을 주고 가셨다고 하더군요. 그 여자하고 같이 오셔서 말입니다."

"으음."

"그래서 잘되었다고 생각하고 있었습니다."

갑자기 자르고 나서 다음 날 오후에 다시 불러내더니 유스호스텔의 여자들을 찾아보라고 일을 시켰으니 억수는 좋은 기분이 아닐 것이었다. 그때 갑중이 혼잣소리처럼 말했다.

"이거 말이 통해야 뭘 알아듣거나 말거나 하지. 사람 병신 되는구먼."

갑중이 조철봉 대신으로 해주는 소리처럼 들렸다. 조철봉이 억수에게 물었다.

"그리고 시바다가 뭐라고 하던가? 자네가 들은 대로 말해 봐."

"예, 여자는 자신이 사장님의 비서로 채용되었다고 했다는군요."

"그래?"

다시 심호흡을 한 조철봉이 정색하고 억수를 보았다.

"지금 시바다한테 연락을 해봐, 어서."

김억수가 연락을 하려고 잠시 자리를 비운 동안에 조철봉과 갑중은 서로 딴전만 피웠다. 갑중도 조철봉의 체면을 고려하여 말도 걸지 않은 것이다. 억수가 다시 돌아왔을 때 조철봉과 갑중은 거의 동시에 소리 죽여 숨을 뱉었다. 자리에 앉은 억수가 조철봉에게 말했다.

"그래서 사장님이 그러셨군요."

알쏭달쏭한 말을 뱉은 억수가 입맛을 다셨다.

"하지만 시바다는 조금 화가 나 있었습니다. 사장님한테 호감이 갔었는데 자존심이 상했다고 하더군요."

"할 수 없지 뭐, 컨디션이 좋지 않아서."

"하긴 500불은 쓰고 1500불 돌려줬으니까 위약금으로 500불은 받은 셈이지요."

"그게 무슨 말이야?"

"오늘 오전에 그 여자를 시켜서 1500불 받아 가신 것 말입니다."

그 순간 조철봉과 갑중이 서로 얼굴을 마주보았다. 그러고는 먼저 시선을 뗀 갑중이 마침내 잇새로 말했다.

"그년, 철저하게 사기를 쳤군."

조철봉이 심호흡을 했다. 이미 물은 엎질러졌다. 퍼뜩 눈을 치켜뜬 억수가 시선을 주었으나 조철봉은 딴전을 피웠다. 억수가 이번에는 갑중을 보았다.

"사기를 치다니요? 아니, 그러면…."

김억수가 누구인가? 여행사 안내원으로 온갖 잡놈을 상대해온 터라 눈치도 보통은 넘는다. 억수가 정색하고 갑중에게 물었다.

"그렇다면 그 여자가 돈을 가로채 갔단 말입니까?"

"그것뿐만이 아냐. 나한테서도 3000불을 가져갔어. 제 친구 데려온다는 조건으로."

"어이구."

"그리고 또…."

갑중은 입을 다물었다. 조철봉한테서도 3000불을 가져간 것이다. 아니 정확하게 계산하면 3500불이다. 그러면 합이 8000불이나 된다.

"그렇다면 경찰에 신고를 해야죠."

억수가 조철봉과 갑중의 눈치를 보며 말했다. 얼굴이 굳어져 있었지만 눈동자가 이리저리 움직이는 것을 보면 크게 고민하는 표정은 아니다. 아마 속이 시원할 것이었다. 그때 조철봉이 입을 열었다.

"자업자득이야. 놔둬."

"하지만 형님."

억수 앞이었지만 이미 터진 일이라 갑중이 눈을 부릅떴다. 얼굴까지 상기되어 있었다.

"신고나 합시다. 아니면 사람을 풀어서라도 잡읍시다. 분통이 터져서 못 살겠습니다."

"아마 비행기를 이용할 테니까 공항부터 체크해야 됩니다."

억수가 거들었다.

"일당 50불씩만 주고 현상금을 내걸면 금방 10명은 모을 수가 있습니다."

"그럼 지금 당장 모아, 일당은 내가 낼 테니까."

갑중의 입가에 게거품이 일어났다. 갑중이 서둘렀다.

"어서, 지금 당장. 현상금은 회수한 돈의 반을 내기로 하지. 그러면 3000불이 넘는단 말이야."

"이미 늦었어. 7시간이나 지났단 말이다."

조철봉이 혀를 찼지만 갑중이 머리를 저었다.

"늦었더라도 가만있을 수는 없습니다. 형님, 이 일은 저한테 맡겨 주십시오."

"그럼 진행하겠습니다."

갑중의 기세에 밀린 억수가 활기차게 자리에서 일어섰다.

"수배하고 오겠습니다."

그러자 조철봉은 다시 길게 숨을 뱉었다.

"이번 일은 내 의심에서 시작되었어."

김억수가 커피숍을 나갔을 때 조철봉이 입을 열었다. 갑중의 시선을 받은 조철봉이 쓴웃음을 지었다.

"김억수를 의심했을 때부터 일이 꼬이기 시작한 거야."

"말이 통하지 않았기 때문입니다. 한국에서라면 우리가 이런 꼴이 될 리가 있습니까?"

위로하듯 갑중이 말했지만 열의는 보이지 않았다. 조철봉의 말이 백 번 지당했기 때문이다.

"하, 그것 참."

갑중은 생각할수록 화가 나는 모양이었다. 다시 눈을 치켜뜬 갑중이 잇새로 말했다.

"이거 멀쩡하게 앉아서 사기를 당하다니, 그것도 어벙한 기집애한테."

"잊어버려."

자리에서 일어선 조철봉이 정색하고 갑중을 보았다.

"실습비를 냈다고 생각하면 된다."

"무슨 실습비를 냈다는 겁니까?"

"여자 문제로 치사하게 돈 타령은 하지 않을 것, 그것이 이번 사건에서 얻은 교훈이야."

"비싸군요, 실습비가."

방으로 돌아온 조철봉은 구두만 벗어 던지고는 침대에 누웠다. 그동안 룸 메이드가 다녀간 터라 방안은 다시 깨끗하게 정돈이 되어 있었다. 어젯밤의 흔적이 말끔하게 지워진 것이다. 조철봉은 눈을 감았다. 큰돈이었지만 화가 나거나 아깝다는 생각은 들지 않았다. 그저 가슴이 허전했고 상승되던 에너지가 갑자기 위축되는 느낌이 올 뿐이다. 며칠 지나면 윤영화의 얼굴까지 잊어버리게 될 것이다. 조철봉은 언제부터인가 잊는 연습을 했고 그것이 습성화되었다.

　어떤 치명적인 사건이 일어났을 때 지금은 그 순간에 아, 이 일은 이틀만 지나면 기억이 흐려지면서 상처가 아물 것이라는 생각부터 드는 것이다. 이것이 스스로에게 거는 최면 작용인지는 알 수 없었으나 그렇게 잊고 살아왔다. 생존력이 강한 인간일수록 주변 분위기에 자신을 적응시키는 것이다. 조철봉이 다시 잠에서 깨어났을 때는 저녁 7시쯤이었다. 문에서 벨 소리가 울렸기 때문인데 문을 연 조철봉은 숨을 멈췄다. 앞에는 김억수와 시바다가 서 있었던 것이다. 조철봉의 표정을 본 억수가 빙긋 웃었다.

　"시바다 씨가 오겠다고 해서요."

　시바다에게 시선을 돌린 조철봉은 그녀의 웃음 띤 얼굴을 보았다.

　"헬로."

　시바다가 그랬다.

　"헬로."

　따라서 말한 조철봉이 비켜섰다.

　"캄, 캄."

　그러면서 조철봉이 억수를 보았다.

"자네도 들어와."

"예, 저는 잠깐만."

따라 들어선 억수가 시바다와 나란히 소파에 앉더니 웃음 띤 얼굴로 입을 열었다.

"사장님이 사기당하셨다는 이야기를 했거든요. 그랬더니 오겠다고 해서요. 괜찮습니까?"

"아, 그럼."

정색하고 조철봉이 대답했을 때 시바다가 시선을 들고 말했다.

"노 페이, 아이 돈 원, 오케이?"

시바다가 먼저 엄지와 검지를 붙여 동그랗게 만들고 나서 곧 손바닥을 펴고는 좌우로 흔들어 보였다. 영어에 약한 조철봉을 위해 수화까지 곁들인 것이다. 그러자 조철봉이 얼굴을 펴고 웃었다. 이해를 한 것이다. 그러나 탱큐라는 말은 어울리지 않을 것 같아서 못 했다.

시바다가 찾아온 것은 비행기 안에서 느꼈던 호감도 있었겠지만 동정심과 호기심이 각각 작용했기 때문일 것이다. 그리고 세상에는 가끔 시대에 맞지 않는 선한 인성이 남아 있는 것도 사실이다. 조철봉은 감격했다. 이런 상황에서는 감격의 농도가 보통 인간보다 더 높아지는 것이 당연하다.

"어쨌든 미안하게 됐어."

조철봉이 억수에게 말했다.

"그 기집애가 농간을 부리는 바람에 돈만 날린 줄 알았는데."

"그런 일이 처음은 아닙니다."

시선을 내린 억수가 웃음 띤 얼굴로 말했다.

"아마 걔들은 이곳으로 원정을 나온 애들 같습니다. 사장님이 재수 없게 걸리신 셈이지요."

"나야말로 호구였지."

조철봉이 쓴웃음을 지었다.

"당해도 싸지. 내가 그 여자들 입장이 되었더라도 그랬을 테니까."

아마 그 이상이었을 것이다. 그때 억수가 자리에서 일어났다.

"그럼 저는 가보겠습니다. 내일 아침에 연락드리지요."

"알았어, 고맙네."

조철봉이 억수를 문까지 배웅하고 돌아왔을 때 시바다가 웃음 띤 얼굴로 물었다.

"유 헝그리?"

그리고는 룸서비스 메뉴판을 들어 보였으므로 조철봉의 가슴은 다시 생기로 채워졌다. 시바다의 주문으로 방에서 저녁을 먹고 있을 때 갑중에게서 전화가 왔다.

"형님, 일이 그렇게 되었더라도 저녁은 드셔야지요."

갑중이 그렇게 말하자 조철봉이 소리 내어 웃었다.

"시바다가 와 있어."

놀란 갑중에게 내막을 말해 주고 난 조철봉은 내일 아침까지는 연락하지 말라고 주의를 주었다.

"새옹지마야. 안 좋은 일이 일어난 것은 좋은 일이 생기려고 그랬던 거다. 억수가 데려왔건 어쨌건 간에 말이야."

전화를 끊은 조철봉이 시바다를 향해 활짝 웃었다.

"시바다, 알라뷰."

"미 투."

덧니를 보이며 따라 웃는 시바다가 그랬다. 유영화가 어질러놓은 온갖 쓰레기를 단번에 날려 보내는 웃음이다. 어깨를 부풀린 조철봉이 두 팔을 벌리며 시바다에게 다가갔다. 자리에서 일어선 시바다가 조철봉에게 다소곳이 안겨왔고 곧 얼굴을 들어 올리더니 눈을 감았다. 키스를 바라는 몸짓이다. 조철봉은 시바다의 윤기만 흐르는 입술을 가볍게 빨았다.

입술에서 조금 전에 먹은 양고기 맛이 났고 옅은 살 냄새가 맡아졌다. 시바다가 두 팔로 조철봉의 허리를 감으면서 속삭였지만 조철봉은 알아듣지 못했다. 그러나 이제 대화가 통하지 않아도 된다. 이미 몸짓만으로도 충분했고 인간의 조상도 이런 상황에서부터 발전되었다. 조철봉의 손짓 한 번으로 시바다는 옷을 벗어던졌으며 눈짓만 받고도 침대에 누웠다.

시바다의 몸은 조금 마른 편이었지만 상상했던 대로 잘 발달되었다. 특히 하체는 건강했다. 허벅지 안쪽의 살집이 단단했고 짙은 숲에 싸인 샘은 진홍빛이다. 두 알몸이 침대에서 엉겼을 때 시바다가 일본어로 헛소리처럼 말했지만 조철봉은 다시 무시했다.

"너를 홍콩에 보내주마."

시바다의 목에서 젖가슴으로 입술을 옮기면서 조철봉이 다짐하듯 말했다. 조철봉은 이미 솟아오른 시바다의 젖꼭지를 입안에 넣고 혀로 굴렸다. 시바다가 옅은 신음을 뱉더니 조철봉의 머리칼을 두 손으로 움켜쥐었다. 그러나 마구 헝클지는 않았다.

다음 날 아침 시바다가 조철봉의 어깨를 흔들어 깨웠다. 시바다는 어느새 옷을 말끔히 차려 입었고 손에는 가방까지 쥐었다.

"어? 가려구?"

몸을 일으킨 조철봉이 탁자에 붙은 시계를 보았다. 아침 6시 반이다. 시바다가 손목시계를 가리켜 보이더니 두 손을 옆으로 벌려 비행기 날개 모양을 만들었다. 비행기를 타야 할 시간이라는 표시다.

"응, 알았어."

머리를 끄덕인 조철봉이 가운을 걸치고는 옷장으로 다가가 지갑을 꺼내왔다. 사기를 당하기도 했지만 지갑에는 여행자 수표가 7, 8장 남아 있었다. 조철봉이 누구인가? 편법으로 경비를 넉넉하게 갖고나온 것이다.

"넌 그냥 와 주었다고 했지만 나는 널 그대로 보낼 수는 없어."

수표에 사인을 하면서 조철봉이 한국어로 말했다.

"사기꾼은 정상적인 사람보다 더 인정에 감동을 먹는단다. 넌 내 허점을 잘 쑤시고 들어온 거다."

수표 두 장에 사인을 했던 조철봉이 심호흡을 하고는 다시 한 장에다 더 했다. 그리고는 수표 석 장을 뜯어 잠자코 자신을 내려다보고 서 있는 시바다에게 내밀었다.

"시바다, 디스 마이 하트."

정색한 조철봉이 다른 손으로 자신의 가슴을 두어 번 두드렸다. 이것은 내 마음의 선물이라는 뜻이었는데 영어에는 원체 약한 터라 디스를 이것이라는 뜻으로 말했지만 담뱃갑이 갑자기 떠오르는 바람에 혼란스러웠다. 그러나 지성이면 감천이라는 말이 있듯이 진심이 통한 모양이었다. 시바다가 당황한 얼굴로 머리를 젓더니 한 걸음 물러섰다.

"노, 미스터 조. 노, 탱큐, 프리즈."

조철봉은 다가가 시바다의 가방을 열고 수표를 넣었다. 3천 불이다. 그러고 나서 조철봉은 시바다의 허리를 당겨 안고 이마에 입술을 붙였다.

어젯밤의 섹스는 자극은 보통이었지만 진했고 열정적이었다. 시바다의 몸은 성감이 발달되어서 어느 곳을 두드려도 반응이 훌륭했다. 그렇다고 남자를 끌어들여 진이 빠지게 하는 스타일도 아니었다. 한 마디로 같이 오르고 같이 내려갈 줄 아는 몸이었다.

"시바다, 탱큐."

이마에서 입술을 뗀 조철봉이 부드럽게 말했을 때 시바다가 두 팔로 목을 감더니 입술에 키스를 했다. 그러고는 따라 말했다.

"탱큐, 미스터 조, 사요나라."

"사요나라, 시바다."

"씨 유 어게인."

"미 투."

'씨 유 어게인'이 또 만나자라는 뜻인 줄은 안다. 그래서 그렇게 말하려다가 자꾸 따라서 말하는 것 같아서 '미 투'라고 한 것이다. '미 투'는 나도 마찬가지라는 뜻으로 알고 있었으니 맞는 표현 같았으므로 조철봉의 표정은 당당했다. 시바다가 다시 조철봉의 입술에다 입술을 붙여주더니 몸에서 떨어졌다. 그러고는 방을 나가면서 손을 흔들었는데 정색한 표정이었다. 시바다의 모습이 복도를 돌아 보이지 않을 때까지 문앞에 서 있던 조철봉은 방안으로 돌아와 전화기를 들었다. 다이얼을 누르고 나서 벨이 다섯 번째 울렸을 때 최갑중이 전화를 받았다.

"야, 짐 싸라."

조철봉이 대뜸 말했을 때 갑중은 잠에서 덜 깬 목소리였지만 당연하다는 듯이 대답했다.

"그러지요, 억수한테 연락하겠습니다. 곧장 서울로 가실 건가요?"

"아니, 베트남으로."

김성산은 아직 베트남에 있다.

조철봉과 최갑중이 호치민시에 도착한 것은 그날 저녁 7시쯤이었다. 공항에는 수엔만이 마중을 나와 있었는데 회사에는 연락을 하지 않았기 때문이다. 조철봉을 발견한 수엔이 웃음 띤 얼굴로 다가왔지만 갑중을 향해서도 공손하게 인사를 했다.

"잘 다녀오셨어요?"

"그래."

수엔의 검은 눈동자를 들여다본 조철봉의 가슴 한쪽이 찌르르 울렸다. 그러고는 문득 수엔이 적당한 남자를 만나도록 해줘야겠다는 생각이 들었다. 공항 건물을 나왔을 때 대기시킨 승용차가 다가와 그들 앞에 멈춰 섰다.

"너도 같이 가자."

조철봉이 갑중에게 말했다. 저택으로 가자는 말이었다. 이런 일은 처음이었으므로 갑중이 눈만 크게 떴을 때 조철봉이 가볍게 어깨를 쳤다.

"이 자식아, 지금 김성산 씨가 이곳에 있단 말이야."

"아, 그렇군요."

쓴웃음을 지은 갑중이 차에 올랐다. 김성산에게는 양정민과 결혼할 것이라고 했던 조철봉이다. 조철봉의 여자 편력을 대충 알고 있는 김성산이었지만 저택에서 수엔과 단둘이 지내기에는 거북한 것이다. 그러나 앞자리에 앉은 수엔은 분위기를 눈치채지 못한 듯 여전히 밝은 표정이었다. 차가 혼잡한 공항 지역을 빠져나왔을 때 수엔이 머리를 돌려 조철봉을 보았다.

"어제 미니버스 50대가 도착했습니다."

이제는 능숙한 한국어로 수엔이 말을 이었다.

"관광 사업도 잘될 것 같습니다."

교통수단이 부족한 데다 관광지 개발도 덜 되어서 관광객들은 불편을 겪었고 그것이 관광 사업을 발전시키는 데 걸림돌이 돼 온 것이다. 아무리 관광 조건이 훌륭해도 관광객을 맞을 준비가 덜 되어 있으면 고생하면서 돌아다닐 관광객은 없다. 그래서 조철봉과 김성산은 현지인 간부들의 건의를 받아들여 국일교통에 다시 관광 사업부를 설립했고 어제 관광용 미니버스 50대를 들여온 것이다. 이제 베트남의 국일교통은 버스 사업부, 수송 사업부 그리고 관광 사업부까지 3개 사업부로 확장되었다. 남북한 합작 사업이 베트남에서 짧은 기간에 비약적인 발전을 한 것이다.

"오토바이가 너무 많아요, 이곳은."

차가 오토바이 무리 사이에 끼어 속력을 늦췄으므로 갑중이 투덜거렸다.

"오토바이 떼가 사라져야 도로에서 차들이 제대로 속력을 낼 겁니다."

"그렇군."

조철봉이 머리를 끄덕였다. 차 주위를 오토바이 떼가 둘러쌌고 이제는 같이 천천히 움직이고 있다.

"베트남은 오토바이가 자가용이나 마찬가지예요."

그때 수엔이 거들었다.

"도로 사정이 좋지 않아서 오토바이가 오히려 차보다 더 편리할 때가 많아요."

"그렇다면 오토바이 사업부도 만들어야겠군."

조철봉이 농담처럼 말했을 때 수엔이 정색했다.

"기획실에다 사장님 지시라고 전할까요?"

그러자 조철봉이 눈을 크게 뜨고 수엔을 보았다. 갑중이 웃으려다가 곧 정색했을 때 조철봉이 머리를 끄덕였다.

"그래, 그렇게 전해."

"알겠습니다."

몸을 돌린 수엔이 노트를 펼치더니 메모를 했다. 차 안에는 잠깐 정적이 덮였다가 조철봉의 목소리로 깨졌다.

"겸손해야 돼. 난 얼마 동안 그것을 잊었다."

사업가로 변신한 조철봉에게서 가장 큰 장점을 꼽으라면 겸손한 자세로 현실에 대처했다는 것이 될 것이다. 속된 말로 대가리에 똥밖에 들어있지 않은 사기꾼이 어찌어찌하다가 사장이 되고 회장이 되었다고 생각했다면 오산이다. 조철봉은 겸손했다. 가끔은 독선적이기도 했지만 모르는 것은 모른다고 솔직히 털어 놓았으며 어설프게 간섭하지 않았다. 전문 분야는 전문가에게 일임한 것이다. 조철봉은 자동차 영업 사원으로 사회생활을 시작했으니 바닥에서 정상에 올랐다고 봐도 될 것이다.

그러나 대리, 과장, 소장을 거쳐 사장으로 계열사를 여러 개 거느린 작금에 이르기까지 조철봉이 어김없이 지켜온 직장인의 자세가 있다. 그것은 직위에 맞는 처신을 한다는 것이었다. 대리면 대리의 일이 있고 과장은 과장의 업무가 있다. 부장은 부의 큰일을 맡고 사장은 회사의 장래를 본다. 부장이 대리의 일에 사사건건 나서거나 사장이 부장이 미덥지 못하다고 간섭하면 그 조직은 위험하게 되는 것이다.

따라서 조철봉은 겸손하게, 그리고 직위에 맞는 처신을 하려고 노력해 왔다. 바깥세상을 봐도 고위 관직에 올라 영달을 거듭하는 인물들을 관찰하면 그들은 직위가 높아질수록 전문성이 희박해진다. 그리고 원만하고 겸손해지는 것을 알 수가 있다. 둥글둥글 예스맨으로 처신해서 그렇게 되었다고 생각하는 사람이 있다면 장래성이 없는 사람이다. 높은 직위가 될수록 버리는 것이 많으니 그만큼 희생이 따르는 법이며 더 큰일을 궁리하다 보면 고통이 온다.

더욱이 그 희생과 고통은 일반 대중이 쉽게 이해할 수가 없는 것들이니 외롭기도 하다. 다른 면에서 살펴봐도 그렇다. 고위직 간부를 채용하려는 경영자의 입장에서 보면 직위가 높아질수록 전문성에 대한 선호도가 낮아지면서 여백이 많은 인물일수록 값이 더 나간다. 조철봉이 생각에 잠겨 있는 사이에 차는 저택에 도착했고 현관 앞에 하인들이 마중을 나와 있었다. 하인들의 인사를 받으며 저택으로 들어선 조철봉이 갑중에게 말했다.

"내일 아침에 김성산 씨를 만날 테니까 준비해 놓도록."

"예, 사장님."

다시 직장인으로 돌아간 갑중이 정색하고 대답했다. 로비에서 갑중과 헤어져 안쪽의 응접실로 들어섰을 때 수엔이 옆으로 바짝 다가와 섰다.

"식사 준비할 동안 목욕하세요."

"그럴까?"

저고리를 벗어 건넨 조철봉이 수엔의 눈을 보았다.

"수엔, 넌 결혼해도 회사에 나올 수 있어."

수엔이 눈만 크게 떴으므로 조철봉이 빙그레 웃었다.

"그리고 네가 살 집과 결혼 비용까지 내가 대줄 테니까 남자만 구하면 된다."

"알겠습니다, 사장님."

정색한 수엔이 머리를 끄덕여 보이더니 조철봉의 셔츠 단추를 풀었다.

"남자 구하면 말씀드릴게요."

"한국인을 고른다면 내가 도와주마. 믿을 만한 결혼정보 회사도 많아."

"알겠어요."

셔츠를 벗긴 수엔이 한 걸음 물러서더니 조철봉을 보았다. 여전히 정색한 얼굴이었지만 그늘진 것 같지는 않았다.

"양정민 씨와 결혼하셔도 괜찮아요. 저한테 부담 갖지 마세요."

머리를 저은 수엔이 말을 이었다.

"하지만 사장님이 저한테 싫증을 느끼신다면 말씀해 주세요. 언제든지요."

조철봉은 수엔의 검은 눈동자를 들여다보다가 몸을 돌렸다. 수엔은 듣기 좋은 소리만 골라서 하고 있는 것이다.

"나도 이집트에 따라가려고 했는데."

조철봉을 보자마자 김성산이 아쉬운 표정으로 말했다. 국일교통의 감사실 안이었다. 대주주인 조철봉과 김성산은 경영을 전문 경영인 이경수에게 맡기고는 둘 다 감사 직함만을 갖고 있는 것이다. 오전 9시여서 창밖의 넓은 주차장에는 시내로 출발하는 버스와 트럭이 활기 있게 움직이고 있었다. 성산이 은근한 시선으로 조철봉을 보았다.

"갑자기 돌아오시는 바람에 내가 실망을 했지 않소?"

"아무래도 말이 통하지가 않아서요."

쓴웃음을 지은 조철봉이 머리를 저었다.

"안내인을 고용했지만 불편했습니다."

"카이로에는 그럴듯한 여자가 없습니까?"

"없었습니다."

조철봉이 정색하고 대답하자 성산은 입맛을 다셨다.

"그렇다면 별로 재미가 없으셨겠군."

성산과 이 정도 수준의 대화를 나누게 된 것은 이제 서로 비밀을 공유하게 되었기 때문이다. 베이징의 공동 투자한 룸살롱 다섯 곳에서 매월 이십만 달러 가까운 순이익이 발생했고 성산의 비밀 계좌로 절반씩이 송금되는 중이다. 성산이 생각난 듯 눈을 크게 뜨고 물었다.

"참, 언제 결혼하실 거요?"

"내년쯤이 될 것 같습니다. 양쪽 집안에 사정이 있는 데다 이왕 늦은터라 급할 것도 없으니까요."

“하긴.”

머리를 끄덕인 성산이 다시 은근하게 웃었다.

“그동안 실컷 즐기셔야지. 결혼을 하고 나면 아무래도 지금 같지는 못할 테니까.”

성산도 호치민시에서 애인을 하나 만들었는데 한국어를 잘하는 베트남 아가씨였다. 룸살롱에 갔다가 픽업을 한 것으로 지금은 시내에 저택을 임차해놓고 아가씨에게 살림을 차려주었다. 조철봉을 닮아가고 있는 것이다. 양정민의 전화가 왔을 때는 오후 4시쯤이었다. 막 방을 나가려던 조철봉은 전화기를 쥐고 다시 앉았다. 정민의 목소리는 밝았다. 거의 열흘 가깝게 연락을 하지 못했지만 전혀 내색도 하지 않는다. 서로 거래 관계로 맺어진 사이였으므로 편하기는 했다.

“베이징에 오셨으면 해서요.”

대충 인사를 마친 정민이 말했다.

“상의 드릴 일도 있어서요. 가능하면 김 사장님하고 같이 오셨으면 좋겠어요.”

“무슨 일인데?”

“연락이 와서요.”

정부에서 연락이 왔다는 뜻이다. 갑자기 가슴이 선뜩해진 조철봉이 앞쪽의 벽을 노려보았다.

“내가 조금 바쁜데.”

조철봉은 이 일이 미뤄서 되는 일이 아니라는 것을 곧 깨달았다.

“좋아, 그렇게 하지. 시간을 내서 같이 가도록 할 테니까, 그런데 무슨 일인지 나한테 언질이라도 줄 수 없어?”

"오시면 말씀드릴게요."

"알았어."

전화기를 내려놓은 조철봉은 가늘게 숨을 뱉었다. 정민은 성산의 약점을 잡도록 임무를 받은 것이다. 그리고 자신은 정민을 도와야 할 책임이 있다. 그래서 지금 지원까지 받은 것이다.

"일이 골치 아프게 되는 것 같군."

혼잣소리로 말한 조철봉은 다시 자리에서 일어섰다. 주면 받아야 되는 것이 상거래의 원칙이다. 될 수 있는 한 적게 내놓고 많이 가져오려는 것이 장사꾼의 본성이지만 그렇게 재주를 부리면 오래가지 못한다. 적당해야 되는 것이다. 방을 나와 복도를 걸으면서 조철봉은 성산과의 거래를 생각해 보았다. 지금까지 성산과는 적당한 거래를 해왔다. 지금까지다.

그날 밤 조철봉은 달빛이 환하게 비치는 이층 침실의 침대에 누워 창밖을 바라보았다. 달빛은 잔디와 나뭇잎 위로 하얗게 반사되고 있었으며 아래쪽 검은 호수도 선명하게 드러났다. 가끔 바람이 일어나 나뭇잎을 흔들었는데 그때는 호수 위에 은빛 물결이 반짝였다. 열어놓은 창으로 땅과 숲과 호수의 냄새가 밀려 들어왔다. 눅눅한 데다 매운 것 같으면서 비린 냄새였다.

저택은 조용했다. 아래층의 하녀들과 정원사 부부는 이미 잠이 들어 있을 것이었다. 방안의 불을 꺼 놓았지만 오히려 시야는 더 넓고 길어졌다. 호숫가에 매어놓은 보트도 보인다. 그때 옆쪽이 환해졌다. 방문이 열리고 수엔이 들어선 것이다. 복도의 빛을 등에 잠깐 받은 수엔은 가운만 걸친 차림이었다. 방문이 닫히면서 다시 방안이 어두워졌지만 수엔의 모습은 이제 반대쪽의 달빛을 받았다.

"주무세요?"

다가온 수엔이 침대 옆에 서더니 가운을 벗었다. 창가에 선 수엔의 알몸 위로 달빛이 쏟아졌다. 달빛을 등에 받은 앞쪽은 아직 짙게 가려져 있었지만 어깨의 선과 허리, 그리고 엉덩이의 곡선 위에 마치 은색을 뿌린 것 같다. 조철봉은 깊게 들이마신 숨을 천천히 내뿜었다.

"이리 와."

조철봉이 손을 내밀자 수엔은 침대 위로 올라와 옆에 누웠다. 언제나처럼 얼굴을 한쪽 가슴에 붙이고 한 손은 가슴 위에 올려놓았지만 웅크린 자세였다.

"수엔."

조철봉이 손을 뻗쳐 수엔의 어깨를 안았다. 수엔에게서 옅은 향내에 섞인 살 냄새가 났다. 수엔만의 냄새였다. 다음 말을 기다리는 듯 수엔의 검은 눈동자가 조철봉을 향한 채 깜박이지도 않았다.

"네 어머니는 다시 마키의 아버지하고 같이 계신가?"

불쑥 물었던 조철봉은 곧 후회했지만 이미 뱉어진 말이었다. 수엔의 어머니와 마키의 아버지인 박용환 씨가 재결합했다는 것은 이미 알고 있는 것이다.

"네, 그래요."

맑은 목소리로 대답한 수엔이 눈웃음을 치는 것까지 보였다.

"어머니는 행복하신 것 같아요."

"마키 아버지가 나쁜 놈 아닌가?"

"어쩔 수 없는 상황이었으니까요."

조철봉은 머리를 숙여 수엔의 눈에 입술을 붙였다. 갑자기 수엔의 어머니와 박용환 씨를 떠올린 것은 자신과 수엔과의 인연을 비교했기 때문인지도 모른다. 기다리는 상대가 있다면 비상식량을 비축해 놓은 것처럼 여겨졌기 때문일 수도 있다. 그것이 지금까지 자신이 해온 행태였던 것이다. 조철봉은 죄책감으로 가슴이 답답해졌다. 가끔 있는 일이었지만 이번은 심해서 기력이 일어나지 않았다.

"피곤하세요?"

수엔이 낮게 묻더니 조철봉의 얼굴을 두 손으로 감싸 안았다. 조철봉이 더 이상 움직이지 않았기 때문이다.

"그럼, 그냥 주무세요."

"아냐, 수엔."

머리를 저은 조철봉이 수엔의 허리를 당겨 안았다. 가늘고 나긋한 허리가 밀착되면서 탄력이 느껴졌고 조철봉의 기력이 되살아났다.

"수엔, 넌 엄마처럼 되면 안 돼."

조철봉이 수엔의 작은 젖가슴을 애무하면서 말했다. 콩알만 한 젖꼭지가 어느덧 탱탱하게 일어섰고 가슴에 닿는 수엔의 숨결에 열기가 더해졌다.

"네가 선택해야 돼, 수엔."

"좋아요."

수엔이 조철봉의 철봉을 두 손으로 가볍게 쥐면서 헛소리처럼 말했다.

남방 지역으로 여행하는 오입쟁이들에게 현지 안내원이 생색을 내며 성 풍속을 말해줄 때가 있다. 그것은 동남아 여자들은 성행위 시에 신음이나 또는 탄성 따위를 뱉지 않으니 참조하라는 것이다. 그 이유로는 동남아 지역의 주택 구조가 대부분 밀폐된 방으로 되어 있지 않으며 같은 공간에서 혼숙하는 경우가 많은 터라 이를 악물고 소리를 내지 않는다는 것이다. 안내원은 다시 덧붙인다.

오리지널 현지 여자로서 때 묻지 않은 상대는 성행위 시에 이를 악물고 얼굴을 찡그리는 것으로 쾌감을 표현한다는 것이다. 그리고 만일 여자가 탄성을 마음껏 뱉으면 전문가라고 봐도 된다고 했다. 그래서 그 말을 숙지한 오입쟁이들은 밤에 이를 악문 여자의 찡그린 꼴을 보고 나서 오리지널을 해치웠다고 만족해한다는 이 이야기는 전설의 고향이 아니다.

요즘도 통용되는 실화인 것이다. 수엔이 밀폐되지 않은 방에서 자란 것은 틀림없다. 베트남의 주택 구조는 대부분 방문이 있더라도 문짝의 위아래에 공간이 있어서 소리는 다 들렸다. 그러나 수엔은 처음부터 크지는 않았지만 신음을 토해 내었다. 억제하는 것 같지도 않은 신음이었다. 열이 오르면 베트남어로 중얼거리기도 했으며 조철봉과 횟수를 거듭하여 정사를 나누는 동안 신음과 탄성의 강도는 더 높아졌다.

조철봉은 전희를 충분하게 하는 스타일이다. 남자의 성행위 자체는 철봉의 마찰이 주 운동이며 대포를 발사하는 것으로 마감이 되는 비교적 단순한 과정이나 행위를 떠나 성을 즐기는 것이 만물의 영장인 인류가 할 짓일 것이다. 더욱이 사랑하는 사이에서는 성에 대한 모든 것을 함께 즐길 가치도 있다. 조철봉은 수엔의 몸에서 입술을 떼고는 달빛에 희미하게 반사되는 알몸을 내려다보았다.

수엔은 애무만으로도 벌써 거친 숨을 몰아쉬고 있었는데 땀이 배어 난 몸은 달빛에 더 번들거렸다.

"아름답다."

상체를 세운 조철봉이 한숨과 함께 말했을 때 수엔이 눈을 떴다. 그러나 반듯이 누운 채 입을 열지는 않았다. 조철봉의 시선이 수엔의 홀쭉한 아랫배를 지나 허벅지 사이의 짙은 숲으로 옮겨졌다. 수엔의 숲은 짙었지만 계곡은 깨끗했다. 희미한 달빛에서도 선홍빛 계곡의 틈이 보였고 위쪽의 작고 도톰한 지붕까지 드러났다. 머리를 숙인 조철봉은 수엔의 계곡에 입술을 붙였다.

중세의 서양 여자들은 거의 샘을 씻지 않았다. 평생 동안 씻지 않은 여자도 있을 정도였는데 치부로 여겼기 때문이다. 그러나 종족마다 성 풍속이 달라서 황인종이나 흑인종 중 하루에 밑을 세 번씩 씻는 종족도 있다. 조철봉의 입술이 계곡 위쪽의 작은 지붕으로 옮겨져 왔을 때 수엔이 신음을 뱉으면서 조철봉의 머리칼을 두 손으로 움켜쥐었다.

"좋아요."

수엔이 탄성과 함께 말했다.

"좋아."

다음 순간 수엔의 몸이 활처럼 휘어지면서 엉덩이와 함께 계곡도 솟아올랐다. 머리와 발만으로 침대를 짚고는 몸을 치켜들은 것이다. 그러고는 수엔이 절정에 오른 신음을 뱉어내었다. 조철봉은 만족했다. 수엔의 몸은 이제 무르익었다. 갈증이 난 사람처럼 수엔의 샘을 마시며 조철봉의 가슴은 벅차올랐다. 성은 보고 느끼는 것만으로도 기쁘고 벅차올라야 정상이다. 그래야 진정한 사람의 성이다. 조철봉은 수엔의 다리를 벌리고는 상체를 굽혔다. 늘어졌던 수엔이 기쁘게 맞을 준비를 했고 다시 기대감으로 부푸는 것이 역력하게 드러났다.

다음 날 오후, 조철봉은 김성산과 함께 베이징에 도착했다. 공항에는 양정민이 마중을 나와 있었는데 조철봉을 보더니 마치 3년쯤 헤어졌다가 만난 것처럼 반기는 것이었다. 성산이 옆에 있어서 의식적으로 그러는 것 같지도 않았다.

"아무래도 빨리 결혼하셔야겠어."

시내로 들어가는 리무진 안에서 성산이 은근한 시선으로 조철봉과 정민을 번갈아보며 말했다.

"이거 원, 내가 다 질투가 나는군그래."

조철봉의 옆에 바짝 붙어 앉은 정민이 밝게 웃었다.

"전 오버 안 했어요. 항상 이랬어요."

"그런가?"

그러나 정민의 오늘 행동은 여느 때와는 달랐다. 전에는 이렇게 딱 붙어 앉지도, 성산이 보는 데서 조철봉의 팔짱을 끼지도 않았다. 차는 혼잡한 베이징의 거리를 스치고 지나갔다. 도처에 크레인이 세워져 건물을 신축하는 중이었고 올 때마다 도시의 모습이 변해 있었다. 그야말로 무섭게 변해가고 있는 것이다. 조철봉의 시선을 따라 창밖으로 머리를 돌렸던 성산이 혼잣소리처럼 말했다.

"올 때마다 달라지는군."

"무섭게 변합니다."

조철봉이 말하자 성산은 가늘게 숨을 뱉었다.

"부러워."

"저도 그렇습니다."

"아니, 조 사장은 왜?"

머리를 돌린 성산이 정색하고 조철봉을 보았다.

"남조선은 중국보다 발전했지 않소?"

"저는 저 사람들의 신바람이 부러운 것입니다. 보십시오."

조철봉이 손으로 지나는 행인들을 가리켰다.

"사람들이 신바람이 난 것 같지 않습니까?"

"난 모르겠는데."

"분위기가 말입니다."

"선입견이겠지."

"한국 기업들이 중국 땅으로 대거 몰려오고 있습니다. 한국에서는 기업 활동을 못 하겠다는 겁니다."

"나도 남조선 사정은 대충 아는데."

성산이 눈을 가늘게 뜨고 조철봉을 보았다. 이제는 차 안의 분위기가 무거워졌고 정민도 눈동자만 굴리고 있다. 조철봉과 정민을 번갈아 보며 성산이 말을 이었다.

"가장 중요한 것은 단결이 안 되어 있다는 것 같소. 단결만 된다면 남조선은 금방 세계 제일이 될 거요."

조철봉이 저도 모르게 옆에 앉은 정민을 보았다. 정민은 시선이 마주쳤을 때 당황한 듯 얼른 머리를 돌렸다. 정색한 성산이 말을 이었다.

"하지만 남조선은 아직 희망이 있어, 아직 기회가 많이 남아 있단 말이오."

"그렇습니까?"

"조선민족이 어떤 민족이오? 이대로 추락하지는 않을 테니까 기운을 내시오."

조철봉은 다시 소리 죽여 숨을 뱉었다.

성산으로부터 이런 말을 들으리라고는 예상하지 못했던 것이다. 그때 정민이 입을 열었다.

"사장님 말씀이 맞습니다. 곧 안정이 되겠지요."

"그래야 우리 북조선도 일어나지."

성산이 얼굴을 펴고 웃었다.

"그렇지 않소? 그래야 우리 사업이 더 잘될 것 아니겠소?"

조철봉은 다시 정민의 눈치를 보았지만 더 이상 대화는 이어지지 않았다. 그러나 성산을 호텔에 내려주고 정민이 숙소로 사용하고 있는 시내의 아파트로 가는 중에 정민이 입을 열었다.

"김성산 씨한테 부탁할 일이 있어요."

조철봉의 시선을 받은 정민이 말을 이었다.

"김성산 씨가 곧 남북경제협의회의 북측 대표가 된다고 해요. 그렇게 되면 김성산 씨는 막강한 권한을 갖게 됩니다."

"그래서?"

정색한 조철봉이 정민을 보았다.

"내가 할 일이 있나?"

"우리는 김성산 씨의 약점을 쥐고 있어요."

정민이 흘끗 중국인 운전사의 뒷모습을 보고는 목소리를 낮췄다.

"당신이 김성산에게 한국 측 요구사항을 전하는 역할을 맡게 되었어요."

예상은 하고 있었지만 막상 현실로 닥쳐오자 조철봉의 얼굴은 굳어
졌다.

"김성산 씨도 자신이 북측 대표가 된다는 것을 알고 있나?"

"알고 있겠죠. 이미 우리한테까지 정보가 들어왔으니까."

"그것 알려 주려고 여기 오라고 한 건가?"

"김성산 씨한테 당신의 역할을 말해주고 협조 약속을 받아내는 것이
낫지 않겠어요?"

정민이 정색하고 조철봉을 보았다. 검은 눈동자가 깜박이지도 않았
으며 입술은 다부지게 닫혔다. 전혀 다른 모습이다.

"당신과 김성산 씨와의 관계는 이미 깊숙하게 맺어졌고 미리 확실하
게 해놓는 것이 낫다고 생각하는데요."

"그건 당신 생각이 아니겠지?"

"그래요."

"약점을 쥐었으니 김성산이 순순히 따라 오리라고 믿는 건가?"

"우린 무리한 요구는 하지 않아요."

"김성산이 조국을 배신하는 꼴이 될 텐데."

"그런 식으로 말하면 김성산은 이미 배신한 것이 아닐까요?"

그러자 조철봉이 눈을 치켜뜨고 정민을 쏘아보았다.

"내가 함정을 파 놓았었다고 말하란 말이야?"

"그렇게 말할 필요는 없죠."

정민의 얼굴에 희미한 웃음기가 떠올랐다.

"한국 정부 측의 부탁을 받았다고 하세요. 당신과 김성산이 동업자인

것을 알고 부탁을 해왔다고."

"김성산이 협조를 거절한다면?"

"한국 정부에서 김성산의 베이징 사업장 내역을 다 알고 있더라고 말할 수도 있겠죠."

"협박까지."

"당신과 김성산 사이에서는 그렇게 딱딱한 분위기가 되지는 않을 것 같은데요."

"남의 일이라고 가볍게 생각하는군."

"정부에서는 당신한테 큰 투자를 했어요. 애국심을 발휘하라고는 하지 않겠지만 대가는 치러야죠."

"그럼 우리 결혼은 미뤄도 되겠군."

불쑥 말한 조철봉이 시트에 등을 붙이고는 정민을 보았다.

"김성산과 합의를 하게 된다면 말이야. 우리 결혼은 분위기 조성용이었으니까 그건 아무렇게나 되어도 상관없지 않겠어?"

"그렇죠."

다시 정색한 정민이 머리를 끄덕였다.

"그건 상관없겠죠."

조철봉이 차창 밖을 내다보다가 생각났다는 듯이 머리를 들고는 물었다.

"물론 최악의 경우도 계산해놓고 있겠지?"

"그래요."

이번에도 정민이 거침없이 대답했다.

"김성산이 거부하고 당신과 인연을 끊을 경우가 가장 최악이죠.

그땐."

"아마 내 생명이 위태롭겠지."

"그땐 우리도 폭로전으로 나갈 테니까 김성산도 자폭하는 심정이 되어야겠죠."

정민이 태연하게 말했지만 조철봉은 어금니를 물었다. 그러고는 뱉듯이 말했다.

"당신과 결혼 안 해서 우선 다행이야."

아파트는 방이 다섯 개나 있는 80평형이어서 어색해진 둘이 나눠 쓰기에 적당했다. 샤워를 마친 조철봉이 응접실로 나왔을 때 주방에서 꾸물대던 정민이 과일 접시를 들고 다가와 앞쪽 소파에 앉았다. 저녁 일곱 시가 되어가고 있었다. 정민이 조금 굳어진 얼굴로 조철봉을 보았다.

"김성산에게 지금까지 오십만 달러 가깝게 송금되었어요. 아마 곧 백만 달러가 채워질 것 같아요."

조철봉은 딴전만 피웠으나 정민의 말이 이어졌다.

"우리는 김성산이 결국 제의를 받아들일 것이라고 예상하고 있어요."

"알았어."

마침내 머리를 끄덕인 조철봉이 과일 접시에는 손도 대지 않고 자리에서 일어섰다.

"피곤해서 쉬겠어."

정민은 아무 말도 하지 않았다.

다음 날 일찍 조철봉이 호텔로 찾아갔을 때 성산이 웃음 띤 얼굴로 맞았다.

"체력이 달리지는 않으시오?"

조철봉이 베트남에서 수엔과 함께 지내고 온 것을 성산이 모를 리가 없다.

"문제없습니다."

정색하고 대답한 조철봉이 앞에 앉은 성산을 보았다. 조철봉은 이제 성산과는 오입질은 물론이고 둘이서 비자금을 챙길 정도의 관계가 되었다.

그리고 동업을 시작한 지 1년이 넘었지만 한 번도 마찰이 일어난 적도 없다. 나이 차이가 십여 년이나 되었어도 서로 존중했으며 협조해온 것이다. 심호흡을 한 조철봉이 입을 열었다.

"곧 남북경제협의회의 대표가 되신다고 들었습니다."

성산이 눈만 크게 뜨고 다음 말을 기다리는 것은 그렇다는 표시일 것이다.

"그래서 저한테 김 사장님을 설득해 보라고 하는데요. 남북 간 협의 시에 한국 측을 도와달라고 말입니다."

"허, 그래요?"

소파에 등을 붙인 성산이 빙그레 웃었다.

"누가 그럽디까?"

"한국 측 기관에서."

"그렇다면."

성산이 여전히 웃음 띤 얼굴로 눈을 좁혀 뜨고 조철봉을 보았다.

"아마 그 기관에서는 나와 조 사장과의 관계를 다 알고 있겠지요?"

"그렇습니다."

"베이징에서의 우리 사업도?"

"알고 있습니다."

그러자 성산이 머리를 끄덕였다.

"내 약점을 잡았다고 생각하겠군?"

"그렇습니다."

"조 사장은 어쩔 수 없이 그자들에게 협력할 수밖에 없었고 말이오."

"아니, 그보다도."

어깨를 편 조철봉이 정색하고 성산을 보았다.

"저는 처음부터 개입한 겁니다. 베이징의 사업은 함정이었습니다. 저와 그들의 합작품이었지요."

성산이 이제는 긴장한 듯 정색했지만 조철봉은 시선을 피하지 않았다.

"양정민은 제 약혼자로 위장한 기관원이거든요."

"그렇군."

성산이 천천히 머리를 끄덕였다.

"그렇게 되었군."

"제가 어떻게 도와 드리면 됩니까?"

불쑥 조철봉이 묻자 성산이 생각에서 깨어난 듯 눈의 초점을 잡았다.

"아니, 그럼 조 사장은 조국을 배신하겠다는 말이오?"

"배신하다니요? 그렇지 않습니다."

조철봉이 쓴웃음을 지었다.

"저는 저 나름대로 애국을 하는 겁니다. 그 사람들 말을 따르지 않는다고 조국을 배신하는 것은 아닙니다."

이제는 정색한 조철봉이 말을 이었다.

"저는 김 사장님께 사실을 다 털어놓았으니까 뜻대로 하십시오. 다만."

조철봉이 목소리를 낮췄다.

"기관에서 김 사장님께 송금한 돈의 자료는 확보하고 있을 겁니다. 양정민이 다 넘겨주었을 테니까요."

"그렇겠군."

"그것에 대한 대비는 해놓으셔야 될 겁니다."

"걱정하실 것 없소. 그런데."

이번에는 성산이 이맛살을 찌푸리고 조철봉을 보았다.

"조 사장은 사업에 지장이 없겠소? 그자들한테 어떤 압력을 받고 있는 건 아니겠지요?"

"아직은 없습니다."

"그렇다면 다행이오."

의자에 등을 붙인 성산이 빙그레 웃었다.

"조 사장이 그렇게 털어놓으시니 나도 말씀드리는데 나는 진즉부터 양정민의 신상을 파악하고 있었소."

놀란 조철봉은 눈만 껌벅였고 성산의 말이 이어졌다.

"양정민이 개입되었을 때부터요. 조 사장의 약혼자라면서 갑자기 나타났을 때는 그런가 보다 했는데."

말을 그친 성산이 다시 웃었다.

"비자금 문제가 거론되었을 때 양정민의 신상을 조사했지요. 남조선에서 교묘하게 위장을 했지만 파악할 수 있었소."

"그렇습니까?"

"따라서 난 약점 잡힐 일이 없는 거요. 만일 남조선 측에서 그렇게 나온다면 오히려 크게 봉변을 당하게 되겠지."

"그렇군요."

"그런데."

금방 정색한 성산이 조철봉을 보았다.

"양정민은 어떻게 하실 거요? 나 때문에 계속해서 관계를 유지해야 되는 거요?"

"저로서는 어쩔 수가 없습니다. 하지만 어젯밤에 서로 마음에도 없는 결혼 이야기는 없던 일로 하기로 했습니다."

"날 함정에 빠트리려고 약혼자로 위장한 것이니 이제는 가면을 벗어 던지는 것이 낫지."

"김 사장님 앞에서만 벗어 던지면 됩니다."

"양정민한테 전하시오."

성산이 차분하게 말을 이었다.

"나는 다 알고 있었다고 말이오. 그리고 나에게 보낸 비자금 증거를 지금 당장이라도 수백 장 복사해서 우리 북한 당국에 보내라고 하시오."

그러고는 성산이 혼잣소리처럼 말했다.

"그러면 일이 아주 재미있게 될 거요."

성산과 헤어진 조철봉은 호텔을 나와 곧장 비행장으로 향했다. 물론 정민에게 연락도 하지 않았고 성산에게만 행선지를 말해 주었다.

조철봉이 인천공항에 도착한 것은 오후 2시경이었다.

한국을 떠난 지 열흘밖에 되지 않았지만 카이로와 베트남, 베이징을 거친 데다 각각 사연들이 많았기 때문인지 공항 대합실로 나왔을 때 온몸이 나른해졌고 저절로 긴 숨이 뱉어졌다. 옷가방 하나만을 어깨에 걸친 조철봉이 막 대합실 문을 나설 때였다. 옆으로 다가오던 여자 두 명이 질색을 하면서 멈춰 섰으므로 조철봉은 눈을 크게 떴다. 윤영화와 정민주였다. 본명은 알 수 없었지만 카이로에서 그렇게 들었던 이름이다.

"어머."

그래도 관계가 없는 민주가 그렇게 외쳤지만 영화는 얼굴을 하얗게 굳힌 채 못 박힌 듯 서 있었다. 두 여자도 지금 막 귀국한 모양으로 짐가방을 끌고 있었다. 조철봉은 쓴웃음을 지었다.

연속극을 보면 천만 명이 사는 서울 시티에서 한 회에 두 번씩이나 주인공들이 우연하게 만나는 장면이 나올 때가 있다. 서울 시티의 주민이 스무 명쯤 되는 것처럼 장면을 만드는데 같은 동네의 길 건너편에 살면서도 수년간 만나지 못하는 경우가 비일비재한 세상이다. 그래서 조철봉은 소설이나 연속극에서 우연한 장면이 한 번 나왔을 때는 그냥 넘어갔지만 되풀이되면 보는 것을 그만두었다.

그것은 마치 복권이 연속해서 당첨되었다는 경우처럼 현실성이 없어 보였기 때문이었다. 그런데 이렇게 영화와 민주, 이 사기꾼 일당을 공항의 게이트에서 그야말로 우연히 만나게 된 것이다. 아마 앞으로 조철봉에게 이런 우연은 더 이상 발생하지 않을 것이다.

"여어, 잘 만났다."

조철봉이 버럭 소리를 친 것은 과부 사정은 과부가 안다고 사기꾼의 심리를 자신의 경험에 비춰 꿰뚫어보고 있기 때문이다. 사기꾼은 대중의 앞에서 주눅이 들게 마련이다. 제아무리 증거 조작과 은닉이 완벽하게 되어 있더라도 경찰은 싫다. 그래서 조철봉은 벌써 하얗게 질려버린 영화의 가방부터 쥐고 소리쳤다.

"여기 경찰 어디 있어? 경찰."

공항에는 경찰이 부지기수다. 마침 옆쪽 10미터도 떨어져 있지 않은 곳에서 경찰 두 명이 다가오고 있었다.

"이것 보세요, 아저씨."

먼저 영화가 다급하게 말했다.

"우리 해결해요."

"뭘 해결해?"

그때 경찰들이 다가와 섰다.

"무슨 일이십니까?"

"아저씨들이 증인을 서 주셔야겠습니다."

정색한 조철봉이 경찰에게 말했다.

"내가 카이로에서 돈을 사기당했는데 이 여자분들이 용의자입니다."

"아저씨."

영화가 말했을 때 조철봉이 버럭 소리쳤다.

"자, 벌써 이집트 대사관에 신고는 해 놓았으니까 같이 경찰서에 가자고. 아마 서류가 넘어왔을 테니까."

그러자 경찰들도 의심스러운 시선으로 영화와 민주를 보았다. 그때 조철봉이 다시 소리쳤다.

"뭐해? 같이 공항 경찰대로 가자고."

"가시지요."

경찰 하나가 영화와 민주 앞으로 다가서며 말했다.

"가서 확인을 해 보시는 것이 낫지 않겠습니까?"

경찰관들이 이미 신고를 했다면서 길길이 뛰는 조철봉과, 영화와 민주의 표정을 보자 일단 확인을 해야겠다고 생각한 것은 당연했다. 주위에는 수십 명의 구경꾼이 모여 있는 데다 경찰이 노려보고 있는 상황이다. 마침내 영화가 가방을 움켜쥐고 말했다.

"좋아요. 가요."

민주는 아까부터 울상을 한 채 시선만 내리고 있었는데 우선 당장 이 자리를 피하려는 듯이 먼저 발을 떼었다. 조철봉은 소리 죽여 숨을 뱉었다. 카이로에서 김억수는 대사관은커녕 경찰에도 신고를 하지 않았을 것이었다. 영화와 민주의 본명도 모르는 데다 그럴 의욕도 없었고 신고할 만한 사건도 아니었기 때문이다.

오입쟁이 한 놈이 지랄을 하다가 돈을 떼인 사건이어서 정상적인 인간이라면 오히려 숨겨야 마땅하다. 공항 경찰 사무실에 들어섰을 때 조철봉은 다시 큰소리를 쳤고 영화와 민주의 신분 확인을 요구했다. 그러자 경찰은 신분 확인을 해주었다. 영화의 이름은 강미숙이었으며 민주의 이름은 홍정희였다.

그로부터 30분쯤이 지났을 때 조철봉은 강미숙과 홍정희와 함께 공항의 버스 정류장에 서 있었다. 조철봉은 둘의 신분과 주소만 확인하고는 사기당한 일은 없던 것으로 하겠다면서 물러났던 것이다.

경찰로서도 이집트 주재 한국대사관에서 무슨 통보가 온 것도 아닌 데다 피해자라는 사내가 그만두겠다니 미친놈 취급은 했지만 순순히 보내주었다. 미숙과 정희는 한참을 시달린 터라 멍한 표정이었다. 조철봉이 옆에 선 미숙을 보았다.

"에어로빅 강사라고?"

미숙이 흘끗 시선만 주었고 조철봉은 쓴웃음을 지었다.

"내가 돈 찾으려고 그런 건 아니었어. 멀쩡하게 당한 것이 화가 났을 뿐이야."

"정말 돈 아깝지 않아요?"

머리를 돌린 미숙이 묻자 조철봉의 시선이 정희에게로 옮겨졌다.

"미숙이한테서 3천 불 받았어?"

정희가 놀란 듯 눈을 크게 떴다.

"그게 무슨 말이에요?"

"정희 몫으로 3천 불을 주었는데, 물론 정희가 내 후배 파트너가 되는 보상으로 말이야."

그러고는 조철봉이 이맛살을 찌푸렸다.

"이건 구분하기가 조금 복잡하군. 정희를 팔았다고는 하지만 미숙의 단독 플레이로 볼 수도 있으니까 말이야."

"난 모르는 일이에요."

"그렇다면 미숙이 독식해도 되겠다."

조철봉이 머리를 끄덕였다.

"정희는 이번 작전에 전혀 참가하지 않았으니까 말이야."

미숙이 눈을 치켜떴을 때 조철봉이 생각난 듯 다시 물었다.

"참, 그 일본항공 스튜어디스한테 찾아가 1천5백 불을 되찾아 온 것은 압권이었어. 난 그렇게까지 할 줄은 몰랐거든."

"얘, 가자."

버스가 온 것도 아닌데 미숙이 가방을 쥐고 정희에게 재촉했다. 그러자 정희가 오히려 조철봉에게 바짝 다가섰다.

"그건 뭔데요?"

"내가 일본항공 여자한테 안내비로 2천 불을 주었거든, 그런데 미숙이 내 지시라면서 계약을 취소하고 1천5백 불을 찾아간 거야."

"얘, 가자니까?"

미숙이 이번에는 소리치듯 말했을 때 정희가 눈을 치켜떴다.

"갈 테면 먼저 가."

그때 조철봉이 말을 이었다.

"미숙이는 나한테도 파트너가 되겠다면서 3천5백 불을 가져갔으니까 모두 8천 불을 챙겼지. 아마 그 돈으로 에어로빅 사무실을 얻을 수 있을 거야."

"나쁜 년."

잇새로 말한 정희가 미숙에게로 몸을 돌렸다.

"그래놓고 나한테는 짠돌이를 만나서 3백 불만 받았다고 해? 그러고서 나를 팔아? 이게 무슨 망신이야?"

"얘, 그 말 믿어?"

미숙이 따라서 눈을 치켜떴지만 목소리는 높지 않았다. 그때 조철봉이 다시 정희에게 부드럽게 말했다.

"내가 돈 돌려받으려고 이러는 것이 아냐, 그냥 사실을 말해주려는 거야. 그리고 한마디 덧붙인다면."

조철봉이 턱으로 앞에 선 미숙을 가리켰다.

"저런 친구하고 같이 다녔다가는 곧 크게 당하게 돼. 마치 폭탄과 함께 다니는 것하고 같단 말이야. 어떤 관계인지는 모르지만 정리하는 것이 나아."

그러고는 조철봉이 입술 끝을 비틀고 웃었다.

"어려운 일이 있으면 이야기해. 내가 신분 확인은 다 해놓았으니까 마음만 먹으면 큰일 날 수가 있지, 여긴 한국이니까 말이야."

3. 역술가

조철봉이 대전 대리점에 내려간 것은 한국에 도착한 다음 날이다. 오성자동차 대전 대리점은 전국 12개 지점 중 항상 3위 안에 들 만큼 실적이 좋았는데 갑자기 올 하반기에 들어서 10위로 추락했기 때문이다.

지점장은 경제 불황 때문이라고 했지만 조철봉이 조사한 자료에 의하면 직원들의 불화가 첫째 원인이었다. 두 번째 원인을 들라면 지점장이 주색에 빠져 있다는 것이 될 것이다.

예고도 없는 방문이어서 지점장 오경만은 당황한 듯 조철봉에게 제대로 인사도 하지 못했다. 40대 초반의 경만은 작년 초에 경력사원으로 채용되고 나서 곧 지점장 발령을 받았기 때문에 조철봉과 자주 접촉하지 못했다. 지점장실의 소파에 앉았을 때 조철봉을 수행한 최갑중이 대뜸 말했다.

"사장님이 갑자기 내려오신 이유는 알고 계시지요?"

"예, 압니다."

의외로 경만이 선선히 대답했다.

"각오하고 있습니다."

조철봉은 잠자코 있었지만 그 말을 들은 갑중이 쓴웃음을 지었다.

"뭘 각오하고 있다는 겁니까?"

"사표 쓰겠습니다."

"그래요?"

태연하게 말은 받았으나 갑중이 힐끔 조철봉의 눈치를 보았다. 이쪽은 이렇게 나오리라고는 전혀 예상하지 못했던 것이다. 지점장과 함께 업무 체크를 하고, 심하면 경고 정도로 처리할 생각이었기 때문이다. 그때 경만이 정색하고 조철봉을 보았다.

"그리고 홍수진이 구입한 그레이트는 제가 책임지겠습니다."

"어쨌든 업무나 파악해보고 다시 이야기합시다."

조철봉이 마침내 부드럽게 말했다.

"서둘 것 없지 않습니까?"

"알겠습니다."

머리를 끄덕인 경만이 심호흡을 했다. 서류를 가져오려고 경만이 방을 나갔을 때 조철봉은 갑중에게 물었다.

"홍수진이 누구냐?"

"지점장이 스캔들을 일으킨 여자입니다. 여자 문제가 실적이 부진해진 이유 중의 하나가 될 것이라고 생각은 했는데…."

목소리를 낮춘 갑중이 말을 이었다.

"철학원을 경영하는 여자입니다."

"철학원이라니?"

"역술가로 대전 지역에서 꽤 유명한 역술가라고 합니다."

"이게 무슨 난데없는 말이야?"

"오경만은 홍수진한테 홀렸다는 소문이 있었습니다. 지금 그레이트도 책임을 지겠다는 걸 들으니 사실인 것 같은데요."

"도대체 역술가한테 홀리다니? 저 만나지 않으면 벼락이라도 맞는다고 했단 말이야?"

"굉장한 미인이랍니다. 한번 빠지면 헤어나지 못한다는 소문이 있습니다."

갑중이 다시 조철봉을 보았다.

"그리고 신통하기도 하답니다."

"너는 왜 이제야 그런 이야기를 해주는 거냐?"

"지점장이 저렇게 나올 줄은 예상하지 못했기 때문이죠. 지금 보니까 상황이 심각한데요. 홍수진과의 관계에 대해서 더 캐봐야 할 것 같습니다."

"이런, 빌어먹을."

입맛을 다신 조철봉이 소파에 등을 붙였다. 지금까지 거의 지방 출장은 내려오지 않았던 조철봉이다. 통신 수단이 발달되어 지금은 화상 회의도 할 수 있는 시대가 되었지만 현장 상황은 현장을 직접 가봐야만 생생하게 전달이 되는 것이다. 대전지점장이 역술가한테 홀렸다는 사실도 그래서 알게 되었다.

"코밑의 점은 빼지 마세요."

홍수진이 부드럽게 말하고는 책상 위에 펼쳐 놓은 책을 덮었다. 지난해에 자신의 이름으로 출판된 역학서였다.

"알겠습니다."

자리에서 일어선 박윤기가 살찐 얼굴을 펴고 웃었다.

"그럼 연말께나 다시 뵙죠."

"마음가짐이 가장 중요하다는 것만 알고 계세요."

"개운해졌습니다."

그러고는 윤기가 존경심이 담긴 시선으로 수진을 보았다.

"역시 원장님만 한 분은 없습니다."

"그럴 리가요."

흰 이를 드러내고 웃은 수진이 윤기를 올려다보았다. 그림처럼 아름다운 얼굴이었다. 숨을 멈췄던 윤기가 무언가 말을 하려는 듯 입술을 달싹였을 때 수진이 벨을 눌렀다.

"그럼 박 사장님, 안녕히 가세요."

"아, 예, 안녕히."

정신이 돌아온 듯 윤기가 눈의 초점을 잡더니 수진에게 절을 하고는 방을 나갔다. 윤기는 중소기업 사장으로 수진의 3년째 단골이다. 집안의 애경사는 물론이고 회사에서 어려운 일이 일어났을 때에도 수진을 찾아왔는데 올 때는 찌푸린 표정이었지만 나갈 때는 언제나 환했다. 그런 사람은 윤기뿐만이 아니다. 기업체 사장은 말할 것도 없고 공무원, 의사, 변호사, 군인까지 수진의 단골 명단에 들어 있는 것이다.

다음 손님이 들어섰으므로 수진은 먼저 위쪽의 벽시계부터 보았다. 오후 5시 35분이다. 10분당 상담료를 20만 원씩 받고 있었지만 그대로 주고 가는 사람은 거의 없다. 조금 전에 나간 박 사장은 12분 동안의 상담료로 50만 원을 놓고 간 것이다. 수진은 시선을 돌려 손님을 보았다.

처음 보는 얼굴이다. 그리고 다음 순간 수진의 얼굴이 하얗게 굳어졌다.

"처음 뵙습니다."

억양 없는 목소리로 인사를 한 사내가 앞쪽 의자에 앉았을 때 수진은 심호흡을 했다. 이런 관상은 처음이다. 어렸을 적에는 신이 올라서 3년 동안 무당을 따라다녔으며 그 후에는 8년 동안 역술 공부를 했고 책까지 두 권이나 출판했던 수진이다. 그래서 처음 손님을 딱 보았을 때 지나간 과거가 마치 보았던 비디오 필름처럼 머릿속을 스치고 지나면서 주변에서 죽은 사람의 이름까지 떠올랐던 수진이었다.

그런데 이 손님을 본 순간 마치 공 테이프가 돌아간 것처럼 아무것도 보이지 않는 것이다.

"어서 오세요."

태연하게 그렇게 말은 했지만 수진은 다시 소리 죽여 숨을 뱉었다. 사부로 모셨던 월궁 마마님이 해준 충고가 떠올랐기 때문이다.

"눈앞이 하얗게 될 때가 있을 것이다. 그때 너는 신을 받은 인간을 만났다고 생각해라. 그리고 절대 싸우지 마라."

그때였다. 사내가 입을 열었다.

"뭐, 묻지 않으십니까?"

그러고는 사내가 빙긋 웃었으므로 수진의 가슴이 철렁 내려앉았다. 이런 웃음도 처음이다. 갑자기 온몸에서 열이 오르면서 핏기가 얼굴로 밀려왔다. 수진은 눈에 힘을 주고 사내를 보았다.

"물을 필요는 없어요."

반발심이 일어난 수진은 어느덧 사부님의 교훈을 잊었다. 그때 조철봉은 길게 숨을 뱉었다. 수진은 아름다웠다. 갑중을 시켜 조사한 바로는 나이는 33세였으나 티 하나 묻지 않은 피부는 16세 소녀 같다. 그리고 영롱한 눈과 코, 깔끔한 입술은 도발적이었다. 조철봉은 이보다 더 섹시한 여자는 만나본 적이 없다고 믿었다.

지금까지 조철봉은 관상이나 수상은 말할 것도 없고 연초에 보는 금년의 운세, 거기에다 신문에서 매일 풀이되는 금주의 운세까지 한 번도 본 적이 없다. 주변에서 답답한 심사를 억제하지 못하고 용하다는 역술가를 찾아가 크게 감탄하고 돌아온 친지는 여럿 있었지만 대부분 그것으로 끝이었다. 바라던 진급이 되지도 않았고 한 놈은 뜬금없이 비행기 사고로 죽었다.

그놈은 이탈리아에서 비행기 사고로 7월에 죽었는데 들리는 말로는 7월에 남쪽 여행을 피하라는 점괘가 나왔었다는 것이다. 역술에 긍정적인 몇 놈은 무릎을 치면서 감탄했고 또 몇 놈은 이탈리아가 남쪽이냐, 7월이 음력이냐, 하면서 따졌다. 어쨌든 조철봉은 누가 앞날을 훤하게 들려준다고 해도 싫었다. 좋은 점만 들려준다고 해도 기쁨이 반감될까 봐 싫었고 나쁜 일을 알려줘 피하게 해준다고 해도 꺼림칙해서 싫었다.

만일 다음 달에 사고가 날 것이니 조심하라는 점괘가 나온다면 버스는커녕 자전거도 타지 못하고 집 안에 앉아서도 지붕이 무너질까 걱정하게 될지도 모르는 것이다. 매사에 조심해야 한다고 뭉뚱그려 풀이한다면 그 말은 헛말이다. 평소에 조심하면 되는 것이다.

미리 알아서 신경을 곤두세울 필요가 없다는 것이 조철봉의 생각이었다. 그래서 홍수진을 찾아온 것은 운세를 보려는 것이 아니었다. 오경만이 푹 빠져버린 홍수진이란 역술가가 도대체 어떤 여자인가를 보려고 온 것이다. 조철봉은 지그시 수진을 보았다. 수진도 이제는 당돌하게 조철봉의 시선을 받았는데 조금 전에는 무언가 당황한 것이 분명했다.

"아름다우십니다."

조철봉이 낮고 울리는 목소리로 다시 입을 열었다.

"마치 그림 속의 선녀 같습니다."

그때 수진은 심호흡을 했다. 긴 속눈썹을 두어 번 깜박이자 진갈색 눈동자가 물기를 머금고는 더 반짝였다. 지금까지 손님을 5년 동안 수천 명 받았지만 자신에게 대놓고 이런 말을 해준 남자는 이 사내가 처음이다. 대부분의 남자는 들어선 순간부터 자신의 눈빛에 압도되어 입이 봉해졌고 그다음에는 머리가 맑아지면서 신명이 오른 수진의 장단에 놀아났다. 상대의 과거가 훤하게 보였기 때문이다.

"무슨 일로 오셨죠?"

이윽고 수진이 그렇게 물은 것은 냉정을 찾았다는 증거였다. 머릿속이 아직도 텅 빈 상태인 데다 사내가 던지는 말이 충격으로 전해져오는 것이다. 순간 수진은 사내가 같은 역술인이 아닐까 생각해 보았다. 그러나 본 적도 없을 뿐만 아니라 이런 행동으로 나설 이유도 없는 것이다. 사내가 수진의 시선을 잡더니 부드럽게 웃었다. 호인 인상이다.

"용하다는 소문을 듣고 왔습니다. 내가 여자 복이 있는가를 봐 주시지요."

사내의 시선이 뜨겁게 느껴졌으므로 수진은 다시 속눈썹을 내렸다.

"어떻습니까? 내가 어떤 여자를 만나야 좋겠습니까?"

"그것은."

가늘게 숨을 뱉은 수진이 다시 눈을 들고 조철봉을 보았다.

"우선 수상을."

수진이 낮게 말하자 조철봉이 손을 내밀어 손바닥을 펴 보였다. 넓고 부드러운 손바닥이다. 수상을 보기 전에 손바닥의 모양과 피부만으로도 상대방의 직업과 생활 상태까지 알아낼 수가 있는 것이다. 수진은 사내가 여유가 있는 데다 상당한 고위직에 있다는 것은 알 수 있었다. 그때였다. 조철봉이 입을 열었다.

"내 눈을 보시오."

조철봉이 정색하고 수진을 보았다.

"아마 내 눈이 어떤 의도를 품고 있는가는 아실 수가 있을 거요."

그 순간 수진은 체증이 내려간 듯 가슴이 시원해지면서 머리가 맑아졌다. 자신의 머릿속이 백지처럼 되었던 이유를 깨닫게 된 것이다. 다시 시선을 든 수진은 사내의 눈에서 끓어오르는 욕망을 보았다. 정욕이다. 사내는 처음 만난 순간부터 색정을 품은 시선으로 자신의 신기를 무력화시킨 것이다. 이 사내는 색광(色狂)이다. 광기(狂氣)가 신기(神氣)를 제압한 것이다.

"당신 주변에는 음기가 가득 차 있네요. 하지만 밝군요."

수진이 차분하게 말했다. 이제는 사내의 주위뿐만 아니라 아직 선명하지는 않지만 사내의 과거도 보이고 있는 것이다. 그때 사내가 얼굴을 펴고 활짝 웃었다.

"과연 신통하시군. 밝다는 표현이 마음에 듭니다."

"난 있는 그대로 표현합니다. 어렵게 풀이하지 않아요."

따라 웃은 수진의 머릿속에 정액의 덩어리가 마치 연못처럼 고여 있는 것이 떠올랐다. 벌거벗은 사내는 그 위에서 뛰놀고 있었는데 거대한 양물이 움직일 때마다 출렁거렸다. 저도 모르게 얼굴이 붉어진 수진이 시선을 내렸다. 이런 연상 또한 처음인 것이다.

"어떻습니까? 제 의도를 아셨다면 오늘 저녁 저하고 식사나 같이 하실까요?"

손목시계를 내려다본 사내가 정색하고 물었을 때 수진은 다시 정신을 가다듬었다. 사내는 지금 노골적으로 유혹을 해온 것이다. 그러나 보통의 남녀 사이라면 이런 주문도 하지 못할 것이었고 받아들이는 입장도 다르다. 시선을 든 수진이 똑바로 사내를 보았다. 이대로 헤어질 수는 없는 것이다. 아직 공부가 부족한 것이 이 사내로 인하여 여실히 드러난 상황이니 오히려 고맙다고 해야만 한다. 그동안 자신은 너무 오만했고 공부를 게을리 했던 것이다.

"좋아요. 저녁 8시에 유성의 힐스호텔 커피숍에서."

거침없이 말한 수진이 눈을 가늘게 뜨고 웃었다.

"다시 머리가 맑아졌어요. 선생님은 저를 깨우쳐 주셨습니다."

"무슨 말씀이신지."

조철봉의 표정이 진지해졌다. 눈을 크게 뜬 조철봉이 수진을 보았다.

"무례한 태도였습니다. 여러 가지 사정이 있었기 때문이니까 이해해 주시기 바랍니다."

"아니, 천만에요."

살랑살랑 머리를 저은 수진이 책상 위에 놓인 벨을 눌렀다.

"상담료는 놓고 가시지 마세요. 그러시면 저를 모욕하시는 것이 됩니다."

다시 정색한 수진이 말했으므로 조철봉은 자리에서 일어섰다.

"알겠습니다. 그럼."

철학원을 나온 조철봉이 주차장으로 들어섰을 때 기다리고 있던 최갑중이 서둘러 다가왔다.

"만나셨습니까?"

"그래, 만났다."

조철봉이 길게 숨을 뱉고는 번들거리는 눈으로 갑중을 보았다.

"눈빛에서 신기가 흘렀다."

"신기라니요?"

"신이 깃든 기운 말이야."

"섬뜩했겠군요."

"그야말로 고혹적이었다."

갑중이 눈만 크게 떴으므로 조철봉은 감탄한 듯 말했다.

"눈빛을 받으면 온몸이 쩌릿해졌단 말이다."

역술도 학문이다. 신기(神氣)만 가지고는 도저히 감당을 해내지 못한다. 그래서 오랜 공부가 필요하다. 본래 역(易)이란 우주의 자연법칙에 의한 기운(氣運)인 춘하추동 4계절의 변천을 관찰하면서 5행(行)의 상생상극(上生相剋)으로 억강부약(抑强扶弱)의 이치를 적용한다. 인생의 장래와 미래를 계산하여 길흉화복을 판단해서 피흉추길(避凶趨吉)을 지도하는 학문인 것이다.

따라서 공부는 거대하고 심오하다. 수진은 지금도 공부를 계속하고 있었지만 많이 게을러졌다. 첫째, 생활이 윤택해지고 명성이 쌓이면서 오만해졌기 때문이다. 마음을 깨끗하게 비우고 더 정진했다면 사내의 노골적인 시선에 흔들리지 않았을 것이었다.

수진이 커피숍에 들어섰을 때 조철봉은 먼저 와 기다리고 있었는데 두 눈이 둥그레졌다. 양장 차림의 수진은 전혀 다른 사람으로 보였던 것이다.

"이거 몰라보겠습니다."

자리에서 일어선 조철봉이 감탄한 표정으로 수진에게 말했다.

"나와 주셔서 고맙습니다."

"오히려 제가 고맙다는 인사를 드려야 돼요."

수진이 웃음 띤 얼굴로 조철봉을 보았다.

"저 자신을 돌아보게 만들어 주셨으니까요."

앞쪽에 앉은 수진의 미모에 커피숍의 시선은 모두 한두 번씩 스치고 지나갔을 것이었다. 다가온 종업원에게 커피를 시킨 수진이 생각난 듯 물었다.

"참, 어떻게 저한테 오시게 되었죠? 제 소문을 들으신 건가요?"

"그렇습니다."

정색한 조철봉이 머리를 끄덕였다.

"대단한 미인이라고 들었는데 실제로는 그 이상입니다."

"여자 문제를 상담하시려고 온 건 아니었군요?"

"그렇습니다."

실제로는 대전 대리점 지점장 오경만이 수진에게 푹 빠져서 열흘에 한 번꼴로 철학원을 찾는 데다 최고급 승용차까지 할부로 선물하고는 꼬박꼬박 대금을 납부해주고 있는 상황인 것이다. 그러나 아직 경만과 수진이 어떤 사이인지는 알 수가 없다. 경만이 철저하게 비밀로 하고 있는 데다 수진 또한 외부에 자주 노출되지 않았기 때문이다. 그러나 수진의 실물을 보고 나니 경만이 빠져들 만하다는 생각이 들었다. 그때 수진이 입을 열었다.

"저는 신기(神氣)가 조금 있는 편이에요. 그래서 손님을 보면 먼저 영감이 떠올랐고 그것이 대충 맞았는데."

부드럽게 웃은 수진이 말을 이었다.

"조 선생님한테서는 전혀 떠오르지 않았어요. 오히려 제압당하는 느낌이었어요."

"내 기가 센 모양이지요?"

"그래요."

수진이 다시 웃었다.

"그런 기운은 처음이었어요."

"나도 그런 말은 처음 듣습니다."

쓴웃음을 지은 조철봉이 수진의 도톰한 입술에 시선을 주었다.

"난 처음 수진 씨를 본 순간에 넋이 나갔었지요. 신비스러운 데다 육감적이었습니다. 강렬한 자극이 왔지요."

조철봉의 눈빛에 다시 힘이 실렸다.

"난 여자를 많이 겪었습니다. 하지만 여자들에게 상처는 주지 않았다고 생각합니다. 여자는 오직 내 본능과 성취감을 채워주는 상대였고 인생의 전부는 아니었지요."

그러고는 조철봉이 길게 숨을 뱉었다.

"난 사랑 따위는 믿지 않습니다. 오직 함께 있는 순간의 몸만 믿습니다. 살다 보니까 그렇게 되었습니다. 허전한 인생이지요."

수진은 조철봉이 솔직한 성품이라는 것을 느꼈다. 그리고 이제는 당당하게 보내오는 시선에도 익숙해졌다. 지금까지 한 번도 남녀 관계를 맺지 않았던 수진이다. 소녀 시절에 무당을 따라 다녔을 때부터 무당의 기둥서방에서부터 고수, 손님에 이르기까지 수많은 유혹이 있었지만 단 한 번도 몸을 허락하지 않았던 수진이었으니 지금도 동녀(童女)의 몸을 간직하고 있는 것이다.

커피숍에서 자리를 옮겨 근처의 일식집 방에서 둘이 마주앉았을 때는 분위기가 더 자연스러워졌다. 수진은 젊은 미모의 여자로 돌아갔으며 조철봉은 어울리는 짝이 되었다. 회에 곁들여 술잔이 두어 번 비워졌을 때 수진은 어느덧 볼이 달아올랐고 목소리도 더 밝아졌다. 조철봉은 술잔을 쥔 채 홀린 듯한 시선으로 수진을 보았다. 수진은 이제 조철봉의 시선을 받으면서도 웃어 보였는데 자극을 즐기는 듯한 태도였다.

"저는 동녀예요."

한 모금 술을 삼킨 수진이 불쑥 말하고 부끄러운 듯 시선을 내렸다가 다시 들었다.

"한 번도 남자에게 몸을 허락한 적이 없답니다."

"혹시…."

수진의 시선을 받은 조철봉이 정색했다.

"사주에 조씨 성을 가진 철봉이라는 사내와 인연이 있나 보죠?"

"보았어요."

술잔을 내려놓은 수진이 달아오른 얼굴을 펴고 웃었다.

"상담실에 적어 놓으신 이름과 생시(生時)로 괘사(卦辭)를 보았습니다."

"어떻게 나왔습니까?"

"복이 내 집 앞을 지나다가 문안으로 들어와 웃으며 기뻐하니 나와

153

더불어 저자가 이롭다고 나왔습니다."

"좋은 것 같군."

"그것 때문에 나온 것은 아녜요."

수진이 그윽한 시선으로 조철봉을 보았다.

"그런데 괘사는 상고 시대의 시문이라 언어와 문자의 뜻이 변해서 해석이 불안한 경우도 있죠."

"아니, 그렇다면?"

"조 선생님을 처음 보았을 때 영기를 느꼈기 때문이죠. 그것이 색기(色氣)이건 광기(狂氣)이건 간에 내 기운을 흔들고 나를 깨우쳤거든요."

"그렇습니까?"

"거역하지 않기로 했어요."

시선을 내린 수진이 입술만 달싹였으나 다부지게 말했을 때 조철봉은 술병을 들고 수진의 빈 잔에 채웠다. 어려운 말 쓸 것 없이 그냥 던진 돌로 암사슴 한 마리를 잡은 꼴이라고 표현하면 될 것이다. 그때 수진이 다시 입을 열었다.

"제가 동녀라고 해서 마음이 불안하신가요?"

"아니, 그럴 리가."

"몸을 정결하게 가꾸는 것이 수행의 근본이지만 음양의 이치를 자연스럽게 따르는 것도 해롭지 않죠."

그러고는 수진이 다시 맑은 눈으로 조철봉을 보았다.

"조 선생님의 눈빛을 보고 온몸에서 열기가 일어났어요. 그래서 흔들렸던 거죠."

"그렇습니까?"

"제 서방이 되어 주실래요?"

불쑥 수진이 물었으므로 조철봉은 호흡을 멈췄다. 그러나 눈을 치켜
뜨고 수진을 똑바로 보았다.

"아니, 그러면⋯."

"제 보호자를 말하는 것이죠."

수진이 붉어진 얼굴로 다시 웃었다.

"떨어져 있어도 상관없어요. 그렇다고 생활비를 대라는 것도 아닙
니다."

조철봉이 침만 삼켰을 때 수진의 말이 이어졌다.

"제 몸을 가지는 서방님이란 말이죠."

조철봉이 역술가로 유명한 수진을 만나러 가면서 꺼림칙한 기분이
들었던 것은 당연했다. 난생 처음 역술가를 만나는 것이기 때문이었다.

그래서 용하다는 수진이 첫눈에 너는 무엇 하는 놈이고 무슨 목적으
로 왔는가를 다 알아맞힐지도 모른다는 생각도 들었다. 종종 그런 이야
기도 들었던 것이다. 그런데 수진을 본 순간에 그런 걱정은 순식간에 사
라졌다. 성격 때문이기도 하겠지만 수진의 자태에 불현듯 성적 욕망이
치솟았고 그것을 수진이 받아들였던 것이다.

아직 텔레파시가 구체적으로 입증되어 일반화되지는 않았지만 조철
봉이 체험으로 느낀 것은 있다. 그것은 마음이 어느 정도는 전달된다는
것이다. 말도 하지 않고 시선도 주지 않고 있어도 상대방이 호의를 품고
있다는 것은 둔한 사람이 아니면 거의 다 안다.

성과를 떠나서 업무에 열의를 품고 있는 부하를 상사가 알고 있는 것
도 같은 맥락으로 봐도 될 것이다. 그리고 성적 욕망은 그런 호의 따위

의 감정보다 더 강렬한 것이다. 더욱이 시선으로 담아 보내는 그것을 상대가 간과한다면 둘 중 하나는 비정상이다.

일식집을 나왔을 때는 밤 10시가 넘어 있었다. 유성은 외지 관광객이 많은 곳이어서 분위기가 조금 들떠 있는 것도 일조를 했는지 수진은 조철봉의 팔짱을 끼었다.

"개운해요."

수진이 몸을 붙이면서 말했다. 상가의 불빛에 비친 수진의 옆얼굴을 보자 조철봉의 목에 찌르르 통증이 왔다. 성적 충동이 일어날 때의 반응이다.

"동녀라니, 내가 충격을 받았어."

보도를 천천히 걸으면서 조철봉이 느긋하게 말했다.

"나는 지금까지 동녀를 상대한 적이 없거든."

조철봉이 곧 정정했다.

"어린애들 말고 성인의 처녀 말이야."

"부인도 처녀 아니었어요?"

"당연히 아니었지."

"그래서 혼자 사시는 건 아니겠고."

장난스럽게 수진이 말했으나 조철봉은 정색하고 눈을 크게 떴다.

"내가 혼자 살고 있다는 것이 얼굴에 쓰여 있나?"

"그쯤은 얼굴만 봐도 알 수 있죠. 첫눈에 알았으니까요."

"이거 슬슬 겁이 나는데."

"당신이 정력이 좋다는 것도 나와요."

"또 있어?"

"아이가 하나 있고, 아들 같은데요."

"허, 참."

조철봉이 발을 멈추고는 수진의 눈을 똑바로 보았다. 뒤에서 오던 사람들이 힐금거리면서 비켜 갔지만 상관하지 않았다.

"그것 참 신통하군."

"신통하기도 하지만 공부도 많이 했으니까요."

수진이 눈웃음을 치더니 바짝 붙어 섰다. 그러자 수진의 얼굴에서 옅은 향내가 맡아졌고 조철봉의 목구멍에 다시 통증이 왔다.

"내가 겪은 여자들도 보이나?"

"보여요."

조철봉이 수진의 손을 쥐고는 다시 발을 떼며 물었다.

"그럼 말해봐."

"도처에 널려 있군요."

수진이 맑은 눈으로 조철봉을 보며 웃었다.

"당신은 갈증이 난 아귀상이에요."

"아귀라."

"내 팔자가 당신에게 맞을 것 같아요."

조철봉은 시선을 들어 앞쪽 건물의 현관에서 명멸하는 호텔 네온사인을 보았다.

"그렇지, 우린 잘 어울리는 짝이다."

호텔방 안까지 들어올 때의 수진은 자주 출입을 하는 여자처럼 자연스럽게 행동했다. 특급 호텔이어서 짐이 없는데도 방 앞까지 안내해 준

종업원에게 만 원권 한 장을 팁으로 주는 여유도 보였다.

그러나 방 안으로 들어와 둘이 되었을 때 수진은 초짜의 행태를 그대로 드러냈다. 괜히 가방까지 들고 화장실에 들어갔다가 한참 만에 나오더니 창가로 다가가 창밖을 보는 시늉을 하는 것이었다. 여자가 그렇게 나오면 대부분의 남자는 이런 상황에서는 반대로 여유를 갖게 되는 법이다. 그리고 이런 여유는 세상의 수만 가지 여유 중에서 가장 감미롭고 벅찬 여유가 될 것이다.

"위스키 한 잔 줄까?"

저고리를 벗어 의자 위에 걸쳐놓은 조철봉이 넥타이를 당겨 풀면서 물었다.

"이봐, 긴장을 풀고 이리 와 앉지그래?"

"떨려요."

그러면서 수진이 소파로 다가와 앉더니 정색하고 조철봉을 보았다.

"막상 하려고 하니까 겁이 나요."

"좋은 거야."

냉장고 위의 선반에서 잡히는 대로 위스키 병을 들고 조철봉이 수진의 옆에 앉았다. 이런 때는 마주보며 앉는 것보다 옆에 앉는 것이 덜 거북한 것이다.

"몸이 뜨거워지면 다 잊게 되지. 나중에는 정신없이 매달리게 돼."

컵에 양주를 따른 조철봉이 수진에게 내밀었다.

"그러고는 차츰 자신의 성감대를 알아가면서 육체의 기쁨을 즐기게 되는 거야."

"당신 여자들은 다 즐기던가요?"

"그건 모르는 모양이군."

한 모금 양주를 삼킨 조철봉이 지그시 웃었다. 그러고는 먼저 분위기를 뜨겁게 올려야겠다는 생각을 했다. 육체의 향연에서 오감 중 어느 것 하나 중요하지 않은 것이 없는 것이다. 탁자 위에 술잔을 내려놓은 조철봉이 팔을 올려 수진의 어깨를 감싸 안았다.

"나는 여자가 달아오를 때까지 기다리는 스타일이지. 여자가 기쁨으로 터질 때까지 말이야."

그때 수진이 침을 삼켰다.

"난 아직 그런 것 몰라요."

"내가 알려 준다니까."

"당신은 자신만만하군요."

"실패한 적이 거의 없으니까."

조철봉이 머리를 숙여 수진의 잘 생긴 귓불을 가볍게 물었다. 그러고는 혀끝으로 귀 안을 쓸었다. 더운 입김이 귀를 훑고 지나면서 수진이 목을 움츠렸으나 피하지는 않았다.

"키스해도 돼?"

조철봉이 귀에 대고 속삭이듯 물은 것도 계획적이다. 그냥 해도 되었지만 분위기를 띄우려는 것이다. 시각, 청각, 후각, 촉각, 미각, 모든 것을 다 이용하여 다 맛보도록 하는 것이 진정한 오입쟁이이며 '강안 남자'이다.

수진이 잠자코 있었지만 덥석 입술을 붙인 경우보다 기대감과 열기는 몇 퍼센트 상승했을 것이었다. 조철봉은 천천히 입술을 수진의 볼에 붙였다가 옮겨갔다. 수진의 입술에 닿았을 때 완강하게 닫혔던 입술이 조금 벌어졌고 곧 치아에 닿았다. 수진의 말랑한 입술을 빨던 조철봉은 마침내 잇새가 벌어지는 것을 느끼고는 곧 혀를 넣었다. 그 사이에 조철봉의 두 손은 익숙하게 움직여 수진의 블라우스 단추를 풀었고 브래지어까지 벗겨 내었다. 조철봉이 아직 서툰 수진의 혀를 끌어내었을 때는 열기가 상승되어 있었다.

"저, 잠깐 씻고 올게요."

입술을 뗀 수진이 헐떡이며 그렇게 말했으므로 조철봉은 상체를 바로 세웠다. 씻고 온다는 말은 자주 들었던 것이다.

눈을 부릅뜬 조철봉은 한동안 앞쪽의 벽을 보았다. 그러자 머릿속에서 수많은 여자의 얼굴이 스치고 지나갔다. 몇 초도 안 되는 순간이었지만 지금까지 겪었던 수백 명의 여자가 필름에 담겨 있었던 것처럼 빠짐없이 드러났다. 심호흡을 한 번 하고난 조철봉은 화장실 쪽으로 시선을 돌렸다. 방음 장치가 잘 되어 있는지 그쪽에서는 아무 소리도 들리지 않았다. 이윽고 조철봉은 자리에서 일어섰다.

아직 저고리도 벗지 않았으므로 문 앞으로 다가가 고리를 풀고 밖으로 나왔을 때까지 몇 초도 걸리지 않았다. 엘리베이터를 타고 로비에서 내린 다음 호텔 현관 앞에 섰을 때 시원한 밤공기가 폐 안으로 흡입되었다. 서너 번 심호흡을 한 조철봉은 주머니에서 휴대전화를 꺼내 들었다. 조철봉이 최갑중과 오경만을 불러내 셋이 둘러앉았을 때는 밤 12시가 되어갈 무렵이었다.

갑중은 덤덤한 표정이었지만 경만은 밤중에 불려나와 잔뜩 긴장하고 있었다. 어디서 술을 마시다가 왔는지 입에서는 술 냄새가 풍겨왔다. 대전 시내 중심부의 커피숍 안이었다. 손님은 그들 셋뿐이어서 주위는 조용했다. 커피를 한 모금 마시고 난 조철봉이 마침내 입을 열었다.

"지점장, 홍수진에 대해서 솔직하게 털어 놓도록 해. 그럼 내가 도와 줄 용의가 있으니까."

경만이 눈을 크게 떴지만 놀란 것 같지는 않았다. 그러나 입을 꾹 다 물고 있었으므로 조철봉이 말을 이었다.

"유혹을 당한 건가? 아니면 그쪽이 일방적으로 빠져든 거야?"

"사생활입니다, 사장님."

얼굴을 굳힌 경만이 말했을 때 갑중이 혀를 세차게 두드렸다.

"이보쇼, 이렇게 밤늦게 사장님이 부르신 것은 사적으로 털어놓자는 거요. 당신한테 득이 될 상황이란 말이야. 참 답답한 사람이구만."

몸을 돌린 갑중이 경만을 노려보았다.

"당신은 홍수진한테 차를 사준 것뿐만 아니라 접대비와 판공비로 2 억 가까운 공금을 유용했어. 거기에다 아직 집계가 안 된 금액이 3억 가깝게 돼. 이것만 해도 당신은 횡령과 사기혐의로 입건될 수 있단 말 이야."

그러자 경만의 술기운으로 붉어져 있던 얼굴이 하얗게 굳었다.

"해 보시지요. 각오하고 있으니까요."

"당신 재산은 모두 압류되고 변상해야 될 거야."

"각오하고 있습니다."

"내가 오늘 밤 홍수진과 호텔방에 들어갔다가 나왔어."

조철봉이 불쑥 말했을 때 경만이 눈을 치켜떴다. 그러나 아직 뇌에 전달이 안 되었는지 서너 번 눈을 껌벅이고 나서야 초점을 잡고 조철봉 을 보았다. 조철봉이 쓴웃음을 지었다.

"내가 홍수진을 찾아갔어. 그랬더니 순순히 데이트에 응해 주었고 호텔방까지 들어간 거야."

그리고 조철봉이 손목시계를 보는 시늉을 했다.

"지금쯤 방에서 나와 집에 돌아갔겠군. 그 여자가 화장실에서 샤워할 때 내가 슬쩍 나와 버렸으니까."

조철봉이 정색하고 경만을 보았다.

"물론 그 여자한테 손도 안 대고 나온 거야. 그 여자가 행사를 치르기 전에 씻겠다고 화장실에 들어간 사이에 나왔으니까."

"그 개 같은…."

갑자기 경만이 잇새로 욕설을 뱉었으므로 갑중이 눈을 부릅떴다. 그때 경만이 씹어뱉듯 말했다.

"그럼 그 여자가 제 입으로 동녀라고 말하던가요?"

"그러더구먼."

조철봉이 정색하고 경만을 보았다.

"물론 난 확인을 하지 않았지만 말이야."

그리고 조철봉이 머리를 비틀고는 눈을 좁혀 떴다.

"도대체 당신하고는 어떤 관계야? 사실이라면 아직 둘은 몸도 섞지 않았단 말인가?"

"그렇습니다, 하지만."

"하지만이라니?"

그러자 경만이 눈을 크게 떴다.

"같이 여러 번 호텔방에 들어갔지요."

"그래서?"

그때 갑중이 입맛을 다시더니 상관했다.

"물건이 서지 않았던 모양이군."

"천만에요."

화를 낼 만도 한데 경만은 얼굴을 굳히고는 부인했다.

"섰습니다."

"섰는데도 안 했단 말이야?"

모두 30대 중반의 나이에다 사회적으로도 인정받는 신분이며 점잖은 풍채의 셋이 둘러앉아 이런 이야기를 나누는 것을 누가 듣는다면 머리칼이 곤두설 만도 했지만 셋의 표정은 진지했다. 갑중이 묻자 경만은 굳어진 얼굴로 머리를 끄덕였다.

"안 한 것이 아니라 못 했습니다."

"왜? 시도는 했어?"

"했지요."

조철봉은 둘의 대화를 들으면서 수진의 모습을 떠올렸다. 그러나 여느 여자와 다른 점은 생각나지 않았다. 경만의 표정을 살핀 갑중도 부쩍 호기심이 일어나는 모양으로 먼저 침부터 삼켰다. 지금 이 순간에는 공금이네 압류 따위의 단어는 모두의 머리에서 사라진 상태였다.

"잘 안 들어가?"

"아니, 그게 아니라."

"어허, 이 사람이 참."

조바심이 일어난 갑중이 다시 혀를 두들겼다. 갑중과 경만의 나이는 동갑이었지만 한쪽은 본사의 전무 겸 그룹의 실세였고 다른 쪽은 지점장이다. 그래서 갑중은 언제나 체면을 차리고 있었는데 지금은 어느덧

다 잊었다. 이맛살을 찌푸린 갑중이 다시 물었다.

"도대체 어떻게 된 거야? 그냥 팍 털어놔 봐, 이 사람아."

"그 여자의 벗은 몸을 보면 넣기도 전에 끝나 버립니다."

마침내 털어놓은 경만이 길게 숨을 뱉었다가 시선을 들었다. 그때 조철봉은 경만의 두 눈이 번들거리는 것을 보았다. 지금 다시 수진의 벗은 몸을 떠올린 것이 분명했다. 그러나 갑중은 기가 막힌다는 듯이 헛웃음을 웃었다.

"나아 참, 별일이 다 있군. 넣기도 전에 싸다니 기네스북에 기록되겠다."

얼른 경만의 눈치를 살피더니 반응이 없는 것을 보고는 다시 물었다.

"내가 캐묻는 것 같지만 다 회사를 위하고 당신을 위한 일이니까 대답해 봐, 내가 잘 이해가 안 가니까 말이야. 그 여자가 넣기 전에 먼저 입으로나 손으로 해줘서 그런 거야?"

"아닙니다."

조철봉은 머리를 젓는 경만의 눈빛이 더 번들거리는 것을 보았다. 그는 지금 수진과의 장면으로 몰입되고 있는 것이다.

그때 경만이 말을 이었다.

"그 여자는 벗고 나와서 춤을 춥니다. 알몸으로 내 앞에서 춤을 추는 것입니다. 그러고는 신음과 같은 소리를 냅니다, 그러면."

조철봉은 슬쩍 시선을 내려 옆에 앉은 경만의 바지 지퍼 부분을 보았다. 그 부분은 돌출되어 있었다. 갑중은 넋을 잃은 표정이었고 경만의 말이 다시 울렸다.

"그러면 나는 극락에 오릅니다."

홍수진의 일생에 있어서 어젯밤과 같은 충격적인 사건은 처음이라고 해도 과언이 아닐 것이다. 그동안 꽤 많은 곡절을 겪었어도 슬기롭게 대처해왔다고 믿었던 수진이다. 헤아릴 수조차 없는 남자의 유혹을 받았지만 아직까지 처녀성을 지키게 된 것도 그렇다. 순리에 어긋나는 교접을 하면 몸도 마음도 기력을 뺏기게 된다고 믿어왔던 터라 수진은 때를 기다려왔던 것이다.

예를 들면 오성자동차의 지사장 오경만의 점괘는 마음이 통하지 않으나 몸이 먼저 나선 괘로서 그와의 궁합은 애초부터 맞지 않았다. 몸이 앞선 음양의 조화는 굿 한판으로 너끈하게 처리될 수 있는 것이어서 경만은 번번이 신굿 한판만으로 극락에 올랐던 것이다. 그러나 그럴수록 갈증이 더 쌓이는 법이다. 경만은 올 때마다 수백만 원씩의 상담료를 내었고 밤에 특별 상담을 청하였던 것이다.

하지만 조철봉의 경우는 달랐다. 먼저 첫눈에 음양의 조화가 있었으며 몸이 뜨거워졌다. 몸과 마음이 합일되었고 괘사도 훌륭했다. 더구나 조철봉은 갈증이 난 아귀상이었다. 조철봉의 시선이 닿는 부분마다 솜털까지 솟아오르는 것 같은 신기를 느꼈던 것이다. 그래서 이제야말로 기둥서방을 만났다고 확신했던 수진은 몸을 열 준비가 되어 있었다.

길게 숨을 뱉은 수진은 탁자 위에 놓인 조철봉의 상담 신청서를 내려다보았다. 그곳에는 생년월일과 이름, 직업에다 전화번호까지 적혀 있었는데 조철봉은 무역회사 사장이었다. 방문이 조심스럽게 열리더니 총무 일을 하는 김 여사가 방으로 들어서면서 물었다.

"선생님, 손님들이 기다리고 계십니다만."

"오늘은 피곤해요."

이맛살을 조금 찌푸려 보인 수진이 부드럽게 말했다.

"신기가 오르지 않아서 그런다고 말씀드려 주세요."

"예, 선생님. 그럼 내일."

"내일 아침에는 머리가 더 맑아질 테니까요."

"알았습니다."

김 여사가 방을 나갔을 때 다시 심호흡을 한 수진은 탁자 위에 놓인 전화기를 들었다. 신청서에 적힌 조철봉의 핸드폰 번호를 누르는 동안 수진의 가슴이 떨었다. 이런 경우도 난생 처음이다. 문득 자신이 갈증 난 아귀한테 홀린 것이 아닐까 하는 생각이 들었으나 이것이 순리라고 스스로 위로했다.

"여보세요."

"수화구에서 굵은 사내의 목소리가 울린 순간 수진은 이제 얼굴까지 달아올랐다. 정결하게 씻고 알몸에 가운만을 걸치고 밖으로 나왔을 때 이 사내는 사라져 버렸던 것이다. 그때의 심정은 무안감이나 분노보다도 손에 쥐었던 재물을 놓친 것 같은 허전함이었다. 그래서 한 시간이 넘도록 빈방에서 멍한 상태로 앉아 있다가 돌아왔던 것이다.

"저, 홍수진입니다."

수진이 말했을 때 이미 저쪽 전화기에 발신자 번호가 찍혀 있었기 때문인지 조철봉이 태연하게 응답했다.

"아, 수진 씨. 거기 상담실인 모양이군."

"그래요."

"뜻밖인데. 나한테 전화해 주리라고는 예상하지 못했거든."

"나한테서 다른 느낌이 있었어요?"

"무슨 말이야?"

"보통 여자하고는 다른 느낌."

"글쎄."

조철봉이 문득 물었다.

"왜 그걸 묻지?"

그러자 수진이 작정하고 대답했다.

"날 보통 여자하고 같이 대해줘도 돼요."

전화기의 덮개를 닫은 조철봉에게 최갑중의 은근한 시선이 옮겨졌다. 말해주기를 기다리는 표정이다. 숙소로 정한 호텔 식당에서 늦은 아침을 마치고 커피를 마시는 중이어서 주위는 한산했고 분위기도 한가했다. 조철봉이 입을 열었다.

"홍수진이다. 자기를 보통 여자와 같이 취급을 해달란다."

"얼씨구."

갑중이 흘끗 조철봉의 눈치를 보더니 표정을 바꾸고 말했다.

"달아올랐다고 보십니까?"

"미친놈."

"그러면 음모가 있을까요?"

"지랄하고 있네."

계속 욕을 얻어먹었지만 갑중의 얼굴은 여전히 굳어져 있었다.

"형님은 오경만이 말을 믿으십니까? 벌거벗고 춤을 춘다고 싸다니요? 지가 무슨 클레오파트라도 아니고 말입니다."

"신이 오르면 그럴 수도 있지."

"오경만이한테도 신이 옮아갔고요?"

"그럴 수도 있지. 너도 TV에서 보았지 않아? 신들린 신자들이 박수치고 춤추는 것을."

"싸는 건 못 봤습니다."

"야, 입맛 떨어진다."

"어쨌든."

갑중이 의자를 당겨 앉았다. 이제는 눈까지 치켜뜨고 있다.

"할 일도 많고 세계도 넓은데 형님께선 여기서 이렇게 시간만 때우실 겁니까? 오경만이 일을 얼른 정리하시고 떠나셔야 될 것 아닙니까?"

"오경만은 공금을 유용했고 이미 지점장으로서의 직무를 수행할 수 없게 되었어. 일단 오늘 자로 인사 조치를 한다."

조철봉이 굳은 표정으로 말했다.

"대기발령을 내고 후임에는 김한수 차장을 지점장 대리로 임명하도록. 그리고 업무 인계인수를 철저히 해서 변상 받을 것을 김 차장이 챙기도록 하면 되겠지."

"그렇게 하겠습니다."

"나는 오늘까지 이곳에 머물 거야."

"그 여자 만나실 겁니까?"

"만나야지."

그러고는 조철봉이 빙긋 웃었다.

"내가 피할 이유가 없다."

"꺼림칙해서 그럽니다, 형님."

갑중은 둘이 있을 때도 요즘은 형님 호칭을 안 썼지만 오늘은 달랐다. 조철봉이 갑중의 걱정스러운 시선을 받더니 쓴웃음을 지었다.

"솔직히 난 오경만이 말을 아직 믿을 수가 없어. 아무리 신이 올랐다고 해도 그럴 수는 없다고 생각한다."

"둘이 짠 것 같습니다."

머리를 끄덕인 갑중이 말을 이었다.

"공금을 횡령한 이유를 그런 식으로 만든 겁니다. 여자한테 홀려서 그렇게 되었다고 말입니다."

"그 여자는 예지력이 있었다."

눈을 가늘게 뜬 조철봉이 갑중의 뒤쪽 벽에 시선을 주며 말했다.

"내 신상에 대해서도 다 맞혔고 내 생활에 대해서도 다 알고 있었어."

"그거야 관상가라면 대충."

했다가 갑중이 침을 삼켰다.

"어떻게 맞혔습니까?"

"내가 풍기는 욕정을 다 느끼더라."

"아, 형님이야 나이트에 가시면 다…."

"시끄러."

그러자 갑중이 길게 숨을 뱉었다.

"좋습니다. 기어이 해치우실 작정이군요."

"하지만 그냥 하지는 않겠다."

조철봉이 갑중을 똑바로 보았다.

"준비를 해야겠어."

"어떻게 말입니까?"

눈을 크게 떴던 갑중이 금방 머리를 끄덕였다. 이번에는 웃는 표정이다.

"알겠습니다. 이젠 조금 안심이 됩니다."

"여어, 몰라보겠는데."

홍수진 앞으로 다가선 조철봉이 눈을 둥그렇게 뜨고 감탄했다. 하루 만에 다시 만난 수진은 어제와 전혀 다른 분위기로 변해 있었던 것이다. 수진은 오늘 캐주얼 차림이었는데 진바지에 헐렁한 셔츠를 입고 운동화를 신었다. 거기에다 머리는 뒤로 묶어 올리고서 야구 모자를 눌러쓴 것이다. 조철봉이 앞자리에 앉자 수진이 흰 이를 드러내며 웃었다.

"옷은 치장일 뿐이죠. 하지만 분위기를 바꿀 수는 있더군요."

"그러다 운수도 바뀌지 않을까?"

수진이 대답 대신 손목시계를 보더니 자리에서 일어섰다.

"우리 밥 먹고 나이트 가요."

"나이트에?"

놀란 듯 조철봉이 눈을 크게 떴을 때 수진이 팔을 잡아끌었다.

"왜요? 내가 나이트에 가면 안 돼요?"

불감청(不敢請)이나 고소원(固所願)이다. 커피숍에서 나와 근처의 한식당에 들어가 간단하게 저녁을 마쳤을 때는 밤 9시 반이 되었다. 나이트 클럽도 종류가 여러 가지여서 호텔 클럽식이 있는가 하면 20대가 뛰는 곳이 있고 중년이 노는 카바레도 간판에 나이트라고 쓰여 있다.

나이트 앞에 성인(成人)이라는 전제를 붙인 곳도 있는데 그 성인은 40대 이상을 말하는 것이니 헷갈리면 안 된다. 가끔 중년 나이트라는 간판도 보이지만 그곳에 출입하는 중년들은 참 순진한 것 같다고 조철봉은 생각했다. 물론 들어가 본 적이 없어서 그렇게 생각한 것이다. 조철봉이 수진과 함께 입장한 곳은 유성 중심가에 위치한 성인 나이트클럽이었다.

식당에서 나왔을 때 제일 먼저 눈에 띄었기 때문인데 조철봉이 예상했던 대로 물은 좋지 않았다. 손님 대부분이 일박 이일 코스로 놀러온 관광객이었고 마흔 살 이하는 거의 보이지도 않았던 것이다. 성인 나이트에서는 청탁을 불문하고 영계가 대접을 받는다. 따라서 의욕을 잃고 삶에 지쳤다고 느껴지는 영계는 성인 나이트에 한번 들러 대접을 받아 보는 것도 나쁘지 않을 것이다. 자리를 잡고 앉았을 때 수진이 주위를 돌아보더니 웃었다.

"묻지 마 관광을 온 사람들 같군요."

"실제로 그래."

조철봉이 단언했다.

"내가 역술가는 아니지만 이런 곳의 여자 분위기는 대번에 알지, 여자들이 모두 준비가 되어 있어."

"무슨 준비 말이에요?"

"드러누울 준비."

굳은 얼굴이 된 조철봉이 수진을 똑바로 보았다.

"눈을 보지 않아도 돼, 몸에서 기운이 퍼져 나오는 것 같이 느껴지거든."

"나는 어때요?"

종업원이 술과 안주를 가져와 탁자에다 벌여놓고 있었지만 수진이 조철봉의 시선을 그대로 받으면서 물었다.

"나한테서도 풍겨요?"

"아니."

조철봉이 머리를 저었다.

"전혀 느껴지지가 않아."

"그래요?"

희미하게 웃어 보인 수진이 양주병을 집더니 잔에 술을 채웠다.

"내가 준비가 안 돼 있나 보죠?"

"그런 것 같군."

"용하시네."

그때 블루스 음악이 흘러 나왔으므로 조철봉이 자리에서 일어섰다.

"나가지."

조철봉이 수진의 손을 잡아끌었다.

"긴장을 푸는 데는 춤이 제일이야."

관광객들은 블루스 음악에 질색을 하고 플로어에서 내려왔지만 둘은 나갔다.

나이트에서 춤출 때의 리더십으로 말할 것 같으면 어디 수진이 조철봉을 당하겠는가? 수진이 알몸으로 춤을 춰 오경만이 넣기도 전에 싸게 했다지만 나이트 현장에서는 단연 조철봉의 경륜과 기능이 앞설 것이었다. 둘이 플로어에 나갔을 때 홀에 가득 찬 일박 이일 관광객들의 시선이 모두 모였다.

그것도 그럴 것이 플로어에는 둘뿐인 데다가 둘은 삼십 대의 영계였기 때문이다. 대부분이 묻지 마 관광단으로 오히려 선거철의 관광객 수준보다 떨어진 분위기였으니 군계이학이 될 것이며 그들로서는 족탈불급임을 재삼 확인케 했을 것이었다.

더욱이 조철봉의 춤 실력은 서울 일류 카바레에서 갈고 또 닦아 오지 않았는가? 수진의 허리를 당겨 안고 북소리 한 번에 허리를 한 번 부딪치는 듯한 미묘한 몸놀림은 보는 이의 심금 따위가 아니라 온몸이 비틀리게 할 만했다. 수진이 조철봉의 리드에 따라 스텝을 밟으면서 한 마디 했다.

"잘 추시네요."

솔직히 춤 실력만으로는 조철봉의 실력은 중간쯤 된다. 그러나 파트너 입장에서 보면 과감하면서도 자연스럽고 몸이 부딪치는 순간에 전달되어 오는 충동에 분별력이 희미해지는 것이다. 조철봉은 신중하게 수진을 리드했다. 다리 사이의 철봉을 보통 때처럼 함부로 내지르지도 않았다. 그러나 그것 또한 고도의 전략이다.

속된 말로 감질나게 하는 방법을 신중하게 구사한 것이다. 한 번 비틀면서 다리 사이의 철봉이 허벅지를 한 번 스치고 그다음에 비틀릴 적에는 철봉이 오간 데가 없다. 수진은 마른침을 삼키고는 어느덧 다음번 비틀릴 때를 기다리는 자신을 의식하지 못하고 있었다. 조철봉의 가슴에서 연한 향내가 맡아졌다.

향수 냄새였다. 그리고 허리를 감아 안은 손은 조금씩 당겨 안거나 풀어주면서 철봉의 운동을 보조해주고 있었는데 수진은 그야말로 삼매경에 빠져들었다. 이제는 음악도 귀에 들어오지 않았으며 수백 쌍의 시선도 어색하지 않았다.

수진은 문득 머릿속이 맑아지는 것을 느끼고는 가늘게 숨을 뱉었다. 그러고는 이 남자야말로 자신의 영적 능력을 상승시킬 수 있는 주인이라고 확신했다. 그때였다. 조철봉이 몸을 비틀면서 이번에는 정면으로

철봉을 수진의 다리 사이에 넣었으므로 수진은 저도 모르게 신음했다.

"으으응."

음악 소리가 컸지만 수진의 신음은 조철봉의 귀에 선명하게 울렸다. 조철봉은 수진의 허리를 강하게 당겨 안으면서 그 자리에서 다시 철봉을 밀었다. 진짜 철봉이었다. 그 순간 수진은 조철봉의 몸에 바짝 붙으면서 더 크게 신음했다.

"아아아."

수진은 그때 허벅지에서 액체가 흘러 다리를 타고 떨어지는 것을 느꼈다. 무릎 근처까지 내려갔을 때 액체는 차가워져 있었지만 샘에서는 자꾸 분출되었다. 조철봉은 수진을 리드하여 다시 철봉을 부딪쳤지만 이번에는 약했다. 그러자 가슴이 답답해진 수진이 헛소리처럼 말했다.

"세게 해주세요."

"이렇게?"

조철봉이 지금까지 중에서 제일 강하게 철봉을 부딪쳤을 때 수진은 입을 딱 벌렸다.

"아아앗."

그때 밴드가 요란하게 울리면서 북소리에 수진의 신음이 묻혔다. 그 순간 수진은 온몸이 하늘로 승천하는 것처럼 느껴졌으며 갑자기 두 다리의 힘이 풀려 비틀거렸다. 극락에 올라가는 것이다. 조철봉은 수진의 허리를 안고 몸을 세웠다.

물론 카바레에서 부둥켜안고 돌아가면서 여자를 절정으로 올린 적이 있다는 전설의 고향 주인공이 있기는 하다. 이미 준비가 되어 있는 남과 여가 알코올과 음란한 분위기에 휩쓸려 대고 비비다가 어느덧 황홀경에 빠지면서, 더욱이 수백 쌍의 시선을 받는 스릴까지 겹쳤을 때 분출된다는 것이다. 조철봉은 수진이 절정에 오른 것을 보면서 야릇한 쾌감과 동시에 더 진한 것에 대한 욕구를 느꼈다.

아직 이쪽은 발동도 걸리지 않았기 때문이기도 했지만 수진의 반응에 자신도 달아올랐기 때문이다. 그리고 오경만의 이야기가 진실이라고 믿어졌다. 수진이 벗고 춤을 출 적에도 이렇게 몰입한 상태가 되었을 것이고 그것이 경만을 발사하게 만들었을 것이었다. 조철봉은 이제 가쁜 숨을 몰아쉬며 온몸을 늘어뜨리기 시작하는 수진의 허리를 받쳐 안았다. 눈을 감은 채 머리를 자신의 가슴에 기대고 있는 수진의 모습은 사랑스러웠다.

역술원 상담실에 도사리고 앉아 노소, 귀천을 불문하고 추상같이 예지를 내리는 역술가의 모습이 아니었다. 가냘프고, 예민하며 성감이 발달된 여자, 그리고 남자의 성욕을 자극하는 여자일 뿐이다. 조철봉이 입술을 수진의 귀에 붙였다.

"네 몸 깊은 곳에 내 뜨거운 철봉을 넣고 싶어."

그 순간 수진이 움칠하더니 눈을 가늘게 뜨고 조철봉을 올려다보았다. 홀은 아직 블루스 음악에 덮여 있었고 용기를 낸 대여섯 쌍의 일박 이일 관광객 남녀가 나와 있었으므로 둘은 조금 자연스러워졌다.

"넣어줘요."

수진이 꽃잎 같은 입술을 달싹이며 말했다.

"아주 세게 넣어줘요."

"그러지."

다시 허리를 당겨 안은 조철봉이 철봉을 수진의 허벅지 사이에다 세게 비볐다.

"아아!"

비틀거렸던 수진이 겨우 스텝을 잡았지만 조철봉이 능숙하게 턴을 함으로써 어색한 모습은 연출되지 않았다. 이것은 섹스 후의 여운을 즐기는 동작쯤이 될 것이다. 수진이 다시 말을 이었다.

"팬티가 다 젖었어. 옷을 갈아입고 싶어."

"그럴까?"

조철봉은 허리를 펴고는 수진의 손을 잡고 플로어에서 내려왔다. 플로어가 어두웠지만 둘의 행태를 눈여겨 본 관중이 없을 리가 없다. 아니 태반의 관중이 시선을 집중하고 있었을 것이지만 그쯤으로 기가 죽을 조철봉이 아니었고 수진은 더 했다. 당당한 모습으로 테이블에 앉은 둘에게 주위 테이블의 시선이 집중되었다. 부러움과 질시에 가득 찬 시선들이었다.

"나갈까?"

조철봉이 묻자 수진은 두말하지 않고 먼저 자리에서 일어섰다. 나이트에서 나왔을 때는 밤 10시 반이었다. 노는 인간들에게는 아직 초저녁이다. 찬 바깥공기를 몇 번 삼키고 난 수진이 웃음 띤 얼굴로 조철봉의 옆으로 다가붙더니 팔짱을 끼었다. 다시 수진에게서 옅고 신선한 향내가 맡아졌다.

"당신한테 홀렸어."

수진이 투정부리듯이 말했다.

"나이트에서는 당신한테 신이 내린 것 같았어, 나는 홀렸고."

"너, 정말 동녀야?"

눈을 가늘게 뜬 조철봉이 장난스럽게 물었을 때 수진은 순진한 표정으로 머리부터 끄덕였다.

"그래. 믿기지 않겠지만."

그러고는 키득 웃었다.

"내 신춤을 보는 남자가 먼저 양기를 뿜는 바람에 내 정조를 지킬 수 있었지."

"들어갈까?"

시내를 걷던 조철봉이 문득 걸음을 멈추고는 턱으로 옆쪽을 가리켰다. 그들은 호텔 현관 옆에 서 있었던 것이다. 수진이 잠자코 머리만 끄덕였으므로 그들은 팔짱을 낀 그 자세 그대로 현관 안에 들어섰다.

"내가 묵고 있는 호텔이야."

조철봉이 카운터 직원한테서 키를 찾아오면서 말했어도 수진은 입을 열지 않았다. 엘리베이터를 타고 7층 복도에서 내린 다음 방에 들어설 때까지 수진은 자연스럽게 행동했다. 지난번에도 그랬지만 오늘도 전혀 주위를 의식하지 않았다. 방에서 둘이 되었을 때 조철봉이 생각난 듯 말했다.

"그, 신춤이라는 것 말이야. 남자가 양기를 먼저 내뿜는다는 것."

그러고는 조철봉이 빙긋 웃었다.

"오늘 나한테도 한번 보여줄래?"

"지난번에도 준비를 했었는데."

수진이 정색하고 조철봉을 보았다.

"갑자기 오빠가 도망쳐 버리는 바람에."

조철봉의 호칭은 이제 오빠가 되었다. 머리를 끄덕인 조철봉이 소파에 앉으며 물었다.

"그럼 난 어떻게 기다려야 되나? 그냥 이렇게 앉아 있으면 되는 거야?"

"오빠는 침대에서 기다려, 벗고."

"홀랑 벗고 말이지?"

"내 동녀를 떼는 신굿을 하는 거야."

"꼭 해야만 하나?"

"내가 신을 받았을 때 약속했어."

조철봉의 시선을 받은 수진이 부드럽게 웃었다.

"오빠, 난 신을 받은 몸이야. 내 신주께 오래전에 약속을 했어. 남자에게 몸을 주기 전에 신께 드리겠다고."

"그럼 신께 먼저 몸을 드리는 춤을 춘단 말인가?"

"신주를 믿어야만 내가 살아."

"알겠어, 보자."

조철봉이 저고리를 벗으면서 말했다.

"네 말대로 벗고 기다릴 테니까."

지난번처럼 수진이 가방을 들고 화장실로 들어갔을 때 조철봉은 이번에는 차분하게 옷을 벗고 침대에 올랐다. 그러고는 침대 머리에 등을 붙이고 앉아 시트로 하반신만을 가리고는 기다렸다. 탁자에 붙은 시계가 밤 11시 10분을 가리키고 있었다. 수진이 얼마나 많은 남자 앞에서 몇 회나 신굿을 상영했는지 모르지만 자신만큼 만반의 준비를 갖추고 기다린 사람은 없을 것이었다.

주위는 조용했다. 차도를 달리는 차량의 소음이 파도 소리처럼 희미하게 울렸다가 사라졌다. 조철봉은 심호흡을 했다. 기묘한 경우이기는 했다. 그러나 나이트에서 수진의 반응을 눈으로 확인한 후부터는 자신 감이 욕정을 더욱 부추겼고 더욱이 준비를 하고 있지 않은가? 조철봉의 가슴은 기대와 흥분으로 세차게 고동치고 있었다. 그때 화장실의 문이 열렸으므로 조철봉은 숨을 멈췄다. 그리고 수진의 모습이 나타난 순간 조철봉의 몸은 돌이 된 것처럼 굳어졌다.

수진은 알몸에 실 하나 걸치지 않았다. 그러나 머리는 오색 끈으로 올려 묶고 얼굴에는 화장을 했다. 입술에 붉은색 루주를 칠하고는 볼에 흰 분을 바른 것이다. 수진이 어깨를 들썩이며 덩실거리는 걸음으로 소 파 앞까지 왔을 때 조철봉은 퍼뜩 눈썹만을 추켜올렸다. 자신도 모르게 철봉이 솟아올랐기 때문이다. 그때 소파 앞에 멈춰 선 수진이 낮게 노래 를 부르기 시작했다.

"신주시여, 신주시여."

낮고 가냘픈 목소리가 울리면서 수진이 온몸을 흔들며 춤을 추기 시 작했다. 온몸의 뼈가 녹아버린 것 같은 동작이었다.

신(神)이 올랐다, 또는 신기(神氣)가 있다는 등으로 표현되는 일부 무 속인에 대하여 심리학적, 역학적, 거기에다 근육의 수축 강도 등등까지 비교 분석하여 과학적으로 파헤치겠다는 시도가 자주 일어난다. 또 일 부는 다 눈속임이라는 선입견을 갖고 있기도 하다.

그러나 역서(易書)만 해도 상고(上古) 시대의 주나라에서부터 연산역, 은나라에서는 귀장역, 그리고 주나라에서 주역이 나와 지금까지 전해 진 것처럼 무속에도 뿌리가 있다. 오히려 과학적이며 체계적이라고 압 박하는 현대의 학문보다 더 심오하고 삶에 대한 현실적인 대답을 주는 경우가 많은 것이다.

각설하고, 수진의 온몸은 신이 올라 있었다. 두 팔과 다리가 두둥실 떠다니는 것처럼 나부꼈고 입에서는 쉴 새 없이 낮은 주문 같은 노랫가락이 울려나왔다. 조철봉은 어느덧 수진에게 몰두되어 있었다. 두 눈을 치켜뜨고 입을 반쯤 벌린 얼굴로 수진을 바라보고 있었는데 홀린 듯한 표정이었다.

그때 수진이 갑자기 바닥에 등을 붙이고 눕더니 누군가를 안는 시늉을 했다. 그러고는 발바닥으로 방을 짚고는 허리를 들어 올려 몸을 받는 자세를 만들었다.

"아아아!"

수진의 입에서 탄성 같은 신음이 흘러 나왔으므로 조철봉은 저도 모르게 같이 신음했다. 영락없는 성행위의 자세였고 수진의 얼굴은 쾌감으로 젖어 있었던 것이다. 수진의 허리가 계속해서 들어 올려지면서 신음의 강도는 더 높아졌다. 조철봉은 문득 자신의 허리께가 묵직해진 것을 느끼고는 시선을 내렸다.

철봉이 최대의 용량으로 곤두서 있었고 마치 수진의 샘 안에서 마찰을 즐기는 것처럼 표면에 습기까지 배어 있는 것이다. 눈을 치켜뜬 조철봉은 이까지 악물었다. 그때서야 제정신이 조금 돌아왔고 만일 철봉에 손가락 하나만 스치기만 해도 대포가 발사될 것이 분명했다.

조철봉은 심호흡을 했다. 지장보살의 중생이 이익 되게 하시는 진언을 떠올리려 했지만 옴 암마타밖에 생각나지 않았다. 그때 수진이 허리를 추켜올리면서 더 큰 신음을 뱉었으므로 조철봉의 혼백은 다시 허공에 떴다. 그 순간 조철봉은 수진의 샘 옆 골짜기가 움직이는 것을 보았다. 마치 안에 무엇인가가 넣어져 있는 것처럼 벌려진 채 움직이고 있는 것이다.

"아아앗!"

수진이 절정의 신음을 내뱉은 순간이었다. 이를 악문 채 눈을 부릅뜬 얼굴로 거기에다 온몸은 굳어진 채 손끝 하나 까딱할 수 없게 된 상태에서 조철봉은 필사의 기력을 짜내어 눈을 감았다. 바로 이 순간에 오경만은 대포를 발사했을 것이었다. 오경만뿐만이 아니라 세상의 어느 사내도 이 순간을 그냥 넘기지는 못 했을 터였다. 바로 그때 조철봉의 머리에 지장보살의 진언이 떠올랐다.

"옴 암마타 암마니 구필구필 사만다 사바하."

조철봉이 기를 쓰고 외운 그 순간이었다. 조철봉은 자신의 철봉에 시원한 바람이 닿는 것을 느끼고는 눈을 떴다. 수진은 이제 여운을 즐기려는 것처럼 허리를 들어 올리는 동작이 크지 않았고 신음도 낮아졌다. 그러나 이미 샘에서 흘러내린 물은 바닥에 흥건했다. 조철봉은 심호흡을 했다. 마치 진언으로 자신의 철봉이 족쇄에서 풀려난 것처럼 가볍게 건들거리고 있는 것이다.

"아아!"

마침내 움직임을 멈춘 수진이 네 활개를 뻗고 바닥에 그대로 쓰러지더니 눈을 감았다. 홀쭉한 아랫배는 아직도 거칠게 오르내리고 있었다. 이제 신주에게 몸을 준 행사는 끝난 모양이었다.

그리고 끝난 인간이 하나 또 있다. 침대가 정면으로 보이는 에어컨의 틈 사이에 카메라 렌즈를 넣고 옆방에서 이 장면을 찍고 있던 최갑중이다. 갑중은 수진이 방바닥에 누웠을 때부터 철봉이 일어서더니 절정에 올랐을 때 동시에 대포를 발사해버린 것이다. 미리 조철봉과 모의하고 수진의 춤을 찍어 두기로 했던 것인데 5인치 규격의 화면으로 보았는데 도 어느덧 끌려 들어가 버렸다.

"제기랄."

이런 상황은 남자의 성행위를 통틀어서 가장 찝찝한 경우가 될 것이 다. 남녀의 정사 장면도 아니고 신들린 여자의 에로틱한 춤 장면을 그것 도 훔친 화면으로 보다가 제 철봉을 흔들어 대포를 발사한 것이니 누구 한테 절대로 발설하지도 못 한다.

투덜거린 갑중이 휴지로 대충 포탄 파편을 정리하고는 모니터를 향 해 고쳐 앉았다. 그가 존경하는 조철봉은 대포를 발사하지 않은 것이다. 숨소리와 신음, 냄새에다 해당 당사자로서 실제적인 압력이 몰려 왔음 에도 조철봉은 참아내었다.

"자, 형님."

고인 침을 삼킨 갑중이 모니터를 향해 응원했다.

"이제는 해치우셔야지."

그러나 조철봉은 침대 머리에 상체를 붙인 채 아직 지그시 수진만 내 려다보는 중이었다.

"아, 뭐해?"

갑중이 이제는 짜증을 내었다.

"철봉 늘어지기 전에 넣으란 말이야."

그때 조철봉의 시선이 정면으로 이쪽으로 향해졌고 갑중은 찔끔했 다. 그러나 실제로는 에어컨 안의 렌즈를 바라본 것이었다. 정신을 가다 듬은 갑중이 다시 한 마디 했다.

"아, 싫으면 나한테 넘겨. 내가 다시 세우고 할 테니까."

그때였다. 조철봉이 자리에서 일어섰는데 우람한 철봉이 창처럼 앞으로 뻗어 나와 있었다. 갑중이 숨을 죽였을 때 조철봉이 아직도 늘어져 있는 수진에게 다가가 섰다.

"이제 신주께 드리는 행사는 끝난 거야?"

성능이 좋은 기계여서 조철봉의 목소리가 또렷하게 울렸다. 그때 수진이 눈을 뜨고 조철봉을 올려다보았다. 아직 눈의 초점은 잡혀 있지 않았으나 호흡은 많이 가라앉았다.

"오빠, 나, 일으켜줘."

수진이 누운 채로 두 손을 내밀었다.

"나, 기운이 다 빠졌어."

수진의 두 손을 잡아 일으켰을 때 둘은 알몸으로 마주선 모양이 되었다. 갑중이 그 꼴을 보며 다시 침을 삼켰다.

"형, 넣으라구."

갑중이 갈라진 목소리로 말했다.

"그만 뜸들이란 말이야."

다른 때 같으면 조철봉이 존경하는 형님이 아니라 할아버지라도 갑중이 이렇게 부처님 가운데 토막 같은 말은 하지 못한다. 배가 아픈 채 지그시 보고만 있는 정도가 최선이었을 것이다. 그러나 지금은 수진의 신들린 춤을 보고 대포를 이미 발사한 상황이었으니 대신 복수해주기를 바라는 심정이 되어 있었다.

그때 조철봉이 수진의 허리를 당겨 안았으므로 갑중은 벌렸던 입을 다물었다.

"자, 이제는 내가 네 신주다."

조철봉이 그렇게 말했다. 그러고는 하체를 바짝 붙이는 바람에 갑중이 눈을 가늘게 뜨고 모니터를 보았다. 하체의 움직임을 조금 더 자세히 보려는 것이다.

그 순간 갑중은 수진이 두 팔을 들어 조철봉의 목을 감아 안는 것을 보았다. 알몸의 두 남녀가 그렇게 서 있는 모습은 자극적이었다. 그리고 부러웠다. 길게 숨을 뱉은 갑중은 모니터를 껐다. 이것까지 녹화하지는 않기로 했던 것이다.

수진은 하늘을 날았다. 온몸이 두둥실 떠올라 온갖 색상의 꽃으로 덮인 하늘을 떠다녔다. 천국이다. 머릿속은 하얗게 비었으며 육신은 깃털처럼 가벼웠다. 그리고 몸 깊은 곳에서부터 뿜어져 나오는 열락의 기쁨으로 수진은 노래했다.

신(神)이 올랐을 때도 이렇게 몸이 가볍지 않았으며 신주의 몸을 받았을 때도 이렇게 깊고 가득 차게 기쁨을 얻지 못했다. 이렇게 몸이 가벼운 적이 없었던 것이다.

그렇다면 조철봉은 어떠한가? 정상위의 자세에서 잠깐 움직임을 멈추고 내려다본 수진이 분명하게 열락의 세상을 떠돌고 있다고 판단한 조철봉은 심호흡을 했다. 간혹 몸과 마음이 일체가 되지 않아서 빈 라덴을 생각하거나 꼬이기만 하는 한국 정치를 떠올릴 때도 있었으나 지금은 여유가 있었던 것이다.

수진의 성감은 발달되었다. 신주와의 몸풀이 행사를 자주 했기 때문인지 모르지만 삽입하자마자 대번에 극락으로 치솟아 올랐던 것이다.

그리고 그 경지에서 떠돌고 있다.

조철봉이 다시 허리를 움직였을 때 수진은 가늘고 짧은 탄성을 계속해서 뱉어내기 시작했는데 고저가 분명해서 마치 노랫소리 같았다. 조철봉은 수진의 아담한 젖가슴을 손으로 감싸 안고 젖꼭지를 입에 넣었다. 그러자 수진의 노랫소리는 더 높아졌다. 신주와의 행사 때는 이렇지 않았다.

몸이 열에 떠서 마치 사지의 뼈가 녹아 없어진 것처럼 흐늘대며 신주를 받아 들였던 것이다. 물론 그때도 수진의 몸은 절정에 올랐었다. 그러나 지금은 다르다. 조철봉은 상체를 세우고 수진의 몸을 거칠게 뒤로 돌렸다. 체위를 바꾸는 것이다. 수진이 고분고분 엎드렸고 다시 행위가 시작되면서 노랫소리가 이어졌다. 이번에는 굵고 긴 음절로 바뀌었는데 침대 시트를 움켜쥔 수진의 손등에 굵은 정맥이 돋아났다.

조철봉은 수진이 신주의 몸을 잊었다는 것을 확신할 수 있었다. 실체가 없는 신주를 받아들이면서도 절정에 올랐던 수진이다. 신이 오른 몸이 신주의 허상뿐인 양물을 받으면서도 실제로 샘에 차 있는 것처럼 조이고 풀었던 수진인 것이다.

허상에 비할 것이냐? 조철봉이 힘을 주어 몸을 부딪치면서 입술을 비틀고 웃었다. 그 순간 수진의 입에서 절규 같은 신음이 울려 나왔다. 다시 부딪쳤을 때 다른 음절의 절규가 이어졌으며 계속해서 앞뒤가 맞지 않는 탄성과 신음이 터져 나왔다. 조철봉은 수진의 어깨를 움켜쥐었다.

이제 수진의 몸에서 신기(神氣)가 떨어져 나가고 인간의 혼이 되돌아오는 것이다. 조철봉이 다시 수진의 몸을 돌려 뉘어 얼굴을 마주보았을 때였다. 퍼뜩 눈을 치켜뜬 조철봉은 순간 움직임을 멈췄다. 수진의 얼굴이 달라진 것처럼 보였기 때문이다.

모습은 물론 그대로였지만 모든 선이 부드러워져 있었다. 콧날도, 입술도 그리고 크게 뜨고 있는 눈빛도 그렇다. 조철봉은 몸을 숙여 수진의 입술에 가볍게 입을 맞췄다. 그때까지 가늘게 앓는 소리를 뱉던 수진이 두 팔을 올려 조철봉의 목을 감았다.

"어서 해줘."

수진이 헐떡이며 재촉했다.

"서방님, 어서."

"신이 떨어진 얼굴이다."

다시 허리를 움직이며 조철봉이 말하자 수진이 신음을 뱉더니 말했다.

"서방님이 내 신이야."

그리고 연거푸 신음을 뱉었는데 이제는 노랫소리같이 들리지 않았다. 인간이 절정에 올라가는 소리인 것이다. 그래서 조철봉은 움직임 도중에 지장보살의 진언을 외워야 할 것 같다고 생각했다. 인간에게는 이런 진언이 잘 먹힌다.

다음 날 오전 아홉 시, 조철봉이 호텔 커피숍으로 내려갔을 때 최갑중은 먼저 와 기다리고 있었다.

"오늘 올라 가셔야지요?"

시치미를 뗀 얼굴로 갑중이 묻자 조철봉은 쓴웃음을 지었다.

"다 찍은 거냐?"

"예, 형님 것만 빼놓고."

시선을 돌린 갑중이 말했을 때 조철봉이 태연하게 머리를 끄덕였다.

"내 것까지 찍었다면 내 건 잘라다가 네 학습 교재로 삼아라."

"정말 형님 건 찍지 않았습니다."

"봤어도 상관없다."

"글쎄, 저는."

입맛을 다신 갑중이 반짝이는 눈으로 조철봉을 보았다.

"형님, 그 춤 말입니다. 정말 끝내 주었습니다. 오경만이 넣지도 않고 쌌다는 말이 거짓말이 아니었습니다."

"그런 것 같더라."

"형님께선 자세히 보시지 못했을지도 모릅니다. 저는 오늘 아침에."

침을 한 번 삼킨 갑중이 말을 이었다.

"필름을 방에서 한 번 다시 보았더니 분명하게 알 수가 있었습니다. 그 여자를 정통으로 찍었으니까요."

"그렇겠군, 난 비스듬한 각도에서 보았으니까 말이야."

"글쎄, 진짜로 사람 하나가 위에서 하는 것 같더라니까요. 실제로 그곳도."

말을 그친 갑중이 주위를 둘러보는 시늉을 했다. 수진의 샘을 말하려다 만 것이다. 주위에는 손님이 없었지만 갑중은 목소리를 낮췄다.

"마치 그곳에 물건이 들어가 있는 것 같이 움직였습니다. 형님도 보시면 알 수 있을 겁니다."

"넌 아침부터 그걸 보고 기운이 쭉 빠졌겠다."

"뭐, 그냥 간단히 체크만 하려고."

그러나 갑중은 아침에도 끝까지 다 보았고 이번에도 참을 수가 없어서 침대 위에 휴지를 깔아놓고 오 형제를 이용하여 일을 치렀던 것이다. 머리를 든 갑중이 정색하고 조철봉을 보았다.

　"형님, 그럼 저는 다녀오겠습니다."

　"알았어, 난 사우나나 하고 있을 테니까."

　갑중이 시킨 커피를 가져오기도 전에 자리에서 일어서더니 서둘러 커피숍을 나갔다. 갑중이 역술원에 들어섰을 때는 그로부터 두 시간쯤 후인 오전 열 시쯤이었다. 아직 이른 시간인데도 허우대가 멀쩡한 중년 남녀 손님이 다섯이나 있었으므로 갑중은 대기실에서 서비스로 나온 인삼차를 마시며 기다렸다. 갑중의 차례가 온 것은 그로부터 한 시간도 더 지난 열한 시 반쯤이었다. 갑중이 상담실로 들어섰을 때 단정한 분홍빛 한복 차림으로 앉아 있던 홍수진이 머리를 들었다.

　수진과 시선이 마주친 순간 갑중은 숨을 멈췄는데 그 눈빛의 강함 때문이 아니었다. 오늘 아침까지 필름으로 세 번이나 본 수진의 알몸과 신주 모시는 춤이 떠올랐기 때문이다.

　그러나 눈을 치켜뜬 모습으로 갑중은 방석에 앉아 수진을 똑바로 보았다. 온돌방은 넓고 깨끗했다. 부적이나 신상 같은 것도 장식되지 않았고 벽 쪽 책장에 천장까지 가득 책이 꽂혀 있어서 학자의 서재 같았다. 수진이 시선을 내려 갑중의 신상명세를 보더니 붉은 입술을 조금 벌리고 웃었다. 그러고는 도전적인 시선을 보내고 있는 갑중에게 말했다.

　"자손이 귀한 집안에서 태어나셨군요."

　갑중은 심호흡을 했다. 갑중의 조상은 위로 5대가 독자 가계였고 갑중 대에 와서야 형제가 되었다. 그때 수진이 말을 이었다.

"위로 형님이 한 분 계시지만 불편하시군요."

갑중은 헛기침을 했다. 이쯤은 역술가 간판을 붙이고 있는 작자라면 거의 다 맞힐 것이다.

"그럼 내가 여기 온 이유가 무엇인지도 알아맞힐 수 있겠군요."

수진의 눈을 지그시 보면서 갑중이 말했을 때였다. 정색한 수진이 머리를 끄덕였다.

"그럼요."

"그럼 맞혀 보시지요."

"눈빛에서 사악한 기운이 풍겨 나오고 있어요. 천성은 곱고 선한데 오늘은 귀신이 씐 것 같네요."

"그렇습니까?"

"무언가 그림에 홀리신 것 같고요."

그리고 수진이 눈을 크게 뜨고 갑중의 머리 위쪽을 보았다.

"그렇군요. 음기가 덮여 있네요. 그리고 그 그림을 귀신이 채가고 있어요."

"그림이라니…."

저도 모르게 침을 삼킨 갑중이 정색하고 수진을 보았다. 갑자기 등골이 서늘해지면서 머리끝이 쭈뼛거렸으므로 갑중은 다시 헛기침을 했다.

"확실하게 말씀을 하셔야…."

"선생님께 귀신이 씌었다는 말씀입니다. 선생님이 갖고 계시는 그 그림은 귀신의 물건이 되어 있네요."

"귀신의 물건이라니요?"

"그곳에 들어 있군요."

수진의 시선이 갑중이 옆에 내려놓은 가죽가방으로 옮아갔다. 그러더니 눈을 둥그렇게 뜨고 활짝 웃었다.

"신주께서 저기 계시는군요."

"예에?"

"내 신주께서 저 안에 들어가 계시다는 말씀입니다."

"그, 그렇다면…."

갑중의 얼굴이 하얗게 굳어졌다. 맞는 말이다. 아니 정통으로 맞혔다. 가방 안에는 몰카로 찍은 수진의 알몸 테이프가 들어 있었는데 곧 신주께 몸을 바치는 장면인 것이다. 그때 수진이 정색하고 갑중을 보았다.

"신주께서 내가 왜 이곳에 있느냐고 물으시는군요. 내가 왜 네 몸을 이곳에서 받고 있느냐고 하시는데요."

그러더니 수진이 눈을 감았다가 뜨고는 한 손으로 이마를 짚으면서 갑중을 보았다.

"나도 저 가방에 들어가 있는 것 같군요, 선생님."

"그, 그것이…."

눈을 치켜뜬 갑중이 혀로 입술을 축였을 때 수진이 손을 저었다.

"나하고 신주님을 다시 나한테 팔려고 하시는군요. 말씀 안 하셔도 압니다."

"아니, 내가…."

"선생님이 저 가방을 들고 다니시면 오늘 하루를 넘기지 못하십니다. 나는 그렇다고 치더라도 내 신주께서 귀신을 시켜 선생님을 저승으로 보낼 것입니다."

이제는 갑중이 눈도 껌벅이지 못했고 수진의 말이 이어졌다.

"급사를 하게 되십니다."

그리고 수진이 길게 숨을 뱉더니 가방에서 시선을 떼고 갑중을 보았다.

"가방 안에 신주님과 내가 들어있는 데다가 내가 춤을 추는 그림이 떠오릅니다. 그러면 비디오로 찍은 필름이겠군요."

당연히 갑중은 꿀 먹은 벙어리가 되었으며 수진의 목소리가 방을 울렸다.

"신주님의 진노는 무섭습니다. 선생님의 머리 위로 양 자(字) 성의 여자분이 떠오르고 있군요. 그 뒤로 신주님의 칼도 보입니다. 신주님은 선생님 하나만으로 그만두시지 않으실 것 같습니다."

갑중은 온몸의 기력을 잃고 어깨를 늘어뜨렸다. 양 자 성의 여자는 마누라 양미옥을 말하는 것이었다. 미옥이 뒤에서 신주가 칼을 들었다니 내가 죽일 놈이다.

"어떻게 되었어?"

사무실로 들어선 갑중에게 조철봉이 물었다. 조철봉은 오성자동차 지점에서 갑중을 기다리고 있었던 것이다. 힐끔 조철봉에게 시선을 주었던 갑중이 어깨를 늘어뜨리면서 앞쪽 의자에 앉았다.

"잘 끝냈습니다."

"그럼 오경만이 쏟아부은 돈을 회수했단 말이냐?"

갑중은 테이프를 돌려주는 조건으로 홍수진에게 3억을 받아내겠다고 호언하고 떠났던 것이다. 3억 이상을 받았을 때는 그 차액은 제 몫이라고까지 했다. 조철봉의 시선을 받은 갑중이 헛기침을 했다.

"인간에게 돈이 그렇게 중요한 것은 아닙니다, 형님."

"갑자기 무슨 헛소리를 하는 거야?"

"돈은 쓸 만큼만 있으면 됩니다."

"그럼 네 월급을 반으로 줄이지."

그래도 갑중이 정색하고 있었으므로 조철봉은 입맛을 다셨다.

"무슨 일 있었던 거냐?"

"그 여자, 진짜로 귀신같이 알아맞히는 역술가였습니다."

"돌팔이라며?"

"아닙니다."

갑중이 세차게 머리를 저었다. 여전히 굳어진 표정이다.

"제가 어지간하면 이런 말씀드리지도 않습니다. 그 여자, 진짜로 신통방통한 역술가라니까요."

"어째서?"

"제가 들고 간 가방에 필름이 있다는 걸 한눈에 알아봤습니다. 그리고…"

"그리고 어쨌단 말이냐?"

"그 필름 내용도 다 알아맞혔습니다."

"그래?"

"제가 어떤 목적으로 왔는지도 알고 있더라니까요."

"허어."

조철봉도 눈을 크게 떴다.

"용하기는 한 모양이군그래."

"제 와이프 성이 양씨인 것도 알고 있었습니다."

"그래서 기절해버렸구만, 돈 이야기는 꺼내지도 못 하고 말이야."

"제가 그 상황에서 어떻게 돈 이야기를 꺼낼 수 있었겠습니까? 형님도 못 하셨을 겁니다."

갑중은 가방 속의 신주가 진노해서 오늘 중으로 급사할 것이라고 했다는 말은 꺼내지 못했다. 웃음거리가 될 것이 두려워서가 아니었다. 진짜로 부정을 탈까 봐 겁이 났기 때문이다. 심호흡을 한 갑중이 말을 이었다.

"그래서 깨끗하게 테이프만 돌려주고 왔더니 속이 시원합니다."

"그래?"

입맛을 다신 조철봉이 머리를 끄덕였다.

"그렇게 끝냈다니 할 수 없지, 그럼 떠나기 전에 간부사원과 회의할 준비나 해."

갑중이 방을 나갔을 때 의자에 등을 붙이고 앉아 있던 조철봉이 몸을 세우고 전화기를 들었다. 다이얼을 누르고 나서 전화기를 귀에 붙였을 때 곧 응답 소리가 울렸다.

"여보세요."

홍수진의 목소리였다.

"나야."

"아, 서방님, 그 사람 돌아갔어요?"

반색을 한 수진이 묻자 조철봉의 얼굴도 밝아졌다.

"그래, 완전히 당신한테 빠져버렸더구만. 손님 끌어오게 되었어."

"모두 서방님 덕분이죠."

수진이 짧게 웃었다. 조철봉이 갑중에 대해서 미리 이야기를 해준 것이다. 갑중의 와이프가 양씨라는 것까지 다 말해 주었다. 물론 필름을 갖고 있다는 것도.

대전에서 사흘밖에 머물지 않았지만 조철봉에게는 긴 시간처럼 느껴졌다. 그것은 전혀 새로운 세상을 겪었기 때문인지도 모른다. 지금까지 역술에 대해서는 거의 무지했던 터라 그것이 더 충격이었을 것이었다. 대전에서 돌아온 다음 날 아침 오성자동차 본사에 출근한 조철봉이 아침 회의를 마치고 방으로 돌아왔을 때 전화벨이 울렸다. 전화기를 든 조철봉은 긴장했다. 김성산의 목소리가 울렸기 때문이다.

"조 사장, 내가 오늘 오후에 서울에 도착할 거요. 서울에서 만납시다."

성산이 대뜸 말했으므로 조철봉은 조금 당황했다.

"공식 방문이십니까?"

"아니, 비공식이오."

그러고는 성산이 짧게 웃었다.

"하지만 한국에서는 그렇게 생각지 않겠지."

성산은 이제 북한 측 경제협력단 단장이 되어 있는 것이다. 그러니 성산이 방문한다면 비공식인 경우라고 하더라도 정부가 나설 것이었다. 전화기를 내려놓은 조철봉이 한동안 앞쪽 벽을 보더니 휴대전화를 집어 들었다. 다이얼을 누르고 나서 신호가 세 번 울렸을 때 수진이 응답했다.

"여보세요."

오전 10시였으니 수진은 막 상담실을 열었을 시간이다.

"나야."

"어머나, 서방님."

헤어진 지 하루밖에 지나지 않았는데도 수진은 삼 년 만에 듣는 서방님의 목소리처럼 반색을 했다.

"아침부터 웬일이세요?"

"보고 싶어서."

"무슨 일이 있군요. 그렇죠?"

"왜? 그렇게 느껴져?"

"그럼요, 서방님한테는 집중이 되거든요. 그래서 정신이 맑아져요."

"오늘 내 운세는 어때?"

"귀한 손님을 만나시네."

대뜸 수진이 말했으므로 조철봉은 심호흡을 했다. 갑중이 존경할 만한 신통력은 확실하게 소지하고 있는 것이다.

"그래서 말인데, 일이 잘 될 것 같아? 궁금해서 물어보는 거야."

"일진이 좋아요."

수진이 차분하게 말하더니 조금 뜸을 들이고는 덧붙였다.

"여자가 끼여 있군요. 여자가 손님과 서방님 머리 위로 떠돌다가 사라집니다. 걱정하실 것 없어요."

"그런가?"

"여난은 없어요, 다만."

"다만 뭐야?"

"원한을 품지 않도록 어루만져 주세요."

조철봉이 눈을 치켜떴을 때 수진이 맑은 목청으로 웃었다.

"질투하지 않을게요."

"고마워."

"곧 서방님을 만나게 될 거예요."

"언제든지 올라오라고, 두 시간밖에 걸리지 않는 거리야."

전화기를 내려놓은 조철봉은 길게 숨을 뱉었다. 수진의 말이 다 적중할지는 아직 알 수 없지만 효과는 있었다. 조금 불안했던 가슴이 편안해지면서 자신감이 생겨난 것이다. 설령 일이 잘못되더라도 수진의 말이 틀렸다고 생각하지 않을 것이었다.

모두 긍정적으로 받아들이고 있는 터라 원인은 다른 곳에서 찾게 될 테니까. 그때 책상 위의 전화벨이 울렸고 생각에서 깨어난 조철봉은 전화기를 들었다. 그러자 송화구에서 여자의 목소리가 들렸다.

"여보세요?"

양정민이다. 수진이 말해준 여자가 바로 양정민인 것이다.

양정민이 말을 이었다.

"저, 오늘 서울로 들어가려고요."

"갑자기 왜?"

조철봉의 가슴은 차분해졌다. 만일 수진의 예언이 없었더라면 불안해졌을 것이었다.

"오늘 김 사장님이 서울로 출발하세요. 알고 계세요?"

"조금 전에 연락이 왔었는데, 비공식 방문이라고."

"이번에 완전히 결말을 내야 할 것 같습니다. 기회가 좋거든요."

"그런가?"

"김 사장님하고 서울에서 같이 만나기로 해요."

사무적으로 말한 정민이 다짐하듯 덧붙였다.

"서울에서도 모두 준비하고 있으니까요."

전화기를 내려놓은 조철봉은 심호흡을 했다. 휴지 없는 화장실에 앉아 있는 것처럼 꺼림칙했던 상황이 오늘에야 어떻게든 마무리가 지어질 것이었다.

그날 저녁 7시 정각에 조철봉이 고려호텔의 1803호실에 들어섰을 때 김성산이 웃음 띤 얼굴로 맞았다.

"어서 오시오, 조 사장."

김성산은 동년배쯤으로 보이는 사내와 동행이었는데 조철봉에게 소개했다.

"인사들 하시지, 이분은 비서국의 한용태 비서시오."

북한 체제에 대해서 거의 문외한이었던 조철봉이었으나 비서국이 당의 중추기관으로 정치 체계 전반에 걸친 당의 지도 통제 역할을 하고 있다는 것쯤은 안다. 따라서 비서국의 총비서는 김정일 국방위원장이며 10명 내외의 비서가 각 소관 분야를 담당하고 있는 것이다. 한용태가 조철봉의 손을 쥐더니 지그시 웃었다.

"조 사장 말씀은 많이 들었습니다."

"만나 뵙게 되어서 영광입니다."

인사는 했지만 조철봉으로서는 성산이 당 비서를 데려온 이유를 알 수 없었으므로 긴장했다. 장관급 거물 두 명이 비공식으로 한국을 방문했다지만 아마도 정부 측에서는 신경을 곤두세우고 있을 것이었다. 그때 성산이 손목시계를 들여다보는 시늉을 했다.

"어, 손님이 올 때가 되었는데."

그 말이 신호라도 된 듯이 문에서 벨 소리가 울렸다. 성산이 자리에서 일어서는 조철봉을 손짓으로 만류하더니 문으로 다가가 문을 열었다.

"어서 오십시오."

조철봉은 방안으로 들어서는 50대쯤의 사내를 보았다. 사내는 말쑥한 풍모에 여유가 있는 표정이었고 뒤를 양정민이 따르고 있다. 사내와 반갑게 악수를 나눈 성산이 먼저 용태를 소개했다.

"초면이시겠지만 이름은 들으셨겠지요? 대남 담당 비서인 한용태 선생이시고."

그러고는 성산이 사내를 소개했다.

"이쪽은 안보수석 박일준 선생."

용태와 악수를 나눈 박일준이 조철봉에게로 몸을 돌리더니 먼저 손을 내밀었다.

"조 사장님이시지요? 말씀 많이 들었습니다."

긴장한 조철봉이 악수를 나누고는 어색하게 섰을 때 성산이 목소리를 높여 양정민을 용태에게 소개했다.

"나하고 베이징에서 동업자 관계이신 양정민 씨요."

몸을 굳힌 정민이 용태가 내민 손을 잡았을 때 성산의 소개가 이어졌다.

"계산에 밝으시고 사업 수완까지 겸비하신 분이오."

조철봉은 방에 들어설 때부터 정민의 표정이 굳어져 있다는 것을 느끼고 있었다. 그리고 평소와 다른 점이 또 있다. 성산은 정민이 조철봉의 약혼자라는 소개를 하지 않았다. 이것은 의도적이다.

소파에 모두 자리를 잡고 앉았을 때 자연스럽게 김성산과 한용태가 나란히 앉아 박일준과 양정민을 마주보는 위치가 되었다. 조철봉의 위치는 양쪽을 비스듬히 볼 수 있는 끝 쪽 자리였다. 박일준은 고위급 관료답게 성산과 용태를 응대하면서 분위기를 이끌었다.

의례적인 인사였지만 성의가 담겼고 화제는 꾸밈없이 이어졌다. 조철봉이 도저히 따라갈 수 없는 재능이었다. 서로의 인사가 대충 끝났을 때였다. 용태가 머리를 돌려 정민을 보더니 부드럽게 말했다.

"그동안 수고가 많으셨습니다."

"네?"

정민이 놀란 표정으로 눈을 크게 떴을 때 용태가 물었다.

"김성산 동지의 계좌로 지금까지 얼마나 송금해 주셨지요?"

그 순간 정민의 얼굴이 빨갛게 달아올랐다가 곧 하얗게 굳어졌다.

"그것은, 저어."

"120만 불, 맞지요?"

용태가 정색하고 묻자 정민이 힐끔 성산을 보더니 머리를 끄덕였다.

"네, 맞습니다."

"어쨌든 북남 합작 사업은 대성공입니다."

일준에게로 머리를 돌린 용태가 웃음 띤 얼굴로 말했다.

"여기 계신 김성산 동지는 항상 조철봉 선생께 배우고 있다고 하셨습니다. 사업 수단이 뛰어나신 분이라고 하시더군요."

"그렇습니까?"

일준의 얼굴에도 웃음기가 떠올랐다. 조철봉과 정민만 웃지 않고 있을 뿐이다. 그때 용태의 말이 이어졌다.

"그 120만 불은 김성산 동지의 개인 돈이 아닙니다. 그 돈은 처음부터 김 동지의 계좌에서 국고로 이체되었지요."

용태가 부드러운 시선으로 정민을 보았다.

"그래서 오늘 특별히 양 선생을 뵙자고 한 겁니다. 앞으로 오해를 하시는 일이 없었으면 해서요."

이제 정민은 시선을 내린 채 나무토막처럼 굳어 있었는데 그때 일준이 가볍게 헛기침을 했다.

"저는 무슨 말씀인지 잘 모르겠는데요, 설명을 해주시겠습니까?"

"별일 아닙니다."

이번에는 성산이 정색하고 나섰다.

"베이징 사업장에서 나오는 순이익금을 내 계좌로 송금시켰더니 몇 분이 걱정을 하고 계시는 것 같아서요."

"그, 그렇다면."

"만일 그렇게 되었다면 북남의 사업을 이용해서 개인이 착복하는 경우가 될 테니 그때는 북남 관계에 지장을 줄 수가 있겠지요. 그렇지 않습니까?"

"그렇지요."

"자, 그러면 그 일은 그것으로 끝내고 모처럼 수석께서 오셨으니 중요한 이야기를 하십시다."

용태가 말했을 때 조철봉은 성산의 시선이 닿는 것을 느꼈다. 성산의 눈동자가 조철봉에 닿고 나서 문 쪽으로 옮겨졌다. 자리를 피해 달라는 눈치였다. 희미하게 머리를 끄덕였던 조철봉은 성산의 시선이 이제는 머리를 숙이고 있는 정민에게 닿았다가 다시 자신에게 옮겨지는 것을 보았다. 데리고 나가라는 것이다.

"우리는 나가십시다."

자리에서 일어선 조철봉이 정민에게 말했다. 놀란 정민이 시선을 들고 조철봉을 보더니 엉거주춤 일어섰다. 그때 용태가 웃음 띤 얼굴로 말했다.

"두 분은 나가서 같이 저녁이나 드시라고요. 술도 한잔하시고."

"그럼."

그들에게 머리를 숙여 보인 조철봉은 정민을 앞세우고 방을 나왔다. 정민은 다리에 힘이 풀린 듯 휘청거리고 있었다.

아래층 커피숍에 내려와 마주보고 앉았을 때까지 조철봉과 양정민은 한 마디도 말을 주고받지 않았다. 그저 앞장선 조철봉을 정민이 따라왔을 뿐이다. 종업원에게 커피를 시킨 조철봉이 의자에 등을 붙이고 앉았을 때였다. 정민이 처음으로 입을 열었다.

"뒤통수를 얻어맞은 기분이네."

"그렇게 되었군."

조철봉이 정색하고 머리를 끄덕였다.

"비서가 직접 내려와서 뒤집어 버렸군그래."

시선을 내린 정민이 아랫입술을 물었다가 풀었다.

"다 준비해 놓았는데."

"그런데 안보수석하고는 어떻게 같이 오게 된 거야?"

"갑자기 연락이 와서."

머리를 든 정민이 처음 만난 사람처럼 조철봉을 보았다.

"오후에 한용태 비서가 안보수석한테 연락을 했다는군요. 양정민을 데리고 들어오라고 말이에요."

"그렇군. 그쪽에다 해명해버리는 것이 빠를 테니까."

"우리가 약점을 쥐고 흔들 것을 예상하고 있었던 것 같아요."

"그리고 당신이 정부 요원이라는 것도 알고 있는 것 같구먼"

"안보수석에게 날 데려오라고 한 걸 보면 그렇죠."

어깨를 늘어뜨린 정민이 손목시계를 보더니 자리에서 일어섰다.

"난 전화 좀 하고 올게요."

"그러시지."

정민이 커피숍을 나갔을 때 조철봉은 문득 쓴웃음을 지었다. 성산은 한국 측의 공작을 단 한 방에 깨뜨려버린 것이다. 얼마든지 역공작을 할 수 있는 상황이었는데도 없던 일로 만들어 버린 것이 시원하게 느껴졌다. 정민은 상관에게 보고를 하려고 자리를 떴지만 그쪽도 대책이 없을 것이었다.

공작을 취하기 전에 내막을 알게 되어서 다행이라고 자위할지도 모른다. 만일 이쪽에서 약점인 줄 알고 흔들었다가 내막이 밝혀졌을 때는 지독한 꼴을 당하게 될지도 모르는 것이다. 정민이 돌아왔을 때는 10분쯤이 지난 후였다. 자리에 앉은 정민의 표정은 어두웠다. 상부에서 질책이 없었더라도 허탈할 것이었다.

"다행이라고 생각해. 이쪽의 정체를 밝히기 전에 내막을 알게 되었으니까 말이야."

조철봉이 위로하듯 말을 이었다.

"공작이 실패한 것은 아니지 않아? 김성산이 비자금을 다시 국가로 보낼 것을 누가 상상이나 했겠어?"

"난 베이징에서 철수하게 되었어요."

조철봉을 똑바로 보던 정민이 희미하게 웃었다.

"그리고 당신 옆에서 얼쩡거릴 수도 없게 되었습니다."

"갑자기 그게 무슨 말이야?"

눈을 크게 뜬 조철봉이 목소리를 높였다.

"베이징 사업장은 누가 관리하라고 그래? 너무 그렇게 노골적으로 행동하면 되나?"

"다른 사람도 얼마든지 그 일을 할 수 있어요. 그리고 이 상황에서 내가 남아 있다는 것도 어색하지요."

차분하게 말한 정민이 정색하고 조철봉을 보았다.

"조금 알력이 있었지만 당신하고는 좋은 추억이 많아요."

"그런 말 하지 마."

"당신을 조금은 좋아하게 되었고."

심호흡을 한 조철봉은 다시 홍수진의 말을 떠올렸다. 오늘의 일진은 좋다고 했다. 귀한 손님을 만나 여자가 손님과 자신의 머리 위를 떠돌다가 사라진다는 것이다. 이제는 원한을 품지 않도록 어루만져 주기만 하면 된다.

4. 도망자

조철봉이 베이징에 도착한 것은 그로부터 사흘 후였는데 양정민은 말했던 대로 사업에서 손을 떼었다. 그리고 사직서를 낼 것도 없이 사라졌으므로 베이징 사업장을 관리하려고 급히 온 것이다. 김성산은 그다음 날 한용태와 함께 서울을 떠났기 때문에 곧 중국에서 만나게 될 것이었다.

조철봉은 이번에는 혼자 출장을 떠났지만 베이징 공항에는 옌타이에서 날아온 고동수가 마중을 나와 있었다. 동수는 이제 옌타이와 칭다오에 12개의 K-TV를 관리하는 총지배인이 되어 있는 것이다. 업체에서 발생하는 이익금의 5퍼센트가 동수의 몫이었다. 호텔로 가는 차 안에서 동수가 말했다.

"업체들을 모두 체크했는데 장부도 깨끗하고 관리도 잘 되어 있습니다, 사장님."

이틀 전에 도착한 동수는 그동안 업체들을 조사한 것이다. 동수가 흘끗 조철봉의 눈치를 보았다.

"양정민 씨가 아주 관리를 잘했습니다."

"앞으로는 고 지배인이 맡도록 해."

"저는 다롄의 업체까지 증설시켜야 되기 때문에 다른 사람을 추천했으면 좋겠습니다만."

"적임자가 있나?"

"베이징에 살고 있는 여자인데 업소 관리 경험이 있습니다."

"한국에서 말이야?"

"예, 서울에서 제가 일하던 업소의 주인이었지요."

그러고는 동수가 정색하고 조철봉을 보았다.

"부동산으로 떼돈을 번 놈의 세컨드였지요. 그래서 놈이 대준 돈으로 룸살롱을 차렸는데 수단이 좋아서 장사가 아주 잘 되었습니다."

"그런데 왜 베이징에 있는 거야?"

"그 부동산 재벌이 여자 이름으로 어음을 발행하게 하고는 부도를 낸 겁니다. 그래서 가게도 날아가고 여자는 중국으로 도망 나온 것이지요."

"누가 사기꾼이야? 남자냐, 여자냐?"

"그놈도 망했습니다. 상가를 건설했다가 분양이 안 되어서 얼마 챙기고는 미국으로 튀었다고 합니다."

"여자는 챙긴 것이 없고?"

"한 달쯤 전에 어떻게 알았는지 옌타이로 저를 찾아왔는데 그런 것 같지는 않았습니다."

"네가 보증할 수 있어?"

그러자 동수가 정색하더니 머리부터 저었다.

"할 수 없습니다, 사장님. 사장님께서 보시고 판단을 하셔야 합니다."

"추천한다면서?"

"업소 관리 경험은 있지만 제가 책임은 지지 못하겠습니다."

갑자기 뒤로 빼는 동수를 보자 조철봉은 쓴웃음을 지었다. 깊게 생각해보지 않고 그 여자 이야기를 꺼낸 모양이었다. 조철봉이 머리를 끄덕였다.

"좋아, 만나 보기나 하지. 난 너한테 베이징 사업장도 맡길 생각이었으니까 말이야."

"그럼 오늘 저녁에 시간이 있으십니까? 연락하면 금방 달려올 텐데요."

"그렇게 급한가?"

"저한테 옌타이 업소의 마담이라도 시켜달라고 했습니다. 집세도 못 내고 있다면서요."

"아니 부동산 재벌의 세컨드였다면서, 나이가 몇이나 되는데 그래?"

"아직 서른둘밖에 안 됩니다, 사장님."

동수가 조심스러운 시선으로 조철봉을 보았다.

"그리고 굉장한 미인입니다. 그래서 아직도 20대로 보입니다."

"하긴 재벌이 찍은 여자니까."

다시 머리를 끄덕인 조철봉이 의자에 등을 붙였다. 호기심이 일어난 것이다.

"좋아, 같이 저녁 식사나 하자."

사람은 대부분 선입견에 의해 타인을 판단한다. 바쁜 세상이어서 스치고 지나는 인간관계라면 더욱 그렇다. 거지가 되었다는 소문을 들은 친구가 버젓하게 나타나면 그것이 허세인 것으로 의심하는 세상인 것이다. 반대로 주식으로 떼돈을 벌었다는 녀석이 추레한 꼴로 나타나도 돈 빼앗길까 봐 위장한 것으로 안다.

친구 사이에도 이럴진대 부도를 내고 중국으로 도망 나온 여자 꼴이 어떻겠는가? 대단한 미인이라고는 했지만 기를 쓰고 멋을 내어 오히려 그것이 더 안쓰럽게 보이는 모습일 것이라고 조철봉은 미리 예상하고 있었다.

그러나 여자가 호텔의 커피숍에 들어선 순간부터 조철봉의 예상은 빗나가기 시작했다. 우선 옷차림이 그렇다. 늦가을이었는데도 여자는 스웨터에 바지 차림이었고 발에는 단화를 신었다. 살짝 웨이브가 있는 머리에 핀 하나를 아무렇게나 찔러 넣었고 얼굴에는 화장기도 없다.

여자는 손을 들어 보인 동수를 향해 거침없이 다가왔는데 보폭이 컸으며 발을 디딜 때 사내처럼 발끝이 바깥쪽으로 약간 벌어졌다. 그러나 커피숍에 모인 남자들은 물론이고 여자들의 시선까지 여자에게 쏠렸다. 물론 미인이다. 그러나 잔잔한 표정에는 뭇시선을 무시하는 것 같은 오만함에다 약간 자조적인 기색까지 띠어 있는 것 같이 보였다.

"어서 오십시오."

자리에서 일어선 동수가 여자를 맞았고 조철봉도 엉거주춤 일어섰다.

"아까 말씀드린 사장님이십니다."

동수가 먼저 조철봉을 소개했고 조철봉에게 말했다.

"저, 이분이…"

"정민아입니다."

여자가 머리를 숙여 보이며 인사했다. 맑은 목청이다. 조철봉은 여자의 목소리를 들을 적에 신음과 연결시켜서 연상하는 버릇이 있다. 그러나 지금은 그렇게 되지 않았다. 자리에 앉아 커피를 시킬 때까지 동수가 혼자 떠들었다.

물론 어색한 분위기를 부드럽게 하려는 것이다. 그동안 조철봉은 민아를 유심히 관찰할 수 있었는데 어느덧 마음이 급해졌다. 이렇게 여자 앞에서 까닭 없이 급해지는 이유는 단 한 가지뿐이다. 여자에게 쏠리고 있는 것이다. 그러나 조철봉은 마음과는 달리 차분한 표정으로 물었다.

"말씀 들었는데, 일을 하고 싶다고 하셨다면서요?"

"네."

민아가 맑은 눈으로 조철봉을 정색하고 보았다.

"무슨 일이든지요, 지금 급하거든요."

그러고는 민아가 수줍게 웃었다.

"생활비도 떨어졌어요."

"그런 얼굴이 아니신데."

"전 없어도 있게 보이는 형이에요. 그래서 잘나갈 때는 득이 많았지만 지금 같은 경우에는 더 손해예요."

민아가 조철봉을 향해 다시 웃었다.

"거짓말인 줄 알거든요."

"지금 도망자 신세입니까?"

불쑥 조철봉이 묻자 오히려 동수가 찔끔했지만 민아는 태연하게 머리를 끄덕였다.

"네, 어음 사기로 12억이 걸려 있어요."

"잡히면 구속감인데."

"그래요. 채권자들이 두 번이나 저를 잡으려고 베이징에 왔었어요."

남의 일처럼 말한 민아가 그때 처음으로 시선을 내렸다. 그러자 속눈썹이 닫히면서 전혀 다른 분위기의 모습이 되었다. 조철봉은 심호흡을 했다. 그리고 문득 그 부동산 재벌이 부러워졌다. 놈은 이 여자가 오직 밝고 찬란할 때, 즉 천연의 모습일 때만 소유했다. 나쁜 놈 같으니….

"우선 저녁이나 같이 하십시다."

조철봉이 제의하자 민아는 두말없이 따라 나섰는데 호텔 2층의 중식당에서 시킨 풀코스 요리를 아주 맛있게 먹는 것이 어린아이 같았다. 맛있는 음식이 오면 눈이 반짝였고 서둘러 입에 가득 넣어 씹는 것이다. 조철봉은 남을 속이기를 다반사로 여겨온 터라 먼저 의심부터 하는 습성이 있다.

그래서 가끔 제가 제 발등을 찍는 일도 일어났지만 판단의 기준은 명확했다. 세상에 순수한 선의는 존재하지 않는다는 것이다. 인간은 사회적 동물이며 따라서 필요에 의해 관계를 맺는다. 필요하지 않으면 관계를 맺을 이유가 없다고 믿어온 것이다. 조철봉에게 자선이란 단어는 존재하지 않았다. 자선 사업을 하는 인물들은 그와 전혀 별개의 인종이라고 생각했다.

주면 꼭 대가를 받아야만 하는 것이다. 대가 없이 주는 사람보다는 받기만 하는 사람이 조철봉에게는 더 이상했다. 그것도 버릇이 되어서 당연한 듯이 받는 사람은 밉기까지 했다. 그런데 민아는 당당했다. 생활비도 떨어진 거지 신세라면서 눈을 똑바로 떴고 이쪽에서 젓가락이 가기도 전에 제가 먼저 집었다.

조철봉이 지그시 민아의 오뚝 선 콧등을 보았다. 그렇다면 민아도 내놓을 것이 있기 때문일 것이다. 아니, 그럴듯하게 표현한다면 무기가 있다고 할까? 맞받아칠 무기는 저 몸이다. 입안에 든 것이 없었는데도 조철봉은 무엇을 먹은 듯이 침을 삼켰다. 관리자가 되면 최소한 월 수당이 1만 불이 될 것이었다. 그러면 중국이 적토마를 타고 달리는 여포처럼 급성장을 한다고 해도 그 돈이면 부자가 된다. 과연 이 거래는 적당한 것일까?

　　관리자로서의 자질이나 능력 문제는 조철봉의 계산에서 이미 사라져 있었다. 저 몸이 그 가치가 있을까? 그때 거위 간을 먹고 있던 민아가 젓가락을 든 채 조철봉을 보았다. 기름기가 묻은 입술이 번들거리고 있었다.

　　"전 세컨드 생활에 익숙해요. 고 사장한테서 이미 들으셨겠지만."

　　입안의 음식을 삼킨 민아가 눈을 가늘게 뜨고 웃었다.

　　"언제 오시느냐고 조르지 않고, 돈에 대해서는 무심한 척하며, 잠자리에서는 언제나 만족한 시늉을 해야 되죠."

　　당황한 동수가 입맛을 다셨지만 민아의 말이 이어졌다.

　　"남자의 생활에는 일절 간섭하지 않아야 하고 언제라도 남자가 싫다면 떠날 수 있다는 눈치를 보여야 돼요. 그리고."

　　그러고는 민아가 빙긋 웃었다.

　　"가장 중요한 것인데 남자가 자신을 의지하고 사랑한다는 믿음을 갖게 만들어야 되죠."

　　"꿈같은 내용이군."

　　홀린 듯이 듣고 있던 조철봉이 겨우 입을 떼었다. 동수는 시선을 내린 채 앞에 놓인 게 다리만 바라보고 있다. 조철봉이 정색하고 민아에게 물었다.

"갑자기 세컨드 이야기는 왜 하는 거요?"

"사장님을 보니까 문득 옛날 생각이 떠올라서요."

민아도 정색하고 말했으므로 이제는 조철봉이 시선을 떨구었다.

"그만하시지요."

동수가 겨우 말했을 때 민아가 얼굴을 펴고 웃었다.

"사장님 시선이, 그리고 분위기가 마치 날 처음 만났던 부동산 졸부를 떠올리게 하는군요. 그래서 결정했어요."

냅킨으로 입술을 닦은 민아가 자리를 고쳐 앉고 말을 이었다.

"고 사장 연락이 오기 전에 천진의 룸살롱 종업원으로 이야기가 되어 있었어요. 난 그곳에 가겠어요."

그러고는 민아가 성큼 자리에서 일어섰다.

정민아가 뒤도 돌아보지 않고 식당을 나갈 때까지 고동수는 엉거주춤 서 있었으며 조철봉은 괜히 물 잔을 들어 몇 모금을 삼키고 내려놓았다.

"앉아."

조철봉이 말하자 동수는 제가 죄를 지은 것처럼 머리를 숙였다.

"죄송합니다, 사장님."

"네가 죄송할 게 뭐가 있어?"

쓴웃음을 지은 조철봉이 동수를 보았다.

"내 태도가 그렇게 보였던 모양이다, 그리고 실제로 그런 생각도 있었거든."

"성깔이 조금 있는 여자였습니다."

어깨를 늘어뜨린 동수가 말을 이었다.

"집안이 가난해서 부동산 갑부한테 팔려갔다는 소문이 났었지만 자존심은 대단했지요. 손님들의 유혹에 한 번도 넘어간 적이 없었습니다."

"아직도 얼굴이나 몸매가 괜찮으니까 천진에서도 기회가 오겠지."

"제가 다시 만나 볼까요?"

"그만둬."

정색하고 말한 조철봉이 자리에서 일어섰다. 아직 마음은 황당했지만 동수에게 내색할 수는 없는 노릇이다. 동수와 헤어져 방으로 돌아온 조철봉은 샤워를 마치고 나서 일찍 침대에 들었다. 저녁을 먹다 만 데다 마음도 위장과 비슷한 컨디션이었으므로 조철봉은 침대에서 뒤척였다.

민아가 쇼를 했을지도 모른다는 생각이 제일 먼저 든 것은 조철봉의 생활신조에 기반을 둔 추측이다. 그 정도의 무기를 지녔으면 한번 그렇게 튕겨 보는 것이 효과를 낼 수가 있는 것이다. 그러다 시간이 지나자 이쪽 조건이 적당하지 않았을지도 모른다는 생각이 들었다.

자신이 민아가 원하는 조건에 미치지 못했을 경우이다. 그리고 제일 마지막 경우는 민아의 행동을 그대로만 해석하는 것으로 두 번 다시 옛 전철을 밟지 않고 새생활을 시작하는 것이 될 것이다.

"염병할 년 같으니."

마침내 조철봉은 천장을 향해 욕설을 뱉었다. 그러나 어쨌든 민아는 모처럼 만에 깊게 가슴에 박힌 행동을 해준 여자가 되었다. 자주 겪다 보니까 감동이 적어진 일상에서 큰 자극을 주었다. 그리고 과감하게 패를 던질 수 있는 그 용기가 가상하다.

과연 매력이 있는 여자다. 조철봉은 이제 길게 숨을 뱉었다. 최갑중이 함께 있었다면 여러 가지 조언을 해주었을 것이었다. 그 조언을 한 가지도 채택하지 않더라도 거기에서 힌트를 얻거나 또는 위로를 받을 수가 있었다. 동수는 갑중을 따라가려면 멀었다. 다시 한 번 길게 숨을 뱉은 조철봉은 눈을 감았다. 이제 기회는 사라졌다.

이쪽에서는 절대로 민아를 다시 찾을 수가 없는 것이다. 그것은 가능성도 없을 뿐만 아니라 모처럼 만에 얻은 감동을 스스로 깨뜨린 꼴이 된다. 이 줄거리는 진한 섹스 100번만큼의 가치가 있는 것이다. 그때 전화벨이 울렸으므로 조철봉은 초풍을 하며 침대에서 일어섰다. 두 다리로 침대를 내려치며 상체를 들어 올린 것이다. 그러나 전화기에는 조심스럽게 손을 뻗쳤고 숨을 고르고 나서야 차분하게 응답했다.

"여보세요."

그러나 저쪽에서는 숨을 두 번 마시고 뱉을 때까지 대답하지 않았다. 조철봉은 눈을 치켜떴다. 시간이 흐를수록 심장의 박동이 빨라지고 있었다. 조철봉이 세 번째 숨을 뱉었을 때 목소리가 울렸다.

"정민아입니다."

예상이 맞았다. 조철봉은 중국 땅이 아름답고 포근하게 느껴졌다. 물론 민아도 그 속에 포함되었다. 설령 쇼를 했더라도 마찬가지다. 쇼가 재미있고 감동적이면 된다.

"웬일입니까?"

조철봉이 놀란 듯, 그러나 다 받아들일 수 있다는 감정을 다섯 자의 말에 포함시켰지만 그것이 제대로 표현되겠는가? 억양은 조금 높지만 부드럽고, 차분하면서도 너그럽게 말하려고 노력한 것만은 사실이다.

그때 수화구에서 큭큭, 응응, 하는 소리가 울렸으므로 조철봉의 귀가 저절로 쭈뼛 섰다. 그리고 다음 순간 조철봉은 그것이 울음소리라는 것을 알았다. 민아는 울고 있는 것이다.

"여보세요."

울고 있느냐고 물어본다면 예, 아니오 대답 중의 하나가 나오거나 아예 대답을 안 하게 된다. 이런 분위기에서 그따위 물음은 초등학교 아이들도 하지 않는다. 운다고 대답하면 왜 우냐고 물어야 될 것이며 귀중한 대화의 시간은 울음이라는 잔가지 때문에 분위기가 깨지는 것이다. 고수는 큰 것을 봐야만 한다. 그래서 조철봉은 다시 불렀다.

"여보세요."

"미안합니다."

그때서야 민아가 울음 섞인 비음으로 대답했다.

"제가 쇼를 했어요."

그 순간 조철봉은 깊게 숨을 들이켰다. 이 상황에서 가장 적절한 말이었기 때문이다. 자신이 민아가 되었다고 해도 이랬을 것이다. 강약의 박자가 맞는다.

민아가 말을 이었다.

"제가 절박했어요. 그랬는데 갑자기 옛날 생각이 나서 모든 것이 싫어졌어요."

"그래요?"

"하지만 식당을 나오자마자 내 행동이 위선이었다는 것을 깨달았어요. 값싸게 보이지 않겠다는 쇼였어요. 저는 정직하지 못했어요."

"그랬습니까?"

"죄송해요. 지난 남자와 사장님을 같이 취급한 것처럼 돼버렸어요. 사과드립니다."

"아니, 천만에."

"제가."

그러고는 민아가 말을 그쳤으므로 조철봉은 전화기만 고쳐 쥐고 기다렸다. 이럴 때 얼싸얼싸 하면서 맞장구치는 놈은 병신이다. 한쪽이 기울면 다른 쪽은 조금 숨을 골라야 오래간다. 그리고 신선해진다. 그때 민아의 말이 이어졌다.

"그쪽으로 가도 될까요?"

조철봉은 어금니를 물었다. 어느 호텔에나 비슷하게 탁자에 부착된 전광 시계가 밤 열 시 반을 가리키고 있었다. 민아가 대답을 기다리는 그 짧은 몇 초 동안 조철봉은 수 시간에 걸쳐서 쌓인 스트레스가 빠져나가는 것을 느낄 수 있었다. 이런 결정은 하루에 일만 번을 해도 귀찮지 않을 것이었다.

"지금은 늦었지 않습니까? 내일."

"그럼 몇 시에?"

"내일 점심이나 같이 하십시다."

"그럼, 열두 시에."

"커피숍에서 만납시다."

"고맙습니다, 사장님."

민아의 목소리가 밝아졌다.

"앞으로는 오버하지 않을게요. 저는 그 일에 자신이 있기도 하니까 실망시켜드리지 않겠습니다."

"그래요."

쓴웃음을 지은 조철봉이 민아의 알몸을 눈앞에 상상으로 떠올렸다. 업소 관리를 맡길 인간은 십 분 안에 열 명도 더 찾아낼 것이었다. 전화를 마친 조철봉은 침대에 기대고 앉아 우두커니 앞쪽의 벽을 바라보았다.

그러더니 흘끗 전광 시계에 시선을 주고 나서 다시 전화기를 들었다. 서울은 이제 열두 시가 되어가는 시간이었지만 갑중에게는 흔히 있는 일이었다. 물론 부탁 내용을 듣고 나서는 이맛살을 찌푸리겠지만 그것도 흔한 일이었다.

다음 날 오전 11시 정각에 방안의 전화벨이 울렸다. 1분도 틀리지 않는 것을 보면 최갑중이다. 물론 일이 그전에 끝나서 한 30분 동안 시계만 바라보고 있었을 수도 있다. 또는 아직 일을 하다가 전화를 했는지도 모르지만 약속은 틀림없었다. 이것이 갑중의 본색(本色)이다. 전화기를 들었을 때 예상했던 대로 갑중의 목소리가 울렸다.

"조사했습니다."

"말해."

"정민아. 32세. 서울 신촌고등학교와 신촌여대 물리학과 졸업. 성적은 중위권이었는데 세계사 과목에 F가 하나 있었습니다. 하지만 영어는 A+였는데…."

"다음."

조철봉이 짧게 말하자 갑중의 보고는 건너뛰었다.

"부모는 모두 돌아가시고 하나뿐인 여동생이 결혼하고 청주에서 삽

니다. 부친이 공장을 경영하다가 정민아가 고2 때 부도를 내서 가정형
편이 어려워졌습니다. 그래서 정민아는 알바를 하면서 대학을 마쳤습
니다. 그때까지는 깨끗했지요. 친했던 남자가 두 명 있었지만 깊은 관계
는 아니었습니다."

"그래서?"

"대학을 졸업하고 세 군데 회사를 옮기며 직장 생활을 했습니다. 그
동안 부모님이 교통사고로 돌아가셨지만 무면허 운전사라 보상도 받지
못했습니다. 아주 더러운 놈을 만난 것이지요. 그놈 이름은."

"다음."

"박대길이를 만난 것은 정민아가 룸살롱 화영에 나간 지 이틀째 되
는 날이었는데 한 달쯤 후에 그곳을 그만두고 박대길의 세컨드가 되었
습니다. 그것이 3년 전이죠."

"그래서?"

"화곡동의 28평 아파트에서 살림을 차렸는데 룸살롱 국진을 경영하
게 된 것은 박대길의 권유에 의한 것입니다. 박대길의 친구한테서 들었
습니다."

"그래서?"

"정민아는 사업 수단이 좋았습니다. 그 장사를 처음 했는데도 관리가
뛰어났고 처세를 잘해서 고급 손님이 쏟아졌다고 합니다. 3년 동안 돈
도 꽤 벌어서 영등포에 상가 4채를 구입했습니다. 그런데."

거침없이 쏟아내던 갑중이 이 부분에서 멈추더니 목소리가 은근해
졌다.

"정민아한테 남자가 있었습니다."

"뭣이?"

조철봉이 이맛살을 찌푸렸다. 고동수는 그 말을 하지 않았던 것이다. 오직 박대길에게 이용당해서 재산을 몽땅 다 날린 후에 사기 누명을 뒤집어쓴 채 중국으로 도망 나왔다고 하지 않았는가?

그때 갑중의 말이 이어졌다.

"정민아 아파트에서 가정부로 일했던 아줌마를 찾아냈지요. 그래서 알 수 있었습니다."

"그래서?"

"상대는 영등포에서 의류 매장을 운영하던 김진수라는 놈으로 33세에 학교는 인천대 국문학과를 나오고 성적은."

"다음."

"정민아는 그놈하고 결혼할 작정이었던 것 같습니다. 그래서 재산을 빼돌리기 시작했는데."

"박대길이 눈치챘군?"

"그렇습니다. 그런데."

"그런데, 뭐?"

"김진수도 사기꾼이었지요. 정민아가 빼돌린 재산을 몽땅 먹고 튀었으니까요."

"그래서?"

"박대길도 사업이 위태로운 판이라 왕창 정리를 하고 미국으로 뛴 것이지요. 따라서."

갑중이 심호흡을 하는 것 같더니 결론을 냈다.

"정민아의 현 상황은 자업자득이라 볼 수 있습니다."

커피숍으로 들어선 조철봉은 벽 쪽의 자리에 앉아 있는 정민아를 보았다. 커피숍이나 식당, 또는 만남의 장소로 이용되는 온갖 장소에는 출입구를 향한 좌석과 그 반대의 좌석이 있다. 그래서 먼저 온 사람이 출입구 쪽을 향한 좌석에 앉아 기다리는 것이 습관처럼 되어 있지만 늦게 온 사람은 벽을 바라보고 앉아야만 하는 것이다.

일단 생각 없이 덥석 그렇게 앉는다고 치자. 그러나 시간이 지나면 차츰 벽을 바라본 채 앉은 사람은 답답해진다. 시야가 막혀서 심리적으로 여유가 없어지는 것이다. 만일 빚쟁이가 그 자리에 앉았다면 먼저 와서 기다렸던 채무자는 더 당하게 될 가능성이 많다. 그런데 정민아는 출입구 쪽을 향했지만 비스듬하게 배치된 좌석에 앉아 있어서 조철봉의 시야도 틔어 있었다. 조철봉이 마주보고 앉았을 때 정민아가 수줍게 웃었다.

"어제 놀라셨죠?"

"아니 별로."

덤덤하게 대답한 그 순간 조철봉의 가슴이 덜컥 흔들리면서 숨이 꽉 막히는 듯한 느낌이 들었다. 조철봉은 눈을 부릅떴다. 하마터면 눈물이 쏟아질 것 같았기 때문이다. 오래전에 이와 비슷한 현상이 한 번 일어난 적이 있었다.

전처 서경윤의 간통 사실을 알고 나서 다음 날 아침인가 냉장고 문을 열고는 생수병을 들고 병째로 몇 모금을 마실 때였다. 가슴이 갑자기 꽉 미어지면서 곧 숨까지 막혀왔던 것이다. 그때는 보는 사람이 없었으므로 쏟아지는 눈물을 내버려 두었다. 생수를 목구멍으로 넘기면서 닭똥 같은 눈물을 줄줄 쏟아냈던 것이다.

그런데 지금은 왜 그런가? 정색한 조철봉이 민아의 청순한 얼굴을 보았다. 민아는 오늘 베이지색 정장 투피스 차림이어서 그야말로 눈이 부셨다. 입술엔 옅게 루주를 칠했고 머리도 단정했다. 옆 좌석의 중국인 사내들이 홀린 듯한 시선을 던지고 있었다. 배신감 때문인가? 조철봉이 민아의 맑은 눈을 바라보며 그렇게 자문했다.

내가 또 이 여자에게 기대를 하고 있었단 말인가? 아니다. 어깨를 올리며 숨을 마신 조철봉은 길게 내뿜었다. 아니다. 조철봉은 지그시 어금니를 물었다. 이 여자에게 바랐던 것은 몸뿐이었다. 그래서 이 여자의 내막을 듣고 나선 오히려 부담을 덜어낸 기분이 들지 않았던가? 그렇다면 무엇인가? 그때 민아가 다시 입을 열었다.

"제가 피해의식이 조금 있거든요."

"아아."

조철봉이 건성으로 머리를 끄덕였다. 박대길과 김진수에게 피해를 봤다는 말일 것이다. 하긴 두 놈 다 정민아를 배신했지만 상처를 준 것은 의류상이었다는 김진수가 되겠다.

"하지만, 저 준비가 되었어요."

정색하고 민아가 말했을 때 조철봉이 머리를 들었다. 무슨 준비란 말인가? 이쪽은 아직 관리를 맡긴다는 언질도 주지 않았다. 조철봉의 시선을 받은 민아가 수줍게 웃었다.

"다 받아들일 준비요."

조철봉은 심호흡을 했다. 알쏭달쏭한 말이었지만 그 어느 쪽으로 해석을 해도 받아들일 수 있다는 표현도 될 것이다. 또한 이것은 어지간한 자신감이 없으면 뱉지 못할 표현이기도 했다.

세상에 어떤 시러베아들 놈이 이런 제의를 마다하겠는가? 조철봉의 관점에서 보면 마다하는 놈은 위선자였다. 조철봉은 대답을 기다리는 민아의 검은 눈동자를 지그시 보았다. 아름답다. 또다시 가슴이 미어지려고 했으므로 조철봉은 낮게 헛기침을 했다. 이런 느낌은 처음이다. 조철봉은 입을 열었다.

"베이징 사업장은 남북 합작 사업이니까 북한 측 투자자와 상의를 해야 합니다. 그러니까…."

정색한 조철봉이 민아를 보았다.

"며칠 기다려 주시지요."

"알고 있습니다."

민아가 머리를 끄덕였다.

"기다리겠습니다."

북한 측 투자자인 김성산은 조철봉이 결정했다면 군소리를 하지 않을 것이었다. 식은 커피를 한 모금 삼킨 조철봉은 민아의 시선이 아직도 똑바로 자신에게 향해 있는 것을 보았다. 이제는 표정도 차분해졌고 두 눈에는 그늘이 드리워져 있는 것같이 느껴졌다.

"무슨 일이건 하겠어요."

민아가 가라앉은 목소리로 말했다.

"주방일도 좋아요."

상대방이 약한 모습을 보일 때 동정이 가는 경우가 있는가 하면 그 반대의 경우도 있다. 물론 상대와 분위기에 따라서 달라지기는 하지만 민아가 갑자기 위축된 모습을 보이자 조철봉은 측은해졌다. 그러나 이미 민아를 고용하지 않겠다는 마음이 변한 것은 아니다.

"잘 알았습니다."

부드럽게 말한 조철봉이 자리를 고쳐 앉은 뒤 생각난 듯 물었다.

"실례가 되겠지만 돈이 필요하다면 내가 빌려드릴 수도 있습니다. 물론 나중에 갚는 조건으로 말입니다."

그 순간 민아가 퍼뜩 시선을 들더니 똑바로 조철봉을 보았다. 강한 시선이었다. 이윽고 민아가 입을 열었다.

"굉장한 호의를 베풀어주시네요."

"이유는 알고 계실 테니까."

조철봉이 빙긋 웃었다. 그러자 민아가 머리를 끄덕였다.

"금방 입에서 주세요라는 소리가 나오려는 걸 참았어요. 받고 나서 오늘 밤까지는 얼굴이 붉어졌다 하얗게 되었다 하겠지만 내일이면 잊어버리게 될 테니까요."

"잊어버려도 상관없습니다."

"호의는 사양하겠어요."

민아가 웃음 띤 얼굴로 조철봉을 보았다.

"그리고 취업건도 없었던 일로 알겠습니다."

그리고 민아가 자리에서 일어섰다.

"실례가 많았습니다, 조 사장님."

"아니, 천만에."

따라 일어선 조철봉이 정색하고 민아를 보았다.

"또 뵙지요."

민아가 커피숍을 나갈 때까지 뒷모습을 바라보던 조철봉은 다시 자리에 앉아 막혔던 숨을 길게 뱉었다. 만일 민아가 제의를 받아들였다면 그것으로 인연은 끝났을 것이었다. 저래야 민아는 더 가치 있게 보인다. 금방 숙이고 들어와 다 맡기겠다는 자세는 안쓰럽기는 하지만 매력이 반감된다.

따지고 보면 자신은 민아가 그렇게 나오도록 유도한 셈이었다. 갖고 논 것이 아니라 자신의 기대에 맞도록 꾸민 것이다. 민아는 두 남자한테서 상처를 받았다지만 엄밀하게 보면 하나는 배신한 것이다. 룸살롱을 차려 주었던 박대길이다. 조철봉은 다시 심호흡을 했다. 두 놈의 사내 중에서 어느 한 놈의 역할을 맡으라면 물론 민아를 배신한 김진수를 맡을 것이다. 박대길과 비슷한 역할은 싫다.

"사장님, 여기 계셨습니까?"

문득 옆쪽에서 들리는 목소리에 조철봉은 머리를 들었다. 고동수였다. 머리를 숙여 보인 고동수가 조심스럽게 앞자리에 앉자 조철봉이 물었다.

"정민아 씨가 어디에 살고 있는지 아나?"

"자세히는 모릅니다. 전화번호만 알고 있어서요."

영문을 모르는 고동수가 생기 있는 얼굴로 대답했다.

정민아가 이화원 근처의 셋집에서 나왔을 때는 오전 11시가 조금 못 되었을 때였다. 어제 낮부터 아무것도 먹지 않았을 뿐만 아니라 집 안에 마실 물도 떨어졌기 때문이다. 셋집에서 도보로 5분 거리에 조그만 시장이 있었는데 물가가 쌌다. 셋집 바로 옆의 슈퍼는 온갖 먹을거리가 풍성했지만 시장보다 20퍼센트 가깝게 비쌌으므로 민아는 시장에서 장보기를 했다.

중국산 채소와 과일, 돼지고기 한 근을 사고 났을 때 지갑에 남은 돈은 3백 위안 정도 되었다. 이것이 총재산이다. 한국 돈으로 치면 4만5천 원쯤이 되었는데 절약하면 앞으로 반달은 식비로 쓸 수 있을 것이었다. 마지막으로 시장 끝에서 쌀 한 봉지를 사면서 민아는 울컥 가슴이 메었다. 조철봉 때문에 잠잠해지고 있던 가슴이 들끓었고 헛된 꿈이 깨지는 바람에 현실이 더욱 비참하게 느껴지게 된 것이다. 나쁜 놈이다.

눈빛을 보면 욕심이 뻔히 느껴졌는데도 말은 다르게 나왔다. 산전수전 다 겪은 놈이었다. 이쪽이 그 정도로 나갔다면 눈 딱 감고 받아 주는 것이 보통 남자의 심성이 될 것이며 바로 그것이 예의 아닌가? 놈은 마지막 순간에 자존심을 건드리면서 이쪽의 눈치를 보았는데 그것은 결단을 미루는 것이 아니었다. 철저하게 짓밟겠다는 태도였다.

만일 빌려준다는 돈을 받았다면 그때부터는 정상적인 거래가 되지 않을 것이었다. 이쪽에서 준다고 했을 때 받아들이는 경우하고는 전혀 다른 것이다. 길게 숨을 뱉은 민아는 무거운 비닐봉지를 고쳐 쥐면서 시장을 나왔다. 하긴 자신도 문제가 있기는 했다. 너무 서둘렀다. 마음이 급하기는 했지만 밤에 그렇게 전화하는 것이 아니었다.

며칠 뜸을 들였다면 저쪽이 조급해졌을 것이었다. 민아는 쓴웃음을 지었다. 이젠 죽은 자식 나이 세는 꼴이 된 것이다. 셋집은 원룸식 다가구 주택으로 서민형이어서 언제나 주위가 소란했다. 아이를 하나씩만 기른다지만 너무 버르장머리들이 없어서 한국 아이들 두 몫은 하는 것 같았다. 놀이터를 지나 현관 앞으로 다가서는데 뒤에서 인기척이 들렸으므로 민아는 숨을 골랐다. 시멘트를 밟는 무거운 구두 발자국 소리였다.

"정민아 씨."

부르는 소리에 정민아는 이를 악물고는 머리만 돌렸다. 강현식이다. 뾰족한 턱에 푸른 피부, 그리고 날카로운 눈매의 강현식이 바짝 다가섰다.

"이제 찾았군그래."

정민아는 하마터면 비닐 봉투를 떨어뜨릴 뻔했지만 손가락에 힘을 주어 겨우 잡았다. 절망감으로 눈앞이 노랗게 되었다가 어지러워졌다.

"중국 땅이 넓어도 나한테는 안 돼."

강현식의 목소리가 멀리서 울리는 것 같았다. 3억 5천이다. 사채업을 하는 강현식에게 어음에다 각서까지 써주고 빌린 원금이 3억 5천이었으니 지금은 이자까지 더하면 두 배나 되었을 것이었다.

"자, 가실까?"

다가선 강현식이 민아의 팔을 잡고 말했다.

"우선 한국으로 돌아가야겠지?"

강현식의 뒤에는 두 사내가 서 있었는데 시선이 마주치자 능글거리며 웃었다. 마치 쥐를 잡아놓고 놀리는 뱀처럼 차갑고 여유 있는 태도였다.

"가긴 어딜 간다고 그래요?"

민아가 기를 쓰고 말했지만 자신의 목소리가 떨려 나오고 있다는 것을 제 귀로 듣고는 어깨를 늘어뜨렸다. 절망이다. 공안에게 갈 수도 없는 것이 여권이 유효기간이 지나 당장에 출국 조치당할 입장인 것이다. 민아의 두 눈에 눈물이 고였다.

"내가 여기서 같이 살지 뭐."

방안을 둘러본 강현식이 느긋하게 말하더니 사내 하나를 보았다.

"야, 슈퍼에 가서 수건하고 칫솔 치약을 사오고, 너는."

현식의 시선이 다른 사내에게로 옮아갔다.

"너는 호텔에 가서 내 짐을 이곳으로 가져와."

"예, 사장님."

사내들이 허리를 굽혀 보이더니 밖으로 나갔으므로 방에는 둘이 남았다. 민아는 어쩔 수 없이 현식을 방으로 데려온 것이다. 방에 하나밖에 없는 의자에 걸터앉은 현식이 이제는 눈을 치켜뜨고 민아를 보았다.

"시발년, 내 돈 떼어먹고 니가 어디로 도망간다고 그래? 내가 그랬잖아, 요즘은 지구 끝에 있어도 하루면 찾아 간다고 말이야."

그런 말을 했는지 기억나지 않았지만 민아는 멍한 표정으로 침대 끝에 앉아 벽만 보았다. 현식의 말이 이어졌다.

"이자까지 포함해서 7억 3천이다. 우선 이곳에서 네가 숨겨 놓은 돈이 있는지를 찾아낸 다음에 모자라는 돈은 한국으로 데려가서 받기로 하지."

이때는 배 째라 하고 대들어야 싸움이 일어나고 그래야 만만하게 보이지 않아서 적당하게 흥정이 되겠지만 민아는 이미 기력을 잃었다. 그냥 어느 구석에 쓰러져서 잠을 자고 싶었다. 아니 화장실이라도 좋으니까 그곳에 혼자 있게 해준다면 모든 것을 다 줘도 되었다. 그때 현식의 목소리가 높아졌다.

"야, 내 말을 듣고 있는 거야? 너, 지금 배 째라고 하는 거냐?"

그때 민아가 시선을 돌려 현식을 보았다.

"그냥 날 죽여줘."

안간힘을 쓰듯 말했을 때 현식이 풀썩 웃었다.

"편한 소리 하고 있네. 그건 맨 마지막에 처리할 거야. 너한테 다 뜯어낸 다음에 네 몸을 하나씩 떼어서 팔아야지. 눈에다, 신장에다, 간도 가격이 조금 나갈 것이고, 하지만."

현식의 눈빛이 다시 뱀처럼 차가워졌다.

"먼저 네 주변을 조사해야겠다."

"해 봐, 다 가져가."

턱으로 방을 가리킨 민아가 얼굴을 일그러뜨리며 웃었다.

"이번 달 집세도 못 내고 있으니까."

"이년이 뻔뻔하기는."

엉거주춤 일어선 현식이 어깨를 늘어뜨리고는 마치 곰처럼 다가와 민아 앞에 섰다. 아래턱을 내밀고 있어서 막 뭘 물어뜯을 것 같은 형상이었다.

"이년아, 네 서방이 부도를 낸 줄 뻔히 알고서도 나한테 돈을 가져가고는 그다음 날 도망을 친 년이야, 네년은. 너 같은 악질 사기꾼은 내가 이 생활을 20년 했지만 처음 만난다."

그러고는 현식이 분을 참지 못하겠다는 듯이 손바닥으로 민아의 이마를 밀었다. 민아가 침대 위로 반듯이 넘어졌다가 몸을 비틀며 일어났다. 맞는 말이다. 그때는 김진수하고 도망치려고 했다. 그래서 3억 5천을 김진수한테 맡겨 놓았더니 그날로 사라져 버렸다, 그때까지 모은 돈 6억과 함께. 민아는 두 손으로 얼굴을 가리고는 이를 악물고 울었다.

"나쁜 년."

다시 현식이 민아의 이마를 밀었지만 이번에는 세지 않아서 머리만 비틀어졌다.

"나는 인간적으로 아무 의심도 하지 않고 빌려주었어. 넌 철저하게 날 배신한 거야, 이년아."

현식의 두 눈은 충혈되어 있었다. 이자는 여자를 밝히지 않는다. 룸살롱에 와서 한 번도 이차 나간 적이 없다. 이런 자가 무서운 것이다.

저녁 무렵이 되었을 때 집 안은 부산해졌다. 원룸이어서 방안이 부산해졌다고 해야 맞는 말이 될 것이다. 사내들이 슈퍼를 여러 차례 들락거리더니 찬과 라면까지 사왔고 현식이 고기를 구워 먹자고 하는 바람에 휴대용 가스버너까지 들여온 것이다.

민아는 그때까지 침대에만 꼼짝 않고 앉아 있었는데 사내들은 이미 자리를 잡았다. 현식의 자리는 침대 옆쪽이었고 두 사내는 각각 문 앞과 화장실 옆이었다. 고기는 사내 하나가 굽고 다른 사내는 찬을 준비한답시고 개수대 근처에서 우당탕거리기만 하더니 이윽고 방바닥에 저녁 식사가 차려졌다. 슈퍼에서 사온 한국산 김치도 있었고 새우젓까지 놓여졌다. 민아는 비싸서 사먹지도 못 했던 찬이었다.

"자, 밥 먹자."

현식이 민아에게 말했다. 그러나 표정 없는 얼굴에 목소리도 차가워서 마치 간수가 수인을 부르는 것 같다. 민아가 머리도 돌리지 않자 현식이 목소리를 높였다.

"아, 안 먹을 거야?"

"사장님, 놔두시죠. 지가 배고프면 찾아서 먹겠지요."

사내 하나가 젓가락을 들면서 말했다. 방안에는 고기 굽는 냄새로 가득 찼고 연기가 빠지지 않아서 눈이 매웠다. 민아가 이를 악물고만 있었으므로 현식은 더 이상 소리치지 않았다. 곧 세 사내의 먹는 소리가 방 안에 가득차면서 조용해졌다.

배가 고팠던 모양인지 세 사내는 아귀같이 먹었다. 슈퍼에서 사온 한국산 소주까지 곁들인 성찬이었다. 민아는 벽을 바라본 채 쪼그리고 앉아 있었다. 턱을 무릎 위에 받치고는 두 손으로 다리를 감싸 안아서 몸이 동그랗게 오그라졌다. 어제 낮부터 아무것도 씹지 않았지만 이제는 배가 고프지 않았다. 처음에 고기 굽는 냄새를 맡았을 때는 침이 여러 번 넘어갔는데 곧 구역질이 나더니 공복감이 없어진 것이다.

"내일 오후에 정규가 도착합니다, 사장님."

볼이 미어지게 상추에 싼 고기를 씹으면서 사내 하나가 말했다.

"두 명을 데리고 오는데 셋이 이곳에서 자기에는 좁겠는데요. 그러면 모두 여섯 명이라."

"침대를 안쪽으로 밀면 돼."

다른 사내가 대답했다. 현식은 잠자코 밥만 먹었고 사내들의 말이 이어졌다.

"어차피 껍질을 벗기려면 시간이 조금 걸릴 테니까 말이야."

"가게에서 일 시키고 빚을 갚으라고 하면 어떨까?"

"저 여우가 그럴 것 같냐? 한 달이 못 가 무슨 지랄을 하든지 해서 사고를 칠거다."

"하긴 그렇지."

"차라리 섬에다 몸을 파는 것이 낫다. 한 5천까지는 받을 수 있을 거야."

"그리고 뒤지면 몸을 떼어서 팔고?"

"그렇지. 그럼 거기에서도 한 5천 건질 수가 있겠지."

"시끄러, 이 새끼들아."

갑자기 현식이 소리쳤으므로 사내들이 찔끔 놀라 입을 다물었다. 소주를 한 모금 삼킨 현식이 으르렁거렸다.

"내가 그걸 받으려고 이 거지같은 방에서 이 지랄을 한단 말이냐?"

머리를 돌린 현식이 침대 구석에 웅크리고 앉은 민아를 흘겨보았다.

"난 어떻게든 이자까지 다 뽑아낸다. 매일 저년 피를 팔아서라도."

민아는 무릎 위에 턱을 괸 채 눈을 감았다. 그러자 머리가 무거워지면서 잠이 밀려왔다. 고마웠다. 단 10분이라도, 아니면 5분만이라도 잠이 들고 싶었다. 잠이 들었다가 죽어 버린다면 그만한 축복은 없을 것이었다. 그러자 다시 눈물이 쏟아졌다. 이제는 가슴이 담담했다.

다음 날 아침 민아는 문을 두드리는 소리에 눈을 떴다. 그때는 현식과 두 사내도 일어나 있었는데 어젯밤 술이 아직 덜 깨어서 모두 내복 차림이었다. 문 두드리는 소리가 더 커졌으므로 사내들이 짜증을 냈다.

"어떤 새끼야?"

벽에 걸린 싸구려 시계는 오전 아홉 시 반을 가리키고 있었으니 이른 시간은 아니다. 민아도 새벽까지 잠이 들었다가 깼다가 하는 바람에 여섯 시경에야 겨우 깊은 잠에 빠졌던 것이다. 옷을 그대로 입고 잤으므로 다시 침대 위에 몸을 웅크리고 앉은 민아는 문 쪽을 보았다. 현식은 아직 앉아 있었지만 사내 둘은 문 앞으로 다가가더니 소리쳐 물었다.

"누구요?"

"정민아 씨 계십니까?"

그 순간 민아는 눈과 입을 딱 벌리고는 숨을 멈췄다. 얼굴색이 하얗게 굳어졌다가 금방 발갛게 달아올랐다. 고동수의 목소리였던 것이다. 그때 자리를 차고 일어선 현식이 사내들에게 지시했다.

"야, 문 열어. 그리고 그놈을 잡아. 이년 애인인 모양이다."

과연 사채업 20년 관록의 현식이었다. 순식간에 상황 판단을 한 것이다. 사내들의 행동도 재빨랐다. 사내 하나가 문고리를 풀어 젖힌 순간에 다른 사내가 불쑥 튀어나가 문 앞에 서 있는 고동수의 멱살을 잡아당겼다. 미처 안에 있던 민아가 뭐라고 할 여유도 주지 않았다.

"어?"

멱살을 잡힌 고동수가 방안으로 끌려 들어왔지만 사내들이 미처 예상하지 못한 점이 있었다. 룸살롱 종업원부터 시작했던 고동수의 기질이나 싸움 실력을 모르고 있었던 것이다. 일단 방안으로 끌려 들어왔지만 곧 고동수는 머리를 뒤로 젖히는가 싶더니 번쩍 그 탄력을 이용하여 멱살을 쥐고 있는 사내의 콧잔등을 이마로 받아버렸는데 마른바가지가 깨지는 소리가 났다.

"와우."

그런 비슷한 소리를 입으로 뱉으면서 사내 하나가 그 자리에 엎어진 순간 고동수에게 다른 사내가 달려들었다. 두 손으로 뒤에서 감싸 안은 것이다. 다급해서 그랬겠지만 허점투성이의 동작이었고 그것을 고동수는 놓치지 않았다. 팔꿈치로 사내의 옆구리를 찍더니 곧 몸을 돌리면서 무릎으로 사타구니를 차올리고 사내의 입에서 풍선의 바람이 빠지는 것 같은 소리가 뿜어졌다. 사내가 온몸을 새우처럼 웅크리고 주저앉았을 때였다. 홀린 듯이 그것을 바라보던 민아의 눈이 다시 커졌다. 방안으로 조철봉이 들어선 것이다.

"이것들은 뭐야?"

고동수가 현식을 노려보며 물었고 조철봉도 눈을 크게 뜨고 민아를 보았다.

"무슨 일이오?"

"넌 누구야?"

고동수가 식식거리며 현식에게 다가가면서 다시 물었다.

"너, 중국 놈이야?"

이 상황에서 현식이 무슨 말을 하겠는가? 넌 누구냐고 물은 것보다 중국 놈이냐고 물은 것에 대한 대답이 훨씬 쉬웠을 것이다.

"나, 한국 놈이야."

엉겁결에 그렇게 대답한 현식이 곧 자신의 실수를 깨닫고는 어금니를 물었다. 병신 같은 두 놈은 아직 일어나지도 못 하고 있다.

"그럼 이 새끼야, 너희들 지금 여기서 뭐하고 있어?"

고동수가 기세를 잃지 않고 다시 소리쳤을 때 민아가 울음을 터뜨렸다.

"나 좀 살려줘, 나 좀 살려줘."

자신의 목숨이 경각에 달렸을 때를 경험해본 사람은 많지 않다. 있다고 해도 그 순간의 정황에 대해서는 여러 면에서 의혹을 받게 된다. 어쨌든 살았으니까. 간발의 차이라고 모두 그러지만 조금 과장했을 수도 있고 다른 여건이 또 있을지도 모른다. 살아났기 때문에 그렇게 말이 많고 믿으려고 하지 않는 것이다.

예전에 비행기가 추락하는 그 짧은 순간에 메모를 남긴 일본인이 있었다. 가족에게 남긴 짧은 유언으로, 그것이 비행기 잔해에서 발견되었을 때 세상 사람들은 모두 감동했다. 가족에 대한 사랑보다도 그 순간 메모를 쓸 수 있는 그의 정신력 때문일 것이다.

죽는 순간 극도의 공포심으로 흐트러진 정신을 집중해서 한 자 한 자 쓴 것이다. 주위에서 들리는 비명과 기체의 요동, 추락할 때의 압력까지 극복하면서 말이다. 조철봉 같으면 소리는 지르지 않겠지만 같이 죽을 사람이 여럿인 것에 위안이나 받고 있었겠지.

어쨌든 민아는 경각에 달렸던 목숨이 살아났다. 추락하는 비행기 안 승객에 비유한다면 절망으로 정신을 놓고 있다가 비행기가 산비탈을 훑으며 착륙한 셈이 될까? 민아는 아우성을 치는 승객은 아니었고 물론 메모를 남길 만한 정신력도 없었다.

민아가 살려달라면서 흐느껴 울었을 때는 이미 살아났다는 안도감으로 긴장이 풀린 상태인 것이다. 이런 울음은 길다. 방 한쪽에서 두 사내가 끙끙대고 있는 상황에서 민아는 꽤 오래 흐느껴 울었고 그동안 조철봉과 동수는 현식으로부터 두서없는 해명을 들었다.

현식은 민아를 개 잡듯이 족쳤지만 이번에는 정세가 역전되었다. 우선 근본이 없는 객지여서 뒤가 허전했기 때문이다. 조철봉이 민아와 함께 방을 나온 것은 그로부터 10분쯤 후였다. 민아는 그저 입은 옷 그대로인 채 빈손으로 따라 나왔는데 현식과 두 사내는 방에 남았다. 현식은 잡았던 고기를 놓친 표정이었지만 동수의 기세에 눌려 따라 나오지 않았다.

"천단공원 근처로 가자."

거리에 나와 택시를 탔을 때 조철봉이 동수에게 말했다. 운전사에게 말해준 동수가 머리를 돌려 조철봉을 보았다. 호텔로 갈 줄 알았기 때문이다.

"그곳에 숙소가 있어. 전 관리자가 살았던 곳인데 내게 열쇠가 있다."

양정민의 숙소인 것이다. 민아는 앞쪽만 본 채 입을 열지 않았다. 이 상황에서는 힐러리도 할 말이 없을 것이다. 다시 태어난 기분일 테니 모든 것이 다 새롭고 고맙게 느껴져야 마땅하다. 그날 오후, 호텔로 돌아온 조철봉은 동수와 함께 호텔 식당에서 늦은 점심을 먹었다. 민아도 모든 것이 갖춰진 양정민의 숙소에서 지금쯤 점심을 차려먹고 있을 것이다.

"어쨌든 사채업자들은 알아줘야 합니다."

입안의 음식을 삼킨 동수가 뒤늦게 감탄했다.

"귀신같이 찾아낸다니까요."

"마침 우리가 찾아가서 다행이다."

조철봉이 쓴웃음을 짓고 말했다.

"그러지 않았다면 한국으로 끌려갔겠지, 그렇지 않나?"

"당연하지요. 그리고 아마 피까지 다 빨렸을 겁니다, 하긴."

힐끗 조철봉의 눈치를 살핀 동수가 말을 이었다.

"그놈이 기를 쓰고 찾아다닐 만했습니다. 저도 그렇게까지 했을 줄은 모르고 있었거든요."

민아가 사기를 친 내막을 현식에게서 들은 것이다. 동수도 쓴웃음을 지었다.

"어쨌든 사장님 덕분에 정민아 씨는 살아난 셈입니다."

조철봉이 갑자기 민아의 집을 찾아가 보자고 한 것이었다.

방으로 들어선 최갑중은 먼저 방안부터 훑어보더니 소파에 앉았다. 오후 4시 반이 되어가고 있었다. 갑중은 서울에서 베이징으로 날아온 것이다.

"어디 있습니까?"

인사도 없이 갑중이 불쑥 그렇게 묻자 조철봉은 시치미를 뗐다.

"누구 말이냐?"

"다른 방에 묵고 있어요?"

"양정민 숙소가 비어 있잖아."

"아이구, 참"

감탄인지 한숨인지 그렇게 탄성을 뱉은 갑중이 다시 정색하고 조철봉을 보았다.

"그, 사채업자는 어디 있습니까?"

"아마 지금쯤 돌아갔을 거다."

"어떻게 해결하셨습니까?"

"갑자기 육박전이 벌어지는 바람에…"

쓴웃음을 지은 조철봉이 소파에 등을 붙였다.

"고동수가 그놈 부하 두 명을 박살냈지. 그래서 그냥 빼내왔어."

"동수는 눈치채지 못했지요?"

"당연하지."

정색한 조철봉이 갑중을 보았다. 사채업자 강현식이 민아를 찾아낸 것은 갑중이 알려주었기 때문이다. 갑중은 사람을 시켜 현식에게 민아의 거처를 알려주었던 것이다. 난데없이 얻은 정보에 현식이 만사 제쳐놓고 베이징으로 달려간 것은 당연했다.

그리고 만 하루의 여유를 준 다음에 조철봉이 모른 척하고 동수를 앞세워 민아를 찾아간 것이다. 현식이 금방 민아를 서울로 압송하지는 못할 것이라는 계산을 했기 때문에 하루 여유를 준 것이다. 이틀간 여유를 줄 수도 있었지만 그때는 민아가 감격을 할 정신 상태가 아닐 것이라고 예상했기 때문이다. 갑중도 따라서 정색하더니 머리를 끄덕였다.

"그렇다면 사장님은 돈 한 푼 안 들이고 구세주가 되셨구만요."

"그렇게 된 셈이지."

"저는 사장님이 사채업자한테 대신 돈을 갚아주시는 것으로 알고 있었지요."

"글쎄, 갑자기 싸움이 일어나는 바람에, 동수가 잘 뛰더만."

"동수가 한가락 하지요. 밤의 세상에서 오래 놀아서요."

갑중은 조철봉으로부터 사채업자 강현식에게 민아의 거처를 알려주라는 지시를 받고서 금방 앞으로 전개될 상황을 예상했을 것이었다. 그래서 방으로 들어오자마자 민아가 있는지 둘러보았던 것이다. 아마 민아가 알몸에 가운 차림으로 구석쯤에 서 있을 줄로 예상했던 것 같다.

"그렇다면…."

갑중이 조철봉을 보았다.

"앞으로 어떻게 하실 겁니까? 업소 관리를 맡기실 겁니까?"

"도망자 신세부터 벗어나야 될 것 아닌가? 지금 상태로는 아무것도 안 된다."

"하긴 그렇지요."

머리를 끄덕이던 갑중이 다시 정색했다.

"사장님은 그 채무를 해결해주시는 구세주 역할을 하실 계획이 아니었습니까?"

"그렇게 넘겨짚지 마라."

조철봉의 표정이 엄격해졌다.

"네 닭 머리로 함부로 추측하지 말란 말이야."

"죄송합니다, 사장님."

갑중이 정색하고 머리를 숙였다.

"그럼 계획을 말씀해주시지요. 그래서 저를 부르신 것 아닙니까?"

"그 여자에게 아주 지독한 시련을 주고 싶었다. 위선이나 자존심을 모두 내동댕이치고 나한테 매달리도록 만들고 싶었단 말이야."

눈을 치켜뜬 조철봉의 말에 열기가 띠어졌다.

"오랜만에 나한테 감동을 주는 여자였다."

조철봉이 초점 없는 시선으로 갑중을 보았다.

"하지만 아직도 껍질이 벗겨지지 않았어. 도망자 신세면서도 자존심을 내세웠고 오만했다."

"만일에 말씀이죠."

정색한 갑중이 말을 받았다.

"처음부터 형님한테 매달려서 징징거렸다면 아예 감동은커녕 돌아보지도 않으셨을 겁니다."

"당연하지."

조철봉이 정색하고 머리를 끄덕였다.

"그래서 내가 이렇게 노력을 하는 것이 아니냐? 한 꺼풀 두 꺼풀 껍질을 벗겨 내 사람을 만드는 것이 곧 사랑이라는 것이다."

"어이구."

길게 숨을 뱉은 갑중이 나중에는 혀까지 찼다.

"벗겨 먹으나 그냥 먹으나 먹고 나면 배부른 건 똑같습니다."

"무식한 놈 같으니."

조철봉도 혀를 차고는 자리를 고쳐 앉았다.

"그놈은 어떻게 되었어?"

"그것이, 참."

쓴웃음을 지은 갑중도 허리를 세웠다.

"중국 땅이 넓어서 그런지 물가가 싸고 가깝기 때문인지 그놈도 중국에 있습니다. 천진에요. 주소를 알아 놓았습니다."

"가깝군."

"서울에 있는 제 어머니한테는 꼬박꼬박 전화로 안부도 묻고 생일 선물도 보내고 있었습니다. 효자지요."

"사기꾼이라고 다 불효자는 아니다. 오히려 효자가 더 많아."

그러자 헛기침을 한 갑중이 말을 이었다.

"그놈은 제 가게를 부도냈지만 미리 재산을 빼돌렸기 때문에 한 푼도 손해난 것이 없습니다. 제 계산으로는 대충 2백만 불을 갖고 튀었습니다."

"정민아 돈까지 합쳐서?"

"예, 사장님."

갑중은 정민아를 배신하고 도망간 김진수를 찾아낸 것이다. 물론 조철봉의 지시였다. 조철봉이 눈을 가늘게 뜨고 갑중을 보았다.

"그렇다면 이제 우리가 그놈한테 사채업자 강현식이 노릇을 해야겠군."

"애들 둘을 데려왔습니다."

"아니."

머리를 저은 조철봉이 손목시계를 내려다보았다.

"청도에서 김갑수를 데려와야겠다. 이런 일에는 김갑수가 나을 것이다."

"김갑수를 말입니까?"

갑중이 눈을 크게 떴다가 곧 쓴웃음을 지었다.

"그렇군요, 김갑수가 조선족 패거리를 데리고 권총을 이마에다 겨누면 오줌을 질질 쌀 겁니다."

"내일 아침에 출발할 테니까 너는 먼저 김갑수하고 천진에 가서 기다려. 그놈을 잡지는 말고."

"감시만 하란 말씀입니까?"

"그렇다, 내가 정민아하고 같이 갈 테니까 그때까지다."

"흠."

이번에는 갑중이 초점 없는 시선으로 조철봉의 가슴께를 보았다.

"아주 극적 장면이 연출 되겠군요."

"클라이맥스지."

"배신한 자의 처참한 꼴을 보여주시려는 겁니까?"

"아주 미련을 송두리째 없애 버리려는 것이지."

조철봉이 눈을 가늘게 뜨고 웃었다.

"정민아는 지금도 배신한 놈이지만 김진수한테 미련이 있을 것이다.

그것을 산산조각 내야 한다."

그러고는 조철봉이 다시 웃었다.

갑자기 나타난 조철봉과 고동수는 구세주나 다름없었다. 생명의 은인이라고 해도 과언이 아니다. 정민아는 50평형 아파트에 혼자 남게 되었을 때 한동안은 응접실의 소파에 꼼짝 않고 앉아 있었다.

사람은 다 그렇겠지만 강현식으로부터 떨어져 나올 때는 조철봉과 고동수 옆에 거머리처럼 붙었다가 택시를 타면서부터는 혼자 있고 싶어졌던 것이다. 그리고 그것을 눈치챘는지 조철봉은 이곳에다 자신을 혼자 떼어놓고 돌아갔다.

한 시간쯤이나 지나고 나서야 민아는 자리에서 일어났다. 배가 고파졌기 때문이다. 배가 고프다는 생각이 들자마자 그때부터는 허리가 굽어지는 것 같이 허기가 치밀었다. 그래서 허겁지겁 주방으로 다가가 냉장고를 연 민아의 눈이 둥그레졌다. 온갖 밑반찬이 쌓여 있었던 것이다. 젓갈류는 물론이고 마른반찬, 장아찌에 장조림까지 없는 것이 없었고 김치냉장고를 열자 김치 종류만 해도 갓김치까지 5가지나 되었다.

민아는 쌀통에서 쌀을 꺼내 압력솥에다 밥을 했다. 밥이 되는 동안 냉장고에서 꺼낸 사과를 베어 먹으면서 민아는 그때서야 집 구경을 했다. 방 세 개에 베란다가 넓은 중국식 아파트였는데 정돈이 잘 되어 있었고 가전제품도 모두 한국산이었다. 여기서는 고급이다. 안방의 옷장 문을 연 민아는 숨을 삼켰다.

브랜드 제품인 옷이 수십 벌이나 걸려 있었기 때문이다. 모두 여자 옷이다. 그때부터 민아는 서둘러 벽장을 열고 서랍까지 뒤졌으며 화장실 옆에 쌓인 빨랫감까지 들춰 보았다. 그러고는 길게 숨을 뱉고는 다시 응접실의 소파로 돌아와 앉았다.

모두 여자 살림뿐이었던 것이다. 남자 용품은 양말 한 짝도 보이지 않았다. 여자 관리자에게 이런 아파트를 장만해주고 조철봉은 출입을 하지 않았단 말인가? 머리를 갸웃하고 이맛살까지 찌푸렸던 민아는 압력밥솥의 신호음이 울리는 바람에 생각에서 깨어났다. 그러고는 기운차게 일어났다.

조철봉의 전화가 왔을 때는 민아가 밥을 세 공기나 먹고 노곤해져서 식탁 위에 놓은 그릇들을 치우지도 않고 소파에 앉아 있을 때였다. 벨 소리에 화들짝 놀랐던 민아는 곧 정신을 가다듬고는 전화기를 들었다. 이곳에 전화를 걸어올 사람은 조철봉뿐인 것이다.

"좀 쉬셨나?"

조철봉이 휴가 마치고 돌아온 사람에게 던지는 인사말처럼 물었다.

"예, 덕분에."

그렇게 대답은 했지만 민아의 귀에서 후끈 열이 났다. 조철봉이 부드럽게 말을 이었다.

"거긴 안전하니까 푹 쉬도록 해요. 저녁 차려먹고."

"저기."

민아의 가슴이 세차게 두근거렸다.

"여기 주인은."

"주인은 없어. 서울로 돌아가서 앞으로는 오지 않을 거요."

그러더니 조철봉이 짧게 웃었다.

"거기 있는 가구나 옷도 가져가지 않을 겁니다. 그러니까 마음 놓고 써도 돼요."

"하지만."

"그 여자가 도망간 것도 아니고 내가 보낸 것도 아냐. 그쪽 사정이 있어서 갑자기 그만둔 것이니까 걱정하지 않아도 된다니까."

"알겠습니다. 그런데."

"그런데 또 뭐야."

"아녜요."

그때 조철봉이 생각난 듯 말했다.

"내일 아침에 들를 테니까 외출 준비를 해요. 조금 먼 곳에 다녀올 테니까. 거기 있는 옷을 골라 입으시고."

이제 민아는 어디라도 따라갈 작정이었다.

조철봉과 정민아가 천진에 도착했을 때는 오전 10시 반이었다. 베이징에서 천진까지는 비행기로 45분 거리인 것이다. 민아는 조철봉이 천진에 다녀오자고 했을 때 무슨 일 때문이냐고도 묻지 않았는데 가게 일인 줄로 생각하는 것 같았다.

공항에는 어제 저녁에 도착해 있던 갑중이 두 사내와 함께 마중을 나와 있었다. 갑중과 민아는 초면이었으므로 조철봉이 소개를 시켜줘야 했다. 갑중은 시치미를 뚝 떼고 있었지만 지금까지 조철봉이 겪어온 수많은 여자와 민아를 열심히 비교할 것이었다. 차 두 대에 분승하여 시내를 향해 달릴 때 앞좌석에 앉았던 갑중이 몸을 돌려 조철봉에게 말했다.

"김 사장이 기다리고 있습니다. 지금 곧장 가시겠습니까?"

조철봉이 머리만 끄덕이자 갑중의 시선이 민아를 스치고 지나갔다.

242

민아에게 상황을 설명했느냐고 눈으로 묻는 것이다. 갑중의 시선이 옮아 왔을 때 조철봉은 희미하게 머리를 저었다. 그러나 민아는 조금도 불안한 기색이 아니었다.

조철봉의 옆에 앉아 창밖의 경치를 보는 모습이 마치 관광객 같았다. 차가 멈춘 곳은 시내 수상공원 근처의 주택가였다. 주택가 입구의 상점 앞에서 기다리고 있던 김갑수가 웃음 띤 얼굴로 다가오더니 조철봉에게 인사를 했다.

"그동안 안녕하셨습니까, 사장님."

굵은 목소리였고 표준말을 썼지만 북한 억양이 뚜렷하게 드러났다. 민아가 조심스러운 시선으로 갑수를 보았을 때 조철봉이 소개했다.

"이분은 나하고 동업하시는 북한군 장교시지."

"동업자라니요? 아닙니다."

정색한 갑수가 머리까지 저었다.

"저는 사장님을 모시고 일하는 직원입니다."

"자, 가지. 집에 있나?"

"예, 사장님."

갑수가 앞장을 서며 말했다.

"제 부하 셋이서 집 앞을 지키고 있습니다."

그때 민아가 조철봉을 보았다. 무슨 일이냐고 묻는 표정이었지만 조철봉은 못 본 척했다. 집 앞을 지키고 있다는 말이 이상하게 들렸을 것이었다. 김진수는 단독주택을 임차해서 살고 있었는데 조선족 아가씨와 동거하는 중이었다. 어제 저녁에 도착한 갑중과 갑수가 다 조사를 해 놓은 것이다.

단독주택은 철제 대문에 담장도 높았는데 앞장서 가던 갑수가 손짓을 하자 문 앞에 서 있던 사내 하나가 벨을 눌렀다. 그러자 인터폰으로 여자의 묻는 목소리가 울렸고 사내가 대답했다. 그때 갑수가 옆에 서 있는 조철봉에게 말했다.

"뒷문도 지키고 있으니까 도망치지 못합니다."

조철봉이 머리를 끄덕였을 때 대문이 열리더니 앳된 얼굴의 여자가 상반신만 밖으로 내밀었다. 그러더니 여럿이 몰려서 있는 것을 보자 놀라 눈을 크게 떴다. 그 순간 갑수가 여자를 밀어젖히고는 집 안으로 들어섰다. 당황한 여자가 중국어로 말했을 때 갑수의 부하가 낮게 한국어로 꾸짖었다. 조선어라고 해야 될 것이다.

"이 에미나이, 찍소리 말라우."

그 순간 여자의 몸은 감전이나 된 듯이 굳어졌고 말대로 입을 다물었다. 10평쯤 되는 마당을 단숨에 건넌 갑수와 부하가 곧장 현관 안으로 들어섰고 그 뒤를 갑중과 조철봉, 민아가 따랐다. 영문을 모르는 민아가 이제는 놀란 얼굴로 뒤를 보았을 때 사내들이 여자를 양쪽에서 싸안고 따라오고 있었다. 현관 안으로 들어선 조철봉이 그때서야 민아에게 말했다.

"오늘 정리할 것이 있어."

민아는 조철봉의 눈이 번들거리고 있는 것을 보았다.

현관 안으로 민아가 들어섰을 때 방안에서 사내가 나왔다. 놀란 듯 눈을 치켜뜬 얼굴이었다.

"당신들 누구야?"

버럭 소리쳤던 사내의 시선이 민아에게 옮겨진 순간이었다.

"어엇!"

사내의 입에서 비명 같은 외침이 터져 나왔고 온몸이 그대로 굳어졌다. 민아는 사내가 방에서 나온 순간에 김진수라는 것을 알아보았다. 그러고는 이를 악물었지만 진수처럼 놀라지는 않았다. 민아의 시선이 조철봉에게 옮겨진 것은 이제 이곳까지 데려온 이유를 알겠다는 표시였다. 눈빛이 잔잔한 걸 보면 분명했다. 그때 갑수가 거친 목소리로 진수에게 말했다.

"거기 앉으라우."

갑수는 갑중에게서 내막을 들은 터라 진수를 대하는 태도가 불량했다. 여자를 배신하고 달아난 더러운 놈인 것이다. 총살시켜야 마땅했다.

"도대체 무슨 일입니까?"

안간힘을 쓰듯 그렇게 말하고 난 진수가 둘러선 사내들의 기세에 질려 엉거주춤 소파 끝에 앉았을 때였다. 조철봉이 입을 열었다.

"이 여자한테서 사기친 돈을 내놓아라, 이자까지 합해서 내야겠다."

"아니, 저는."

"이 간나새끼가 웬 말이 많아?"

그때 옆으로 다가간 갑수가 잇새로 말하더니 주머니에서 권총을 꺼내 진수의 머리에 붙였다.

"당장 쏴 쥑이고 찾아서 가면 되지 않습네까? 이런 더러운 놈한테 여러 말 시킬 것 없습네다."

"아니, 잠깐만요."

질색을 한 진수가 두 손을 흔들었지만 머리에 붙여진 권총은 떼어내지 못했다.

얼굴빛이 하얗게 된 진수가 초점이 없는 시선으로 조철봉을 보았다.

"제가 지금 당장은 돈이 없습니다."

"그럼 어디에 있어?"

"이곳저곳에 넣어 두었기 때문에."

"다 찾아와."

조철봉이 소파에 앉더니 갑수와 갑중을 돌아보았다.

"시간은 많아, 네가 다 찾아올 때까지 기다리도록 하지."

그러고는 그때서야 생각이 난 듯이 조철봉이 민아를 보았다.

"민아 씨도 여기 앉지."

그러자 민아가 잠자코 다가와 조철봉의 옆에 앉았다.

"잘 사는군."

조철봉이 집 안을 둘러보며 말했다. 가구도 고급이었고 가전제품은 모두 대형 한국산이다. 그때 갑중이 진수에게 말했다.

"자, 돈을 어떻게 주실 것인지 말씀해보실까? 원금에다 이자를 합하면 대충 10억 정도가 되는데 말이야."

그러자 진수가 눈을 둥그렇게 떴지만 말을 뱉지 못했다.

"자, 안으로 가자고."

갑중이 진수의 한쪽 어깨를 잡아 일으켰고 갑수는 등을 밀어 방으로 데려갔다. 부하들도 몰려갔으므로 응접실에는 조철봉과 민아, 둘이 남았다. 민아가 머리를 돌려 집 안을 둘러보았다.

"아까 여자는 어디 있어요?"

조선족 여자를 찾는 것이다. 조철봉이 현관 쪽의 방을 턱으로 가리켰다.

"저 방으로 데려갔어."

"저 사람을 만나게 하려고 저를 이곳까지 데려 오셨군요."

시선을 벽 쪽에 준 채 민아가 낮게 말했다. 민아는 진수를 보고 나서 한 마디도 하지 않았다. 그저 잠자코 바라보고만 있었는데 진수는 민아의 시선을 받지 못했다. 민아가 말을 이었다.

"저 여자하고 잘 살고 있네요."

"저 여자는 이곳에서 세 번째야."

조철봉이 가볍게 대답했다.

"탈북자만 골라서 데리고 살다가 돈도 안 주고 내쫓았지."

그러자 민아가 조철봉을 보았다.

"무서워요."

머리를 돌린 조철봉의 시선과 마주쳤을 때 민아가 다시 말했다.

"조 사장님이."

김진수도 도망자 신세였지만 민아하고는 천지 차이였다. 갑수와 갑중이 집 안에서 찾아낸 현금만 해도 달러와 엔화, 위안화까지 합해서 한국 돈 3억 원 가깝게 되었으며 갑수와 2명의 호위까지 붙여 밖으로 나가서는 저녁때까지 다시 5억 원을 찾아왔다.

"내일까지 하루만 더 시간을 주신다면 몇 억은 더 찾아옵니다."

진수의 집에서 여럿이 둘러앉아 저녁을 먹으면서 갑수가 말했다. 진수도 구석자리에 앉아 있었지만 시선도 들지 않았다. 갑수가 말을 이었다.

"한국에서 사기를 치고 도망 나온 놈이 여럿인 것 같습니다. 그놈들만 잡으러 다녀도 한밑천 잡겠습니다."

모두 진수가 들으라고 한 말이었지만 맞는 부분도 있었다. 중국은 이제 가장 도망가기 쉬운 곳이 되어 있는 것이다. 진수와 동거해 온 앳된 얼굴의 여자는 스물세 살에 이름이 안정옥이라고 했다.

조선족으로 처신하고 있었지만 자강도 강계가 고향이며 작년에 탈북해서 천진까지 흘러들어왔다가 진수를 만났다는 것이다. 정옥의 음식 솜씨가 좋았으므로 식탁에 둘러앉은 사내들은 맛있게 저녁을 먹었다. 진수를 제외하고 사내만 8명이다.

조철봉에다 갑중이 서울에서 둘을 데려왔으며 갑수는 청도에서 부하를 셋이나 데려왔기 때문이다. 한국의 사기꾼 1명을 잡으려고 중국 땅에서 남북한 합동작전을 편 셈이었다. 닭찜을 먹던 조철봉이 갑자기 생각난 듯한 얼굴로 주방으로 들어가는 정옥을 보았다.

"음식 솜씨가 좋은데, 이곳에서 계속 살 생각인가?"

놀란 정옥이 주춤 멈춰 서더니 힐끗 갑수의 눈치를 보았다. 갑수가 북한에서 온 군관인 줄 알고 있는 것이다. 그러자 눈치 빠른 갑수가 시치미를 뚝 떼고 정옥을 보았다.

"날래 대답하라우."

"예, 저는…."

"탈북자이기 때문에 갈 곳이 없단 말이지?"

그러자 정옥이 다시 갑수를 보았다. 조철봉이 정색하고 물었다.

"이 사람한테서 한 달에 얼마를 받나?"

"아니, 저는…."

"돈 안 받았나?"

"예."

"얼마나 같이 있었는데?"

"여섯 달이 조금 넘습네다."

"그동안 한 푼도 안 받았어?"

"예."

마침내 정옥이 그릇을 한 손으로 들고 다른 손으로 눈물을 닦았다.

"그저 먹고 자기만 했습네다."

"이런 나쁜 놈."

갑중이 으르렁거리듯 말했지만 갑수와 3명의 인민군 출신 부하들의 반응은 더했다. 모두 먹던 것을 그치고 진수를 노려보았는데 조철봉만 없었다면 요절을 냈을 분위기였다. 그때 조철봉이 정옥에게 다시 물었다.

"안전하게 돈 벌 곳이 있다면 이 사람을 떠나고 싶나?"

그러자 정옥의 시선이 다시 옮아왔으므로 갑수가 버럭 화를 냈다.

"야, 눈치만 보지 말구 날래 대답부터 하라우."

"예, 가고 싶습네다."

놀란 정옥이 소리치듯 대답했다. 그리고 꺽꺽 울었다.

"그런 곳이 있다면 얼마나 좋겠습네까?"

식탁 주위가 갑자기 조용해졌고 조철봉이 갑수를 보았다.

"자, 그럼 이제 자네가 대답해줄 차례야."

그러자 갑수가 헛기침을 하더니 정옥에게 말했다.

"청도에 우리 가게가 있어. 그곳 주방 일을 맡으면 숙소도 있고 한 달에 150불씩 주겠다."

다시 놀란 정옥이 붉어진 눈만 치켜 떴을 때 갑수가 화난 표정으로 말했다.

"걱정 말라우. 잡아가지 않을 테니까."

"그럼 됐다. 같이 가면 되겠다."

결말을 낸 조철봉이 잠자코 앉아 있는 민아에게로 시선을 돌렸다.

"그럼 저녁 먹었으니 인사를 나누고 떠나기로 할까?"

머리를 든 민아가 진수를 보았을 때 집 안은 조용해졌다. 조철봉이 말했던 클라이맥스가 바로 이 장면이었으므로 갑중은 침까지 삼켰다. 그때 진수가 처음으로 민아의 시선을 받았다. 이미 현금 팔억 원을 빼앗긴 터라 진수는 빚을 갚았다는 생각이 들었는지도 모른다. 진수가 먼저 입을 열었다.

"미안해, 할 말 없어."

이제 집 안의 모든 시선이 민아에게로 옮겨졌다. 대답을 기대하는 것이다. 그때 민아가 머리를 돌려 갑수를 보았다.

"저런 놈은 북한으로 데려갈 수 없을까요? 가서 수용소에 넣든지, 아니면 일을 시키든지 할 수 없나요?"

갑작스러운 질문이어서 갑수가 눈을 크게 떴다가 곧 정색했다.

"저런 사기꾼은 용도가 별로 없을 것 같습니다만, 양곡만 축내게 되지 않겠습니까?"

"그럼 갖고 있는 재산을 한 푼도 남기지 말고 다 빼앗아서 가져가세요."

그러자 갑수가 조철봉을 보았다. 묻는 듯한 시선이다. 조철봉이 천천히 머리를 끄덕였다.

"그럼 그렇게 하지, 우리는 먼저 갈 테니까. 저런 놈은 죗값을 받아야지.”

“한 푼도 남겨 놓지 마세요.”

민아가 야무지게 말을 이었다.

“저런 놈은 길바닥에서 죽어야 해요.”

“알겠습니다.”

갑수가 굳어진 표정으로 대답했다.

“반항하면 아예 쥐여서 버리겠습니다.”

그래서 갑수와 일행은 그대로 남고 조철봉은 갑중과 함께 집을 나왔다. 물론 현금 팔억 원은 갑중의 부하들이 나눠 들었는데 모두 들뜬 표정들이었다. 택시에 탔을 때 갑중이 뒷좌석에 앉은 조철봉과 민아를 번갈아 보았다.

“갑수도 이번 원정에서 수입을 단단히 올리겠습니다. 저놈한테서 오억 이상 더 나올 것이 있다고 했거든요.”

갑중이 정색하고 민아를 보았다.

“돈을 배분해 줘야 하나 고민했는데 민아 씨께서 한 방에 처리해주셨습니다.”

물론 민아는 대답하지 않았고 조철봉도 창밖을 보았다. 그러자 갑중도 말을 잇지 않았으므로 차 안은 어색한 정적에 덮였다. 민아가 입을 연 것은 십 분쯤이나 지난 후였다. 택시는 공항을 향해 달려가는 중이다.

“갑자기 모든 일이 한꺼번에 터졌네요.”

혼잣소리처럼 민아가 말을 이었다.

“가슴이 텅 빈 것 같아요.”

"저 돈으로 빚 갚으면 돼, 나머지는 생활비로 쓰고."

조철봉이 말했을 때 민아가 시선을 들었다. 두 눈이 깜박이지도 않고 조철봉을 향해 있다.

"그다음에는요?"

"다시 시작하는 것이지."

"어떻게요?"

"다 받아들일 준비가 되어 있나 다시 한 번 자신을 돌아볼 수도 있겠고."

민아의 눈 밑이 붉어졌고 영문을 모르는 갑중이 눈만 껌벅이다가 아예 몸을 돌렸다. 민아의 검은 눈동자에 조금씩 물기가 배어 가는 것 같았지만 조철봉은 똑바로 보았다.

"베이징에 돌아가서 마음이 변한다고 해도 어쩔 수 없는 일이야."

그러고는 조철봉이 좌석에 등을 붙였다.

"이번에는 내가 기다리기로 하지."

"베이징까지 갈 필요 없어요."

민아가 말했을 때 앞에 앉은 갑중이 움칠 했다. 조철봉에게 몸을 돌린 민아가 바짝 붙어 앉았다.

"날 이렇게 만들어준 당신 은혜를 내가 왜 잊겠어요? 다 받아들일 게요."

조철봉이 베이징의 호텔에 도착했을 때는 밤 10시가 되어갈 무렵이었다. 민아는 조금 어색한 표정을 지었지만 호텔방까지 아무 소리 안 하고 따라왔는데 오히려 그것이 자연스러웠다.

갑중 또한 두 개나 되는 돈 가방을 들고 방에 들어왔으므로 탁자 위에 돈 가방을 내려놓은 셋은 삼각으로 앉았다. 셋 다 저녁을 걸렀지만 아무도 저녁 먹자는 소리를 하지 않았다. 식욕이 일어날 리가 있겠는가? 이런 상황에서 밥 생각이 떠오른다면 인간이 아니다.

인간은 한두 끼니쯤은 정신적인 충만감으로 채운 채 걸러본 경험이 있어야 한다. 탁자 위에 놓인 돈 가방은 달러와 위안화, 엔화에다가 한국 돈까지 합쳐 8억 가까이 되었으니 거금이다. 가방에서 시선을 뗀 갑중이 먼저 입을 열었다. 물론 조철봉을 향한 채 말한 것이다.

"그 사채업자한테는 원금이 3억 5천이었으니 원금만 갚고 해결할 수가 있습니다."

갑중이 말을 이었다.

"거시기, 그것 외에 정민아 씨가 걸려 있는 부채 원금이 대략 4억 정도가 됩니다. 소송이 걸려 있는 것도 있으니 변호사 비용도 대야겠지요."

"저것이면 될까?"

조철봉이 묻자 갑중이 주머니에서 구겨진 서류를 꺼내더니 민아에게 건넸다.

"그것이 전부지요? 체크해 보세요."

서류를 받아든 민아의 얼굴이 금방 붉어졌다가 곧 하얗게 굳어졌다. 자신의 부채 내역이 일자별로 일목요연하게 적혀 있었기 때문이다. 정신을 집중한 민아는 자신도 잊고 있었던 항목이 적혀 있는 것을 보고는 콧잔등에 송글송글 잔 땀까지 솟아났다. 머리를 든 민아가 갑중을 보았다.

"예, 맞아요."

"그 외에는 없습니까?"

갑중이 확인하듯 묻자 민아가 손끝으로 콧등의 땀을 훔쳤다. 손끝이 떨려서 겨냥이 조금 빗나갔다.

"예, 없는 것 같아요."

"좋아, 그럼 네가 해결해라. 하나하나 합의서 받고, 영수증도 잊지 말고."

"변호사에게 맡기겠습니다."

"확실하게 해."

"돈 준비했으니까 열흘이면 다 끝날 겁니다. 기소도 풀리고요."

그러고는 갑중이 서류를 잠시 들여다보더니 가방을 열고 달러 뭉치 3개를 꺼내 민아 앞에 내려놓았다.

"3만 불쯤 남을 것 같습니다. 이 돈은 갖고 계시지요."

"아, 아녜요. 저는…."

"받으세요."

가방의 지퍼를 다시 잠그면서 갑중이 정색하고 민아를 보았다.

"열흘 후에 다 끝내고 돌아오지요, 그때는 마음 놓고 서울 가셔도 될 겁니다."

그러자 민아가 마침내 두 손으로 얼굴을 가렸다.

"정말 죄송해요."

"그 말씀은 사장님한테 하셔야지요."

점잖게 말한 갑중이 힐끔 조철봉을 보았다.

"사장님께서 민아 씨 사정을 들으시고 저한테 지시하신 겁니다. 만 하루 동안에 20명 가까운 인력을 동원해서 알아낸 것이지요."

"정말 고맙습니다."

이제 민아는 손으로 얼굴을 가린 채 흐느껴 울었다. 그때 조철봉이 입을 열었다.

"관심이 있었기 때문이지, 그리고."

조철봉이 쓴웃음을 지었지만 민아는 아직도 그러고 있어서 못 보았다.

"나에 대해서 알려줄 필요도 있을 것 같았고."

그때 문에서 노크 소리가 울렸다.

갑중이 문을 열었을 때 먼저 고동수가 들어섰다. 그리고 뒤따라 들어선 것은 잔뜩 긴장한 박영희였다. 영희가 누구인가? 김갑수와 함께 거룩한 사명을 띠고 중국 땅에 파견된 북한 출신의 미인 아닌가? 남남북녀라는 말이 있었다고 하나 르네상스 시대의 미인들을 보면 대번에 옛말을 믿을 바가 못 된다는 사실을 깨닫게 될 것이다.

미인은 시대에 따라 기준이 달라진다. 용모야 어디로 가겠느냐고 반론을 제기하겠지만 천만의 말씀이다. 그 기준도 변한다. 그러나 여기에도 예외는 있다. 박영희는 한국의 기준으로, 그것도 아주 최근의 기준으로 평가해도 최고급 얼짱인 것이다. 쌍꺼풀도 없는 큰 눈을 올려 뜨고, 그래서 눈동자가 위쪽으로 조금 붙은 그런 표정으로 박영희가 주춤주춤 다가왔을 때 조철봉이 손바닥으로 옆자리를 두드렸다.

"여기 앉아."

그때 영희의 시선이 다시 민아를 스치고 지나갔다. 첫 번째는 방안에 첫발을 디뎠을 때였는데 영희를 정면으로 보는 위치에 앉아 있던 갑중은 눈빛이 파랗다는 느낌이 들었다.

방안에 다섯이 앉았을 때의 구도는 이렇다. ㄷ 자로 배열된 소파의 위쪽에는 조철봉과 영희가 나란히 앉았고 마주보는 위치에 민아와 동수가 앉았으며 갑중은 문 쪽을 향한 자리를 차지했다. 민아는 영희와 정면으로 마주보게 된 것이다.

"여기 이 사람은…."

조철봉이 방안의 어색한 분위기를 먼저 깨뜨렸다.

"북한 출신으로 사업장의 인력 관리를 맡고 있지."

그러자 영희가 민아에게 머리를 숙여 보이며 인사했다.

"박영희입니다. 잘 부탁합니다."

"전 정민아라고 합니다."

인사는 했지만 민아의 머릿속에 오만 가지 생각이 떠올랐다 지워졌을 것이었다. 난데없이 북한 여자를 데려온 이유에서부터 시작하여 조철봉과의 관계 등이다. 그때 갑중이 거들었다.

"우린 북한에서 종업원들을 공급받습니다. 그래서 중국 손님들한테 아주 인기가 좋지요."

민아는 동수한테서도 들은 말이어서 잠자코 시선만 내렸을 때 갑중의 말이 이어졌다.

"사장님께서는 베이징 영업장 관리를 두 분과 상의하시려는 것 같습니다."

그리고 갑중이 가방을 쥐더니 자리에서 일어났다.

"고 사장, 같이 나가지."

"예, 전무님."

동수가 서둘러 따라 일어서더니 곧 둘은 방을 나갔다. 그들은 아직 조철봉이 옌타이에서 갑자기 영희를 불러온 이유를 모르는 것이다. 방에 셋이 남았을 때 분위기는 더 어색해졌다. 민아는 앞쪽의 탁자만 내려다보았고 조철봉도 한동안 입을 열지 않았다.

그중에서 영희가 표정이 제일 가벼웠는데 내막을 모르기 때문이었다. 민아는 이틀 사이에 수십 년 인생에서 겪었던 어떤 곡절보다 더 큰 사건들이 연거푸 일어났다. 죽었다 살아난 것 같더니 이제는 천국에 올라갔다가 물속에 빠진 기분이 들었다. 조철봉의 옆에 앉은 영희에게서 시간이 지날수록 느낌이 짙어지고 있는 것이다. 둘은 보통 사이가 아니었다. 그때 조철봉이 입을 열었다.

"영희는 내 애인이야."

가볍게 말한 조철봉이 부드러운 시선으로 영희를 보았다.

"내가 옌타이에 살림을 차려주었어."

영희가 새삼스럽게 무슨 말을 하느냐는 표정으로 입가에 웃음을 띠었으나 조철봉의 말이 이어졌다.

"하지만 언제든지 보낼 준비가 되어 있지."

그러자 영희는 다시 희미하게 웃었지만 민아가 퍼뜩 시선을 들었다. 민아의 시선을 받은 조철봉이 정색했다.

"난 여자를 믿지도 의지하지도 않아. 그리고 준 만큼 내라고 요구하지도 않고."

그러고는 조철봉이 흥흥 웃었다.

"그럼 섹스만 필요하냐고 물을 순서인데 대답하지. 그것도 아냐."

"그럼 뭔데요."

물은 것은 의외로 영희였다. 그러나 영희의 표정은 밝았다. 민아의 찌푸린 표정과는 대조적이다. 영희가 옆에 앉은 조철봉을 바라보며 다시 물었다.

"여자한테서 뭘 기대하세요?"

"그것도 없어."

거짓말이다. 그러나 조철봉은 얼굴을 굳히고 영희를, 그다음에 민아를 보았다.

"나 스스로 느끼는 성취감뿐이야."

그 말은 맞다. 끊임없이 확인하고 싶고 끝까지 의심하며 살아온 처지라 제 분수를 알기 때문에 감히 내놓지 못하는 것이지 조철봉의 욕망은 다른 사람과 똑같다. 배반당하기 전에 먼저 손을 떼어왔다고 말할 수는 없는 것이다.

허세는 자신감이 결여되었을 때 자주 드러난다. 조철봉은 민아는 물론이고 영희의 표정도 어두워지는 것을 보았다. 애초부터 진실성이 없었으니 마음과 마음이 합일된 기쁨을 기대하지는 않았다. 시간이 지날수록, 겪을수록 가슴은 더 허전해 왔지만 그것은 감수해야만 한다.

영희를 불러내어 이렇게 삼자대면을 한 것도 민아를 장악하기 위해서였다. 너 아니더라도 이런 미인을 정부로 두고 있다는 허세로 민아에게 충격을 주면서 길을 들이려는 의도인 것이다. 이 상황까지 왔으니 민아가 떨치고 일어나지는 못 할 것이라는 계산도 있다. 자존심을 박살내 버린다는 쾌감도 포함되었다. 그때 민아가 머리를 들고 조철봉을 보았다.

"저한테는 뭘 기대하세요?"

영희가 놀란 듯 시선을 주었지만 민아는 차갑게 무시하고 조철봉만 보았다.

"지금도 다 받아들일 수 있겠어?"

시선을 그대로 받은 채 조철봉이 되물었을 때 민아는 주저하지 않고 머리를 끄덕였다.

"변함없어요."

"난 민아한테만 신경쓸 수 없다는 건 알겠지?"

"하지만 난 당신한테만 의지해야 되겠지요?"

민아가 처음으로 당신이라는 호칭을 썼다. 조철봉이 대답 대신 쓴웃음을 지었을 때 민아가 머리를 끄덕였다.

"그래요. 당신하고 있는 동안은 배신하지 않겠어요. 변하게 되었을 때는 말을 하고 떠날게요."

"저, 오늘 어디서 자요?"

그때 불쑥 영희가 물었으므로 조철봉이 웃었고 기대하지도 않았는데 민아도 따라 웃었다. 그러자 영희도 웃었다.

"여기서 주무세요. 난 숙소가 있어요."

그렇게 말했던 민아가 조철봉을 보았다.

"난 영희 씨가 그 숙소 주인인 줄 알았어요."

"그 숙소라뇨?"

영희가 궁금한 듯 물었을 때 민아가 서둘러 봉합했다.

"아녜요. 빈 숙소가 있었거든요."

그러고는 민아의 시선이 조철봉을 스치고 지나갔다. 공모자의 시선이다. 적응력이 빠른 여자였다. 조철봉은 심호흡을 했다. 물론 항상 허전하고 마셔도 마셔도 갈증이 채워지지 않기는 하다. 그러나 이런 분위

기는 보통 사람은 맛보지 못한다. 사기꾼, 그것도 능력이 있는 사기꾼이
어야 가능한 것이다. 조철봉이 정색한 얼굴로 두 여자를 보았다.

"그럼 우리 술이나 한잔할까?"

정민아가 방을 나갔을 때는 밤 한 시가 넘어 있었다. 양주 한 병을 셋
이서 나눠 마셨는데 여자 둘은 서로 잔을 주고받으며 화기애애한 분위
기가 되었던 것이다. 나이를 따졌을 때 민아가 두 살 위였으므로 영희는
당장 언니라고 불러 주었다.

"옷 벗으세요"

소파에 늘어져 앉은 조철봉에게 영희가 다가와 말했다. 그리고는 셔
츠부터 시작해서 바지와 양말까지 차례로 벗겨 내었다.

"민아 언니 참 미인이죠?"

영희가 거침없이 팬티까지 끌어 내리면서 물었다.

조철봉의 앞에 한쪽 무릎을 꿇은 자세로 앉은 영희가 철봉을 두 손으
로 부드럽게 쓸었다.

"내일은 민아 언니한테 가실 거죠?"

"아니."

정색한 조철봉이 머리를 저었다.

"내일은 서울로 돌아갈 거야."

"민아 언니는 놔두고?"

이제는 영희가 철봉을 입에 넣었다가 뺐다. 영희의 두 눈이 불빛을
받아 반짝이고 있었다.

"그래, 놔두고."

조철봉이 손을 뻗어 영희의 블라우스 단추를 풀었다. 그러자 영희가 스커트를 서둘러 벗어 내더니 곧 팬티까지 내렸다. 예전의 영희와는 다른 모습이다. 민아와의 상면에서 자극을 받은 것이다.

"저 여기서 해요?"

알몸이 된 영희가 엉거주춤 선 자세로 물었으므로 조철봉은 잠자코 두 팔을 벌렸다. 소파에 비스듬히 누운 조철봉의 위로 영희가 조심스럽게 걸터앉았다. 영희와는 오랜만에 만난 것이다. 그동안 베트남을 오가면서 중국에 들렀지만 영희는 찾지 않았다. 그런데도 영희의 표정은 밝다. 투정도 부리지 않았고 오랜만에 만났다고 호들갑을 떨지도 않았다.

"해요?"

영희가 그렇게 다시 물은 것은 분위기를 끌어 올리려는 의도일 것이었다. 당장 한 몸이 되는 것보다 뻔한 말이지만 그렇게 물으면서 스스로도 흥분시킨다. 조철봉이 머리를 끄덕이자 영희는 철봉을 샘가에 여러 번 문지르더니 천천히 넣었다. 조철봉이 하던 방식으로 진행한 것이다.

턱을 치켜든 영희가 낮고 긴 탄성을 뱉었다. 이미 샘은 넘쳐나고 있어서 철봉은 뜨겁게 끓어오르는 늪 속에 잠겼다. 상반신을 반듯이 세운 영희가 속보로 걷는 말을 탄 것처럼 허리를 흔들기 시작했으므로 조철봉은 손을 뻗쳐 젖가슴을 움켜쥐었다. 영희의 젖가슴은 크지도 작지도 않아서 손아귀에 한꺼번에 잡혔다. 차츰 영희의 움직임이 빠르고 거칠어지면서 신음도 높아졌다.

오늘은 영희에게 리드를 맡긴 것이 더 자극을 받은 것이다. 그러나 아직도 영희의 행위는 서툴렀다. 각도를 맞추지 못해서 자주 어긋났고 그것이 영희를 더 조급하게 만들었다. 그러면서도 절정에 오르는 것이 마치 서툰 등산가가 미끄러지고 엎어지며 산을 오르는 것 같다.

이윽고 영희가 온몸을 굳히면서 조철봉의 몸 위로 엎드리더니 숨이 끊어지는 것 같은 신음을 뱉었다. 기어이 정상에 오른 것이다. 조철봉은 땀으로 범벅이 된 영희의 상반신을 안았다. 그 순간 문득 가슴이 텅 빈 것 같은 느낌이 들면서 숨까지 막혀왔다. 예전에는 이런 경우가 가장 여유롭고 충만한 순간이었다. 그때 빈틈없이 조철봉의 몸 위에 엎드려 있던 영희가 헐떡이며 말했다.

"사랑해요."

숨을 들이켠 조철봉은 영희의 몸을 말없이 돌려 눕혔다. 그러고는 거칠게 허리를 움직였을 때 참았던 눈물이 쏟아졌다.

거짓말도 반복해서 하면 스스로도 믿게 된다. 평범한 사람들도 그렇게 되는 터인데 조철봉 같은 경우는 오죽하겠는가? 처음부터 제가 한 거짓말을 진심으로 믿고 대드는 판국이니 상대방이 신뢰 않을 리가 없다. 그러나 이것에도 허점이 있다. 제 거짓말을 제가 믿는 상황이 되다 보니 도대체가 진실이 실종되어 버린 것이다.

그래서 때로는 혼자서 머리를 갸웃거릴 때가 있다. 이제까지의 제 행태는 스스로가 아는 터라 제가 믿고 있는 사실에 대한 의문 때문이다. 그래서 항상 속이 허전하고 외롭다. 채워도 채워도 부족해서 마치 걸귀 같다. 사기꾼의 눈물은 사기꾼 스스로 생각해도 값지다. 그래서 조철봉이 다시 영희를 돌려 눕혔을 때 분위기가 수상했는지 그 와중에서도 영희가 눈의 초점을 잡았다. 그러고는 얼굴이 놀람으로 굳어졌다. 조철봉이 울고 있는 것이다.

"우세요?"

이미 영희의 목소리는 떨려나왔다. 조철봉이 그저 허전하고 갈증이 나고, 답답하며 쓰라린 제 업보로 눈물을 쏟는다는 사실을 영희가 어찌 알겠는가? 영희는 제가 뱉은 사랑한다는 말에 대한 반응으로 조철봉이 눈물을 쏟는 줄로만 안다. 그리고 조철봉도 그 효과를 노리며 우연히 쏟아진 눈물을 영희에게 보이려고 돌려 눕혔다. 울고 있는 꼴을 보면서 묻는데 분위기 깨도록 그런다고 대답할 조철봉인가? 영희는 대답을 기대하지도 않았다.

금방 저도 눈물이 그렁해진 영희가 엉덩이를 힘껏 치켜 올렸고 이어서 비틀었다. 답례가 될 것이다. 그러고는 저 혼자서 대번에 절정으로 올라버렸다. 이런 순간이 영희에게는 가장 벅차고 행복한 순간이 될 것이었다. 따라서 조철봉이 절제만 잘 하면 영희의 이번 추억을 끝까지 유지시켜 줄 수도 있을 것이다. 둘의 몸이 떼어졌을 때 천장을 향하고 누운 조철봉이 입을 열었다.

"내가 사랑하는 사람은 영희밖에 없어."

그 순간 거친 숨을 몰아쉬던 영희가 딱 숨을 멈췄다. 조철봉의 말이 이어졌다.

"다른 여자를 안을 때도 있지만 영희하고 있을 때처럼 편안하지가 않아."

다 거짓말이었지만 조철봉의 가슴은 어느덧 편안해졌고 그것이 느낌으로 영희에게 전달되었을 것이었다.

"다 이해할 수 있어요."

영희가 조철봉의 몸에 바짝 붙어 안겼다. 매끈한 피부는 땀에 젖어 찼으므로 마치 싱싱한 물고기가 옆에 붙는 느낌이 들었다.

"민아 언니하고 같이 지내도 좋아요."

영희가 조철봉의 가슴에 입술을 붙이고 속삭이듯 말했다.

"질투하지 않겠어요."

꿈은 현실이 될 수도 있다. 그러나 현실이 된 순간에 조심하지 않으면 악몽으로 변할 수도 있는 것이다. 영희가 꿈같은 소리를 뱉었다고 대번에 응답해준다면 그때부터 분위기는 달라졌을 지도 모른다. 길게 숨을 뱉은 조철봉이 영희의 어깨를 당겨 안았다.

"내일부터 베이징 사업장 관리를 맡아. 집도 이곳으로 옮기고, 고 사장이 다 알아서 해줄 거야."

"그럴게요."

머리를 끄덕였던 영희가 문득 생각이 떠오른 얼굴로 조철봉을 보았다.

"민아 언니는요? 베이징 사업장을 맡길 예정이 아니었어요?"

"아직은."

정색한 조철봉이 천장을 향하고 말했다.

"한꺼번에 다 해주면 안 돼. 차근차근 절차를 밟아야지."

그러고는 조철봉이 쓴웃음을 지었다.

"정신을 차리면 입장도 달라질 것이고."

눈을 감은 정민아는 문득 강남에서 룸살롱을 경영하던 시절을 떠올렸다. 그때는 화려했다. 그야말로 고관대작들이 줄을 잇고 찾아 들었으며 자신의 환심을 사려고 온갖 수단을 다 썼다. 남자는 도도하게 보일수록 꺾고자 하는 욕망이 더 커지는 법이다. 그리고 그 수작이라는 것이 눈에 뻔히 보여서 이쪽 마음대로 조종이 되었다.

줄 듯 말 듯 하면서 애를 태우면 대부분은 발광 직전까지 도달하는 것이다. 그 순간 민아는 퍼뜩 눈을 떴다. 2년 동안 도망자 생활을 하는 동안 한 번도 강남 시절을 떠올리지 않았던 민아였다. 물론 그것은 무의식적인 자기보호 심리가 작용했기 때문이다. 화려했던 옛 시절을 떠올리면 떠올린 만큼 비참한 현실과 대조되어 가슴에 상처를 줄 것이라는 느낌에 대비한 본능이다.

그러나 지금은 다른 것이다. 족쇄가 다 풀렸다. 그 순간 문득 민아의 눈앞에 조철봉의 얼굴이 떠올랐다. 생명의 은인이다. 조철봉이 나타나지 않았다면 지금쯤 사채업자에게 끌려 다니면서 만신창이가 되어 있을 것이었다. 죽지도 못 하게 할 테니 죽는 것이 소원이 되는 처참한 생활이다.

그러나 다시 조철봉의 모습을 떠올린 민아는 강남 시절의 고관대작과 비교해보았다. 탤런트 뺨치는 외모의 김 변호사 얼굴이 떠올랐고 한 번 주기만 한다면 벌거벗고 테헤란로를 뛰겠다던 빌딩 임대업자 오 회장의 얼굴도 떠올랐다. 그들에게 비교하면 조철봉이 조금 처졌다. 심호흡을 한 민아는 벽에 걸린 시계를 보았다. 벌써 오전 9시가 되어가고 있었다.

조철봉은 애인이라는 영희와 함께 있을 테니 어깨도 가벼워졌다. 침대에서 일어선 민아는 가벼운 걸음으로 화장실에 들어섰다. 오늘은 베이징의 고급 백화점을 순례할 계획이었다. 수중에 현금 3만 불이 있었으니 여유는 충분했다.

지금까지 한 번도 베이징의 고급 백화점을 간 적이 없지만 한때 서울 압구정동에서도 날리던 고급 손님이 아니었던가? 저도 모르게 코웃음을 친 민아는 서둘러 옷을 벗었다. 전화벨이 울렸을 때는 샤워를 마친 민아가 알몸으로 화장실을 나왔을 때였다. 수화구에서 예상했던 대로 조철봉의 목소리가 울렸으므로 민아는 긴장했다. 조철봉은 어젯밤 영희하고 진한 밤을 보냈을 터였다.

"어젯밤 즐겁게 지내셨어요?"

민아가 저절로 그렇게 인사를 뱉고 나서 아차 했지만 이미 늦었다. 이차를 나간 손님과 아침 인사를 할 때 쓰던 말투가 이제 그대로 나온 것이다. 이것도 다 조철봉의 덕분이다. 조철봉이 해방시켜줘서 옛날의 본색이 자꾸 나온다. 그러자 조철봉이 차분하게 대답했다.

"그래, 즐겁게 지냈어."

"저, 비꼰 것이 아닌데."

당황한 민아가 말했을 때 수화구에서 짧은 코웃음 소리가 났다.

"알고 있어."

"식사하셨어요?"

인사치레로 다시 그렇게 물었을 때 조철봉이 차분한 목소리로 말했다.

"도망자 신분에서 벗어났으니 생각이 많이 달라질 거야."

"아니, 그건."

"쇼핑도 실컷 하고 마사지도 받고, 만리장성 관광도 다녀와."

"저기요."

"난 오늘 서울 간다."

그 순간 가슴이 철렁 내려앉은 민아가 눈을 크게 떴다. 엉겁결에 소파에 주저앉은 민아가 갈라진 목소리로 물었다.

"언제 오세요?"

아직도 조철봉이 필요한 것이다. 그리고 확실하게 일의 매듭도 짓지 않았다.

줄 듯 말 듯 하면서 애간장을 태우는 것이 한때 민아의 주특기였는데 지금은 거꾸로 되어버렸다. 민아가 날렸을 적에는 그런 상황이 되면 남자들은 발광 직전까지 갔다. 물론 일을 치르고 나면 학질이 떨어진 듯이 시치미를 뚝 뗀 원상으로 돌아가지만 그때는 제정신이 아니었다. 전화기를 쥔 민아의 표정은 초조했다. 김 변호사가, 오 회장이 이런 표정과 비슷했을 것이다. 그때 조철봉의 말이 귀를 울렸다.

"글쎄, 기약 없어. 일이 있으면 바로 올 수도 있고 아니면."

"저 좀 보고 가세요."

민아가 정색하고 말했다. 눈을 크게 뜬 민아가 앞쪽의 벽을 보았다.

"그만 뜸들이세요, 사람 말라 죽는 걸 보려고 그러세요?"

윤회설에 맞는 비유가 될지 모르겠으나 중생은 준 만큼 받는다. 예전 강남 시절에 오 회장이 토씨 하나 틀리지 않고 그렇게 말했었다. 그러자 조철봉이 낮게 웃었다.

"무슨 뜸을 들인다는 거야, 내가?"

이것도 같다. 민아는 시치미를 떼고 오 회장과 김 변호사, 장 사장 등에게 그렇게 말했던 것이다. 그러나 본인이 그것을 이 순간에 느낀다면 진즉 철학자가 되었거나 불교에 귀의했을 것이다. 중생은 본인이 저지른 업보를 대개 모른다.

"저, 집에서 기다릴게요. 아무데도 안 나가요, 당신이 오기까지는."

민아가 투정 반, 애교 반의 코맹맹이 소리로 말했다. 지금까지의 인생에서 민아는 한 번도 이런 대사를 뱉은 적이 없다. 따라서 저절로 자신의 대사에 취한 민아의 목소리에 물기가 섞였다.

"그냥 가시면 난 어떻게 하란 말이에요? 솔직히 그건 나한테 관심이 없다는 말 아녜요? 그럼 내가 여기에 있을 이유가 없잖아요."

조철봉이 잠자코 있었으므로 민아가 쏟아붓듯 말을 이었다.

"다 괜찮아요, 다 이해한다고 했지 않아요? 다 받아들이겠다고도 했어요. 그럼 와서 날 안아 주기라도 해야 될 것 아녜요?"

세상에서 이보다 더 지독한 사랑이 어디에 또 있겠는가? 세상에서 여자로부터 이런 대사를 듣는 남자가 과연 몇이나 되겠는가? 그때 조철봉이 웃음 띤 목소리로 말했다.

"이봐, 섹스가 그렇게 중요한 건 아니야, 그건 나중에 해도 되지 않겠어?"

"싫어요, 해요."

이미 운은 떼었겠다. 민아는 아예 노골적이 되었다.

"당신하고 섹스를 해야 내가 안정감을 찾을 수 있을 것 같아요. 그래야 정상이기도 하고요. 그리고…."

민아의 얼굴이 저절로 붉어졌다.

"난 2년 동안 굶었단 말이에요."

"알았어, 내가 곧 가지."

그러고는 전화가 끊겼으므로 민아는 소파에서 일어나 다시 화장실로 들어섰다. 샤워를 한 지 10분도 안 되었지만 다시 하려는 것이다. 섹스가 그 어떤 행위보다도 중요하다고 여기는 부류일수록 시행착오를 많이 겪는 법이다. 그것을 민아도 경험으로 알고 있다. 섹스를 도구로 사용한다면 백발백중 결말이 좋지 않다는 것도 알고 있다.

그러나 한편으로 섹스만큼 남녀 관계를 편안하게 만드는 방법도 없다. 과정을 과감하게 생략하는 방법도 된다. 이번에는 정성들여 온몸을 씻고 요소에다 향수까지 뿌린 다음 집 안의 옷장에 걸려 있던 실크 가운으로 갈아입고 났을 때 문에서 벨이 울렸다. 민아는 마치 갓 결혼한 남편을 맞는 새댁처럼 설레는 가슴으로 문을 열었다.

"별일 없으시죠?"

문이 열렸을 때 그렇게 말하면서 웃어 보인 사내는 고동수였다. 고동수는 손에 과일 바구니까지 들고 있었는데 표정이 밝았다.

"사장님이 이걸 갖다 드리라고 해서."

"들어와요."

문 앞에서만 이야기할 수 없었으므로 민아는 옆으로 비켜섰다. 조철봉이 대신 동수를 보낸 것이다. 소파에 앉은 동수가 집 안을 둘러보는 시늉을 하더니 말했다.

"사장님은 비행기 시간 때문에 공항으로 가셨습니다. 그래서 저한테 대신 이야기를 듣고 전하라고 하셨는데요."

"그래요?"

쓴웃음을 지은 민아가 가운 깃을 여미더니 동수를 향해 웃었다.

"잠깐만요. 금방 샤워를 해서 옷을 좀 갈아입어야겠어요."

방으로 들어가 옷을 갈아입으면서 민아는 몇 번이나 이를 악물었다가 풀었다. 조철봉이 동수를 보낸 이유부터 알아야겠지만 머리끝까지 열이 올라서 생각이 제대로 정리되지 않았다. 동수에게 어디까지 이야기를 해주었는지도 아직 알 수 없는 것이다.

바지에 셔츠 차림으로 갈아입은 민아가 응접실로 나왔을 때 동수는 한가한 표정으로 TV를 보는 중이었다. 그때는 민아도 조금 진정이 되어서 동수를 똑바로 보았다.

"사장님이 이야기만 들으라고 하시던가요?"

동수는 한때 민아가 강남의 룸살롱 주인일 때 종업원으로 데리고 있던 처지였다. 그러나 지금은 달라졌다. 그때도 호락호락하지 않았지만 지금은 틀이 잡혔다. 인상도 중후하다. 민아의 시선을 받은 동수가 다시 웃었다.

"예, 제가 처리할 수 있는 것은 처리해 드리라고 하셨습니다."

"그렇게만 말씀하셨어요?"

"예, 그런데 무슨 일입니까?"

"이젠 도망자 신세를 청산하고 싶어요."

불쑥 말을 뱉은 민아는 스스로 긴장했다. 준비도 하지 않던 말이었지만 뱉고 나자 시원했다. 그 후부터는 제방이 터진 듯이 말이 쏟아졌다.

"그래서 말인데요, 일이 정리되면 한국으로 돌아가고 싶어요."

"그렇습니까? 그럼…."

"아마 이곳에서 일을 한다고 해도 몇 달 버티지 못할 거예요. 도망자 신세에서 벗어났는데 이곳에 매여 있겠어요?"

"그렇지요."

동수가 건성으로 대답했을 때 다시 민아의 말이 이어졌다.

"다 그렇죠? 화장실 가기 전하고 다녀와서 마음이 달라지는 거 말이에요. 사장님한테 그렇게 전해주세요."

"한국으로 돌아가시겠다고 말입니까?"

"그래요. 한국 일이 정리되면 바로 돌아가겠어요."

"그렇게 전해 드리지요."

머리를 끄덕인 동수가 자리에서 일어서며 말했다.

"어쨌든 고생 많이 하셨습니다. 인생은 어떻게 변할지 모른다는 말이 맞지요?"

"그래요."

민아는 동수가 무슨 말을 하려고 하는지 알았지만 따라 일어서며 말했다.

"정말 실감이 나네요."

힐끗 민아에게 시선을 주었던 동수가 현관으로 가더니 신발을 신었다. 그러더니 갑자기 생각난 듯 민아를 보았다.

"참, 그럼 만일 그 일이 해결되지 않으면 어떻게 하지요? 그냥 여기 남아 계시게 되겠지요?"

그 순간 민아의 눈앞이 노랗게 되었다. 그래서 눈만 껌벅이고 서 있었다. 아직 끝나지 않은 것이다.

정민아의 말이 맞다. 화장실 가기 전과 후가 다르다고 했는데 그것은 조철봉도 마찬가지였다. 보통 때, 보통 경우 같았으면 순조롭게 진행되었을 일들이 이것저것 겨누면서 시간을 끌다보니 진이 다 빠졌다고 할까? 한 마디로 감동이 일어나지 않았던 것이다. 건더기를 다 빼니까 멀건 국물만 남은 꼴이다.

조철봉이 서울에 도착했을 때는 오후 네 시경이 되었다. 사무실 책상에 앉자마자 조철봉은 고동수의 전화를 받았다.

"사장님, 정민아가 한국으로 돌아가겠다고 합니다."

동수의 말투에는 못마땅한 분위기가 배어나왔다.

"한국 일이 풀리는 대로 귀국하고 싶다는데요."

"그러고 싶겠지."

"하지만 사장님."

동수가 말을 이으려다가 말았으므로 조철봉이 정색했다. 왜냐하면 앞쪽 소파에 최갑중도 앉아 있었기 때문이다.

"내가 다시 연락할 테니까 너는 박영희 일이나 도와줘."

"예, 사장님."

전화기를 내려놓은 조철봉을 갑중이 빤히 보았다.

"뭐라고 합니까?"

"정민아가 한국 일이 풀리면 귀국하겠다는 거다."

"잘 풀리지 않을 텐데요."

갑중이 시치미를 뗀 얼굴로 조철봉을 보았다.

"그렇지 않습니까?"

"해결해 줘."

얼굴을 굳힌 조철봉이 말하자 갑중은 머리를 기울였다.

"도대체 형님은, 아니 사장님은."

"무슨 쓸데없는 짓을 하고 다니느냐는 얼굴이구나."

"이런 말씀 드리기 거북하지만 정민아하고는 한 번도."

"안 했지."

"왜 그러신 겁니까?"

"처음에는 거지 신세인데도 건방을 떨기에 뭉개버리고 싶었지."

"그런데요?"

"나한테 매달리게 만들려고 했다."

"그랬지 않습니까?"

"그랬더니 또 마음이 변하더구만."

"어떻게 말입니까?"

갑중이 짜증이 난 듯 이맛살을 찌푸렸다.

"왜 그렇게 이유가 많습니까?"

"아무것에도 구속받지 않는 정민아의 사랑을 받고 싶었지."

"어이구."

"그래, 처음부터 잘못된 거다."

입맛을 다신 조철봉이 머리를 끄덕였다.

"내 주제에 무리한 욕심을 부린 것이지."

"그저 처음부터 그냥."

"그랬어야 했다."

다시 조철봉이 머리를 끄덕였으므로 갑중은 정색했다. 이런 경우는 드문 것이다. 갑중의 의견에 연달아서 동의한 것도 그렇다. 그때 조철봉이 갑중을 보았다. 굳어진 표정이다.

"내가 분수를 몰랐던 거야."

"형님."

"그래서 자꾸 이리저리 비틀기만 하다가 결국은 스스로 지쳐 떨어진 것이지."

"상당히 정민아를 좋아하신 것 같군요."

"날아가게 놔둬라."

길게 숨을 뱉은 조철봉이 의자에 등을 붙였다.

"놓친 새가 크게 보이는 법이고 차라리 잡고 보니 조그맣다고 불평하는 것보다 낫다."

그러고는 조철봉이 입술 끝을 비틀어 올리면서 웃었다.

"하긴 그 과정이 자극적이긴 했다."

전처 서경윤은 이제 다시 원상으로 돌아갔다. 원상이란 조철봉과의 상태가 아니라 이종학과의 관계 회복이 되었다는 것을 말한다. 물론 종학과 경윤의 결혼 생활이 파탄된 것도 조철봉 때문이다. 종학이 발행한 어음을 회전시켜 부도를 내었고 종학이 교도소에 간 사이에 경윤을 다시 손아귀에 넣었던 것이다.

그러다 물론 조철봉의 행태가 영향을 미쳤겠지만 경윤이 다시 학원 원장하고 바람을 피웠고 조철봉이 종학을 다시 끌고 왔다. 종학만큼 착실한 남자도 드물었기 때문이다. 조철봉의 아들 영일도 종학에게 입적되어 이름이 이영일이다.

조철봉이 종학의 집에 찾아간 것은 저녁 무렵이었다. 올해 초등학교에 입학한 영일이는 조철봉을 아저씨라고 부르지만 전처럼 서먹해하지 않는다. 영일에게 잔뜩 전자제품 장난감을 사들고 갔으므로 집 안은 금방 어수선해졌다.

그리고 오늘은 경윤과 종학에게도 선물을 가져갔기 때문에 집 안 분위기가 오히려 더 어색해졌다. 경윤에게는 고급 시계와 가방을, 종학에게도 시계와 넥타이를 10개나 사 간 것이다.

"이렇게 하지 않으셔도."

시선을 맞추지도 못한 채 종학이 중얼거리듯 말했을 때 조철봉은 쓴웃음을 지었다.

"내가 빈손이었다면 이렇게 찾아오지도 못 해, 내 체면을 봐줘야지."

"흥, 체면은 무슨."

경윤이 코웃음을 쳤지만 비싼 시계의 영향은 조금 받았다. 과일을 깎아오고 음료수를 내놓았다. 조철봉은 일부러 경윤의 뒷모습에 시선을 주었는데 그것이 종학의 신경을 불안하게 만들었을 것이다. 자꾸 헛기침을 하면서 좌불안석이 되었는데 오히려 경윤은 태연했다. 종학의 옆에 딱 앉더니 조철봉을 똑바로 보았다. 장난감에 정신을 빼앗긴 영일은 제 방으로 들어가더니 나오지 않았다.

"요즘 영일 아빠 사업이 힘들어."

경윤이 운을 떼었을 때 질색한 종학이 눈을 크게 떴다. 그러나 경윤은 모른 척 말을 이었다.

"자금이 안 풀려, 그러니까 2억만 빌려 줘."

"아닙니다, 형님."

엉겁결에 종학이 경윤 앞에서 조철봉을 형님이라고 불렀다. 하지만 이미 뱉은 말이었고 종학은 당황했다. 종학이 말을 이었다.

"견딜 수 있습니다. 신경쓰지 마십시오."

"우린 영일이 때문에 애도 낳지 않기로 했어."

정색한 경윤이 말하더니 조철봉을 향해 눈을 흘겼다.

"이 사람은 당신보다 아빠 노릇을 백배나 더 잘하고 있어."

"내가 내일 회사로 사람을 보내지."

조철봉이 종학을 바라보며 웃었다.

"넉넉하게 3억 보낼 테니까 걱정 마."

"그리고."

경윤이 다시 말했으므로 조철봉은 입맛을 다셨다.

"또 있어?"

"날 데리고 나가지 마."

"그건 무슨 소리야?"

"앞으로 날 건드릴 생각은 하지 말라고."

그 순간 종학은 시선을 내렸고 조철봉의 눈썹은 치켜 올라갔다.

"아니, 그건."

"안이고 밖이고 네 속을 내가 모를 줄 알아? 그러니까 앞으로 그런 수작은 그만두라고."

조철봉이 역시 눈을 치켜뜬 경윤의 얼굴을 찬찬히 보았다. 그러고는 이윽고 머리를 끄덕였다.

"그러지, 앞으로 이렇게만 찾아오지."

그러자 경윤이 어깨를 늘어뜨리면서 말했다.

"그래서 내가 오늘 당신한테 누굴 소개시켜주려고 해."

5. 전주식당

조철봉의 시선을 받은 경윤이 말을 이었다.

"식당을 하는 내 동창이야. 당신이 혹할 만한 조건을 다 갖췄어. 미인이고 섹시하고 돈도 많아."

"염병."

투덜거린 조철봉이 흘끗 종학을 보았다. 종학이 시치미를 뗀 얼굴로 딴전을 피우고 있는 것이 둘이 미리 상의한 것 같았다. 그때 경윤의 말이 이어졌다.

"물론 걔도 혼자 살아, 이혼한 것이 아니라 남편이 차 사고로 죽었기 때문에."

"이야기 끝났으면 가야겠다."

조철봉이 자리에서 일어나 영일이가 들어간 방을 보았다. 그러자 종학이 서둘러 방으로 들어가더니 영일을 데리고 나왔다.

"영일아, 인사해야지. 안녕히 가시라고."

그러자 전자 장난감을 쥐고 있던 영일이 조철봉에게 꾸벅 머리를 숙였다.

"아저씨, 안녕히 가세요."

그 순간이었다. 갑자기 주르르 눈물이 쏟아졌으므로 조철봉은 당황했다. 그것을 본 종학은 외면했고 경윤의 얼굴은 하얗게 굳어졌다.

"오냐."

겨우 그렇게 말한 조철봉이 손등으로 눈을 닦고는 현관으로 나갔다. 그러고는 배웅을 나오려는 종학의 어깨를 밀었다.

"내일 회사로 사람을 보낼게."

"형님, 번번이 미안합니다."

"아냐. 당연히 도와야지."

그때 뒤쪽에서 경윤이 말했다.

"잠깐, 나 좀 봐."

머리를 돌린 조철봉에게 경윤이 굳어진 표정으로 말했다.

"내가 옷 갈아입고 나갈 테니까 아파트 앞 놀이터에서 기다려."

"너하고 할 이야기는 없어."

"글쎄, 기다리래두."

"형님, 이야기 들어 보시지요."

옆에서 종학이 거들었다.

"영일 엄마가 꽤 생각을 했습니다."

아파트를 나온 조철봉은 심호흡을 했다. 요즘은 눈물이 많아졌다. 시도 때도 없이 쏟아져서 가끔 잘 이용은 해먹었지만 오늘 같은 경우는 귀찮았다. 갑자기 영일이 아저씨라고 불러버리는 바람에 그러지 않아도 소외감을 느끼고 있던 판에 감정이 터져 버렸던 것이다. 놀이터의 나무 벤치에 앉아 있던 조철봉은 곧 아파트 현관을 나오는 경윤을 보았다. 경윤은 거침없이 다가오더니 조철봉의 옆에 앉았다. 주위는 이미 어두워져 있어서 조용했고 경윤이 앉을 때 익숙한 화장품 냄새가 맡아졌다. 경윤이 앞쪽을 본 채 말했다.

"근데 왜 울어? 당신도 울 때가 있어?"

"잔소리 말고 용건이나 말해."

"외롭지?"

불쑥 물은 경윤이 머리를 돌려 조철봉을 보았다. 아파트에서 흘러나온 불빛을 받아 경윤의 두 눈이 반짝였다.

"그렇지?"

"염병하네."

"가끔 가슴이 미어지도록 허전하지?"

"웃겨."

"그러다가 다시 다른 여자를 찾고, 또 거짓말을 늘어놓고, 그렇지?"

"내일 낮에 한번 줄래?"

"주는 건 문제가 아냐. 저 사람도 다 알고 있으니까."

"행복하겠다. 너는 둘이나 갖고 노니까."

"그럼 내일 나하고 내 친구 만나러 가. 내가 약속해놓을 테니까."

"먼저 너하고 한번 하고."

"내일 12시에 크라운호텔 커피숍에서 봐."

"내가 방을 잡아놓고 있다가 커피숍에서 만나서 바로 올라가면 되겠다."

그러자 경윤이 일어나 뒤도 안 돌아보고 놀이터를 나갔다.

다음 날 12시 정각에 커피숍으로 들어선 조철봉은 서경윤을 보았다. 안쪽 창가에 앉아 있는 경윤은 혼자가 아니었다. 여자와 나란히 앉아 있는 것이었다.

"왔어?"

다가선 조철봉에게 경윤이 그렇게 말했고 같이 있던 여자는 일어섰다. 그래서 여자가 1미터 67쯤의 신장에 날씬한 몸매의 소유자라는 것이 드러났다. 그리고 경윤이 말한 대로 미인이었다. 이목구비가 섬세했고 선이 부드러웠다. 경윤은 조철봉의 취향에 맞는 여자를 알고 있는 것이다.

"이쪽은 내 친구 오세은 씨, 그리고 이쪽은 내 전남편 조철봉 씨."

가볍고 빠르게 둘을 소개한 경윤이 얼굴을 펴고 웃었다.

"막상 이런 상황이 오니까 기분이 묘해지는데, 아깝다는 생각도 들고."

"그럴 줄 알았어."

세은이 웃음 띤 얼굴로 말을 받았다.

"난 진즉 눈치를 챘다, 애."

조철봉은 지그시 세은을 보았다. 남편을 잃었다는 선입견이 있었기 때문인지 예상보다 밝은 분위기의 여자로 느껴졌다. 목소리도 맑고 고왔다. 이런 음성의 여자를 만나면 먼저 신음을 토해낼 때의 목소리를 연상하는 것이 조철봉의 취미였지만 오늘은 그렇게 되지 않았다.

전처 경윤이 겉으로는 웃고 있었지만 분위기를 조금은 짐작할 수 있었기 때문이다. 한때는 사랑했던 경윤이었고 자식까지 낳았지만 그 후에 온갖 곡절을 함께 겪은 사이인 것이다. 선의인지 악의인지는 아직 예측할 수 없었으나 감회가 새로울 것이 분명하다. 그때 세은이 머리를 돌려 조철봉을 보았다. 여전히 웃음 띤 얼굴이다.

"경윤이한테서 이야기 다 들었어요. 듣고 나서 만나게 해달라고 부탁도 했고요."

"그래요?"

여전히 정색한 조철봉이 힐끔 경윤을 보았다. 경윤은 이제 시치미를 뗀 얼굴로 옆쪽으로 시선을 돌리고 있다.

"나를 어떤 놈이라고 했습니까? 우선 듣고 나서 그 수준에 맞추지요."

"지금 남편을 도와주고 계시다면서요?"

"그거야 뭐."

"그리고 자주 오셔서 영일이 선물도 주시고."

"따지고 보면 나만 한 남자도 없지요."

심호흡을 한 조철봉이 어깨를 폈다.

"오지랖이 아마 이 커피숍만큼은 넓을 겁니다."

"시끄러."

그때 정색한 경윤이 조철봉을 노려보았다.

"그리고 네가 오늘도 호텔방 잡아놓고 먼저 한번 하자고 한 것까지 다 이야기 했어, 그러니까 오버하지 마."

"이런, 염병."

어깨를 늘어뜨린 조철봉이 이번에는 숨만 길게 내뿜었다. 바쁜 일을 젖혀두고 오늘 이곳에 나온 이유를 분석하라면 경윤과의 섹스에 대한 기대는 20퍼센트쯤 될 것이다. 그리고 세은인지 세금인지를 만날 기대는 10퍼센트도 안 되었다. 나머지 70퍼센트 가량은 미련 때문이다.

지금까지 수많은 여자를 거쳤고 경윤보다 몇십 배는 더 황홀한 순간을 함께한 여자도 겪었던 조철봉이다. 그러나 경윤은 조철봉에게 더럽고 황폐했지만 어렸을 적 추억이 박힌 고향 같은 존재였다.

또한 경윤은 조철봉을 조철봉 자신보다 더 잘 아는 여자이기도 했다. 그리고 또한 조철봉의 단 한 점 혈육인 영일을 데리고 있는 경윤이다. 어떻게든 관계가 지속되어야 하는 것이다. 그 순간 세은이 입을 열었다.

"매력이 있어요, 저한테는. 호기심이 가기도 하고요, 그러니까 신경 쓰지 마세요."

그때 경윤이 자리에서 일어섰다.

"난 가볼게, 그럼."

둘에게 시선도 주지 않고 말한 경윤이 대꾸도 듣지 않은 채 사라져 버렸을 때 먼저 세은이 입을 열었다.

"왜요? 아직도 경윤이한테 미련이 있어요?"

"저 여자가 그럽디까?"

"아니, 그렇게 보여요, 나한테도."

"하긴 전처가 여자를 소개해준다고 해서 나온 것부터가 정상은 아니지."

"욕심이 많으신 것 같아요."

조철봉이 시비조로 말하는데도 세은은 차분했다. 얼굴에도 여전히 웃음기가 떠올라 있다.

"하긴 경윤이가 먼저 바람을 피웠다니까 어쩌면 당연한 일인지도 모르죠."

"그렇게 말하던가요?"

"그랬어요."

저도 모르게 신음을 뱉은 조철봉이 세은을 보았다. 통하는 친구에게 다 털어놓는 경우도 있다지만 경윤이 세은에게 어디까지 말했는지 예측할 수 없었던 것이다. 세은이 이제는 웃음기가 가신 얼굴로 말했다.

"부담 갖지 마세요. 나도 꼭 누구하고 결혼하겠다는 생각은 하고 있지 않았으니까."

"그렇다면 호기심으로 나오신 것인가?"

"그렇다니까요."

"내가 경윤이와 헤어진 후로 다른 여자하고 한 번도 섹스를 하지 않았다는 이야기를 하던가요?"

"어머, 세상에."

동그랗게 커졌던 세은의 눈이 곧 가늘어졌다. 그리고 눈웃음이 만들어졌다.

"그런 얘기는 못 들었지만 사실인가요?"

"맹세코 사실입니다."

"여자가 많다고 들었는데."

"다 허세지요."

"믿어지지 않아요."

"물론 여자 생각이 나면 자위를 했지요. 창피한 노릇이지만 말입니다."

"그렇게까지…."

"꼭 여자하고 해야 됩니까? 얼마든지 다른 방법으로 성욕을 풀 수 있는 겁니다."

거짓말이 때로는 진실보다 더 진실같이 보이는 경우가 있다. 그것은 전혀 예상하지 못했던 답이 나왔을 때 듣는 자가 잠깐 혼란에 빠지면서 발생한다. 이번 경우가 바로 그것에 해당될 것이다. 세은의 머리가 한쪽으로 기울어졌다.

"그건 너무 집착하는 것 아녜요?"

"천만에."

조철봉이 대뜸 머리를 저었다.

"지금 당장이라도 섹스를 해보일 수가 있지요. 사업을 하다 보니까 다른 여자와 그런 분위기를 만들지 못했다는 것뿐이지요. 실은 이런 이야기를 여자하고 나누는 것도 경윤이와 헤어지고 나서 처음입니다."

이제 조철봉의 거짓말에 신이 올랐다. 그것은 자신이 자신의 거짓말을 믿어가고 있다는 것을 의미한다. 조철봉이 깊이 있는 눈으로 세은을 보았다.

"물론 유혹도 많았지요. 하지만 시작하는 것이 부자연스러웠고 시간이 지나면서 귀찮아졌습니다. 쉽게 말하면 감정이 일어나지 않았다는 겁니다."

"상처가 컸기 때문인가요?"

"영향은 조금 있었겠지만 그것 때문만은 아닙니다."

그리고 조철봉이 눈썹을 모은 뒤 세은을 보았다.

"나하고 방에 올라가지 않으시렵니까? 당신하고 섹스를 하고 싶은데."

당연하게 귀싸대기를 맞아야 정상인 말이었으며 그것을 각오하고 있었던 조철봉이다. 산란해진 마음을 그렇게 해서 마무리하고 회담을 끝낼 계산도 작용했다.

그 순간 세은이 정색하고 시선을 주었으므로 조철봉은 어금니를 물었다.

"나중에요."

세은이 부드럽게 말했다.

"나중에 해요."

"그렇게 합시다."

다소 맥이 빠진 조철봉이 선선히 머리를 끄덕이고는 손목시계를 보는 시늉을 했다.

"그럼 나중을 기약할까요? 연락처라도 남겨 주실랍니까?"

"이게 제 식당 전화번호예요."

세은이 가방에서 명함을 꺼내 내밀었다.

"찾아오셔도 돼요. 한정식으로 꽤 소문난 곳이니까요."

명함을 내려다본 조철봉이 읽었다.

"전주식당이라, 전주가 고향입니까?"

"어머니 고향이죠, 하지만 음식은 모두 전주식입니다."

"그렇다면 나중이 식당에 가는 날이 됩니까?"

"그렇게 될 수도 있겠네요."

웃음 띤 얼굴로 말한 세은이 자리에서 일어섰다.

"만나서 자극을 받았어요. 기뻐요."

묘한 인사였으므로 조철봉이 우물쭈물하는 사이에 세은은 몸을 돌렸다. 조철봉이 회사에 돌아왔을 때는 오후 세 시경이었다. 그때는 이미 최갑중이 와서 기다리고 있었는데 이번에는 무슨 용건이냐는 얼굴로 조철봉을 보았다.

갑중은 이종학의 회사에 가 있었는데 다시 조철봉이 조사를 할 일이 생겼다면서 불러 낸 것이다. 사장실에서 마주앉았을 때 조철봉이 세은한테서 받은 명함을 내밀었다.

"내가 영일 엄마한테서 내 결혼 상대로 소개받은 여자다. 오늘 중으로 조사를 해 놓도록."

시큰둥한 표정으로 명함을 받았던 갑중이 금방 눈을 둥그렇게 떴다.

"어? 서초동 전주식당이네? 이 집은 유명한 곳입니다."

"너도 가봤어?"

"한 번 가서 두당 10만 원짜리 한정식을 먹었는데 기가 막혔습니다."

"밥에 금을 입혔더냐? 두당 10만 원이라니? 순 도둑놈들 아녀?"

"가보시면 알 겁니다."

그러더니 갑중이 눈을 좁혀 뜨고 조철봉을 보았다.

"그런데 영일 엄마가 이 식당 사장을 소개시켜 줬다고요?"

"학교 동창이란다."

"그래요?"

"나가서 조사해봐."

"그것 참."

"나가."

조철봉이 재촉하자 갑중은 꾸물거리며 일어서더니 한 마디 했다.

"별일이네. 돈 3억 받은 대가로 여자를 붙여준 것인가?"

갑중은 종학에게 3억을 건네주고 나서 차용증과 각서까지 다 받았지만 이미 떼인 돈이라고 믿고 있었다. 갑중이 방을 나갔을 때 조철봉은 지친 표정으로 의자에 등을 붙였다. 갑중의 말이 맞을지도 모르는 것이다.

종학은 성실했지만 맺고 끊는 것이 확실하지 못해서 사업이 계속 부진을 면치 못하고 있었다. 인정에 얽매여 원자재 업체를 바꾸지 못하고 생산비를 절감시키기 위해서 과감한 긴축 경영을 하지도 못 하기 때문이다.

사업의 목적은 이윤 창출에 있는 것이다. 이익이 나지 않는 부분을 잘라내지 못할 바에는 사업을 그만두고 자선단체나 결성하는 것이 낫다. 갑중이 다시 사장실로 들어섰을 때는 오후 여섯 시경이었으니 조철봉의 신임을 받을 만한 동작이었다. 세 시간 동안에 조사를 해온 것이다.

"재산이 엄청 많습니다."

소파에 앉자마자 갑중이 제일 호감이 가는 부분부터 보고를 시작했다.

"오세은 씨가 어머니한테 물려받은 재산인데 부동산 가격만 5백억대가 됩니다."

"어머니가 부동산 사업했나?"

"아닙니다. 어머니가 전주식당을 40년 동안 경영하면서 번 돈으로 강남에다 땅을 샀다는 겁니다. 어머니가 지금도 살아계신데 여장부라고 합니다."

"그러면 그렇지. 어머니한테서 물려받았군, 저는 숟가락만 들고 있었고."

"하지만 오세은 씨가 전주식당을 경영한 지 3년 되었는데 월 매출이

2억입니다. 어머니보다 장사를 더 잘하고 있는 셈이지요."

"남자관계는?"

"남편이 수년 전에 차 사고로 죽고 지금까지 스캔들이 없습니다. 물론 이건 급하게 조사를 한 것이라 아직 확실하지는 않습니다. 그리고."

갑중이 주머니에서 서류를 꺼내어 조철봉의 앞에 내려놓았다.

"대학 때 성적표입니다. 영일 엄마하고 같은 과 다닌 것도 사실입니다."

성적표를 훑어본 조철봉이 머리를 끄덕였다.

"성적이 중위권이군. 공부를 잘하는 외모는 아니었어."

"남편과는 대학 때 미팅에서 만나 3년 연애를 하다가 결혼했습니다. 4년 살았지만 자식은 없습니다."

"성격은?"

"주변의 몇 사람한테 물어보았는데 예의 바르고 계산이 확실하다고 했습니다. 평도 좋은 편입니다."

"남자가 있을 법한데, 이상하다는 생각이 안 들어?"

"바쁘다 보면 없을 수도 있지요."

갑중이 정색하고 조철봉을 보았다.

"사장님 기준으로 판단하시면 안 됩니다."

"넌 이 여자가 마음에 드는 모양이군."

"이 여자가 사장님한테 온다면 저라도 엎드려서 절을 하겠습니다."

"10만 원짜리 한정식 공짜로 먹으려고 말이지."

"한번 매진해 보시지요."

"무슨 표가 다 팔렸다고?"

"제 예감입니다만 지금까지의 형님 스타일로 대들었다가는 당하실 확률이 큽니다."

갑중이 형님 호칭을 쓰는 것은 친근감의 표시도 되었지만 진실성이 더 포함되었다는 의미였다. 갑중의 말이 이어졌다.

"한번 해 보시지요, 제가 적극 후원하겠습니다."

"그렇다면 뒷조사를 더 해라."

이제는 조철봉도 정색하고 말했다.

"네 말대로 내가 한번 해볼 테니까 말이야. 한 번 하기로 약속을 했거든."

갑중이 무슨 말이냐는 듯이 눈을 크게 떴지만 조철봉은 대답하지 않았다. 그러나 호기심이 더 일어난 것은 사실이었다. 그만한 미모에 그만한 재산을 소유하고 있으면서도 드러난 스캔들이 없다는 것도 궁금증을 불러일으켰다.

조철봉의 기준에서 본다면 뭔가 문제가 있어야 그런 결과가 나오는 것이다. 그리고 또 하나 처음부터 걸리던 요소가 있다. 경윤이 소개시켜 주었다는 사실이다. 여러 번 생각해도 경윤의 의도가 불투명했다.

이런 알짜배기 왕건이를 안겨줄 만큼 경윤의 심성이 곱지가 않은 것이다. 오히려 재를 뿌려야 정상인 여자다. 그때 머리를 든 갑중이 생각난 듯 말했다.

"참, 그 여자는 봉사활동을 합니다. 일주일에 한 번씩 지체 장애인한테 가서 빨래를 해주고 온다는데요."

그러자 조철봉은 길게 숨을 뱉었다. 일은 더 오리무중이 된 느낌이 들었기 때문이다.

"역시 속물이었어. 네 말이 맞다."

오세은이 예상했다는 표정으로 말하자 서경윤은 쓴웃음을 지었다. 점심때가 지난 오후 3시경이어서 홀 쪽은 조금 한산해져 있었으나 아직도 방 손님은 하나도 빠지지 않았다. 오세은과 서경윤은 안쪽 내실에 앉아 있었는데 앞에 놓인 CCTV 화면으로 식당의 모든 구석까지 다 보였다. 세은이 웃음 띤 얼굴로 경윤을 보았다.

"네가 쓰다버린 폐품이라 아무리 칠을 하고 광을 내어도 선입견이 떨어지지가 않아. 어쨌든 불량품이야."

"그래?"

눈썹을 찡긋 해보인 경윤이 두 다리를 길게 뻗었다

"넌 내 동창 중에서 사업으로 제일 성공한 축에 들어서 그 사람을 소개시켜 준거야. 네가 나한테 경쟁의식 따위는 없으리라고 생각했거든."

"그런데 막상 얼굴을 보니까 안 돼. 네가 버린 쓰레기라는 인상이 안 지워져."

"세상에."

쓴웃음을 지은 경윤이 머리를 저었다.

"조철봉이 불쌍하게 되었군."

"너도 그렇게 만드는 데 일조를 해놓고선 뭘 그래?"

"난 또 그것이 너한테 자극적인 요소로 작용할 줄 알았지."

"내가 어린애냐?"

세은이 눈을 흘겼다.

"너하고 헤어지고 나서 한 번도 섹스를 안 했다느니, 자위를 했다느니 말도 안 되는 거짓말을 늘어놓으면 내가 감동받을 줄 알았을까? 내가 너한테 이런 이야기를 하는 건 조금 미안하지만 너, 그 사람하고 잘 헤어졌어. 너하고 격이 맞지가 않아.”

“그러니?”

“저질이야. 내가 사람을 많이 겪어봐서 그런 부류를 잘 알아.”

“그렇겠구나.”

머리를 끄덕인 경윤이 손목시계를 들여다보는 시늉을 하더니 자리에서 일어섰다. 오늘은 지나가는 길에 들렀다고 했지만 세은에게 조철봉을 만난 감상을 들으려고 했던 경윤이다.

“나 애를 학원에 데려다 줘야 해.”

경윤이 서둘자 세은은 빙그레 웃었다.

“어쨌든 네가 부럽다. 귀여운 아이에다 남편이 둘이나 있지 않아?”

“망할 년.”

눈을 흘겨 보인 경윤은 식당을 나와 주차장에 주차시켰던 차에 오르자마자 핸드폰의 다이얼을 눌렀다. 그러나 번호를 잘못 눌러서 다시 시도해야만 했다. 조철봉의 회사에 전화한 지가 오래되어서 번호를 잊었기 때문이다. 이윽고 조철봉의 응답 소리가 울렸을 때 경윤의 눈썹이 곤두섰다.

“나 좀 봐. 내가 회사 들어가기는 뭣하고, 회사 근처로 갈게.”

“아니, 왜?”

“글쎄 할 이야기가 있어.”

“그럼 오늘은 한 번 줄 거냐?”

“내가 근처에서 전화할게.”

그러고는 핸드폰의 덮개를 닫은 경윤이 가쁜 숨을 진정시켰다. 말끝

마다 한 번 하자고 나대는 조철봉의 행태를 대하자 얼굴을 열 손가락으로 쫙 할퀴고 싶은 충동이 일어났다가 곧 측은해졌다.

할 수 있는 짓이라고는 그 짓밖에 없는 불쌍한 존재로 비치고 있는 조철봉이다. 회사 근처 빌딩에 우선 차부터 주차시켜놓고 커피숍에 들어선 경윤은 전화를 했다. 그러자 조철봉은 5분도 되지 않아서 나타났는데 싱글벙글 했다. 눈동자만 위로 치켜들고 그 모습을 본 경윤은 소리 죽여 숨을 뱉었다. 천치 같아서 다시 불쌍해졌기 때문이다.

조철봉이 자리에 앉았을 때 경윤은 심호흡을 하고 열기를 식혔다.

"갑자기 웬일이야?"

여전히 웃음 띤 얼굴로 조철봉이 묻자 경윤은 눈을 치켜떴다.

"걔 말이야, 오세은이."

"어, 그래서?"

"정말 나까지 개한테 망신시킬 거야?"

"어? 무슨 일인데?"

"도대체 어떻게 한 거야?"

그러다가 경윤은 자신도 일조를 했다는 세은의 말을 상기하곤 말을 바꿨다.

"나만 망신당했잖아."

"누구한테?"

"오세은이지 누군 누구야?"

"무슨 망신을 당했다는 거야?"

"당신이 저질이래. 늘어놓는 거짓말도 구역질이 나고, 저하고는 격이 맞지 않는 상대라고 하는데."

그리고 경윤이 어금니를 물었다가 풀었다.

"조철봉 씨, 재주가 고작 그것뿐이야? 기껏 뭘 만들어주면 나까지 망신시키고 끝내는 거야?"

"나, 이것 참."

얼굴을 굳힌 조철봉의 시선이 옆쪽으로 비껴갔다가 돌아왔다.

"그렇다면 한 가지만 묻자."

정색한 조철봉이 경윤을 보았다.

"네가 그 여자를 나한테 소개시켜준 진의만 알려줘, 그것만 말해주면 돼."

그러자 경윤의 표정도 굳어졌다. 그러나 아직 어금니를 문 채 입을 열지는 않았다. 조철봉이 재촉했다.

"그것이 중요해. 그러면 다 풀리게 되어 있어."

"좋아, 말하지."

어깨를 부풀렸던 경윤이 길게 숨을 뱉고 말했다.

"그 기집애 너무 잘난 체하는 것이 꼴 보기 싫었어. 그것이 그 기집애를 소개시켜준 첫 번째 이유야."

"아주 못된 심보로군. 그래서 오세은이 나한테 당하고 질질 짜도록 만들고 싶었단 말이지?"

"그래."

경윤이 똑바로 조철봉을 보았다.

"그 기집애는 눈이 높아. 하지만 엉뚱한 부분도 있어서 당신하고 조금 어울릴지도 모른다고 생각했어."

"나를 생각하셨다?"

"그래, 오세은과 결합하면 손해는 아니잖아? 내 체면도 서고."

"그래서 내가 너하고 가끔 만난다는 이야기도 해주었군."

"그 기집애가 재미있다고 해서 결국 내가 넘어갔어."

조철봉이 그때서야 다가온 종업원에게 커피를 시키더니 의자에 등을 붙였다. 이제는 표정이 부드러워져 있다.

"그럼 네가 여기 온 목적을 말해줘. 화가 나서 잔소리하려고 온 것은 아니겠지?"

"그래, 걔는 고3 때 강간을 당해서 섹스 기피증이 있어. 죽은 남편하고도 거의 섹스를 하지 않았어."

"네가 어떻게 알아?"

"내가 그 남편한테서도 들었거든."

"그놈까지 만난 거야?"

"시끄러."

정색한 경윤이 말을 이었다.

"하지만 욕구는 있어서 나한테도 언제나 그런 걸 물어봐. 체위나 강도까지 말이야. 그러다가 막상 기회가 닥치면 굳어진다는 거야."

"입만 살아있는 기집애군."

입맛을 다신 조철봉이 머리를 저었다.

"야, 쌔고 쌘 여자 중에서 석녀를 골라 뜨겁게 만들라는 것 같은데, 내가 미친놈이냐? 아서라 말아라. 돈이고 뭐고 제 분수나 알고 떠들라고 해."

그러고는 경윤을 돌려보냈지만 세은에 대한 조철봉의 심사가 뒤틀린 것은 당연한 이치였다. 솔직히 석녀인지 목녀인지 그런 것이 흠이 되지는 않는다. 회사로 돌아온 조철봉이 자리에 앉았을 때는 오후 6시가 되어갈 무렵이었다.

퇴근하고 돌아갈 가정이 있다가 없어지면 굉장한 공황상태가 된다. 그것은 겪어보지 않은 사람은 전혀 이해할 수가 없다. 단순하게 있다가 없어진 정도가 아닌 것이다. 그 가정에는 모든 것이 들어 있다. 인적인 요소뿐만 아니라 지금까지 닦아온 과거와 미래의 꿈까지 다 섞여 있어서 가정을 빼앗긴 사람은 대부분 혼자 지탱하기 어렵다.

경윤과 헤어져 혼자 있게 되었을 때 조철봉은 밤마다 나이트클럽을 순회했다. 그렇지만 한 달이 못 가 지쳐 떨어졌는데 술로 위까지 상해서 겁으로 고생을 했다.

조철봉이 인터폰을 누르자 곧 유진경이 대답했다. 진경은 영업부 차장으로 지금도 중고차 매매를 담당하고 있다. 곧 문이 열리더니 진경이 들어섰는데 긴장한 듯 얼굴은 굳어 있었지만 눈빛은 또렷했다.

조철봉과 시선이 마주쳤어도 진경의 눈동자는 움직이지 않았다. 그동안 피부는 더 윤기가 났고 몸매는 더 튼실해졌다. 납치범 같던 남편 전태성은 지금도 시골의 정신병원에 갇혀 있었지만 이제는 오줌, 똥도 가리지 못한다는 것이다.

"부르셨어요?"

진경이 묻자 조철봉은 머리를 끄덕였다.

"오늘 저녁에 갈 테니까."

"저녁 집에서 드실 거죠?"

"응, 그래."

"그럼 먼저 갈게요."

얼굴이 환해진 진경이 몸을 돌리다가 생각난 듯 말했다.

"기뻐요."

조철봉은 진경이 몸을 돌렸으므로 웃음 띤 얼굴을 보여주지 않아도 되었다. 그만큼 진경은 신경을 쓰게 만들지 않으려고 노력하는 것이다. 서울에 도착한 지 닷새째인 오늘에서야 찾아가는데도 진경은 투정은커녕 기쁘다고 하는 것이다.

조철봉이 진경의 아파트에 들어섰을 때는 저녁 8시경이었다. 손에는 진경의 다섯 살짜리 딸에게 줄 커다란 인형과 전자 장난감 박스를 들고 있었으므로 현관 앞은 어수선해졌다. 이제는 조철봉에게 친숙해진 딸이 목을 감아 안고 뽀뽀까지 해주었기 때문이다.

영일에게도 받아보지 못한 대접에 조철봉은 감격했다. 진경의 딸 유나가 돈 가치를 알고 있다면 지갑에 있는 돈을 다 주었을 것이다. 아파트에는 진경의 친정어머니와 동생까지 있었으므로 분위기가 화목했다. 유나가 딸이라 붙임성이 더 있기 때문인지 아니면 어미가 시켰는지 알수 없었지만 조철봉은 이곳이 가정 같았다.

진경의 어머니는 장모 같았고 동생은 처제처럼 느껴졌다. 찌개에 구이, 갖은 나물까지 준비한 저녁을 마친 조철봉은 진경의 어머니와 나란히 앉아 TV를 보았다. 자꾸 주방으로만 가려는 어머니를 끌어온 것이다.

"어머니, 겨울에 옷 한 벌 사 입으시고 어디 여행이나 다녀오시지요."

그러면서 조철봉이 주머니에 넣어둔 봉투를 꺼내 진경의 어머니 손에 쥐어 주었다.

"아니, 이 사람아."

진경의 어머니가 질색을 하며 봉투를 밀어냈지만 조철봉이 정색했다.

"그럼 제가 서운합니다. 제 성의를 그렇게 무시하시면 어떻게 합니까?"

"어디, 얼마 들었나 보자."

어느새 진경이 다가오더니 어머니 손에서 봉투를 채갔다. 그러고는 놀라 눈을 크게 뜨고 소리쳤다. 물론 분위기를 띄우기 위한 과장도 조금 섞였다.

"어머나, 오백만 원이네."

돈으로 다 되는 세상은 아니다. 그러나 돈을 잘만 사용하면 처우가 180도 달라진다. 처우뿐만이 아니라 인생까지 달라질 수가 있는 것이다. 아등바등 돈을 모아서는 친구들 모임에서까지 갖은 수모를 당하면서도 밥값 한 번 내지 않다가 비명에 세상을 떠난 사내가 있었다. 수백억 재산을 남겼지만 상갓집은 텅 비었다.

그런 사내가 처자식한테 후덕할 리가 없어서 시신이 아직 식기도 전에 아들, 딸, 처까지 나뉘어 재산을 찢어발기려고 아귀가 되어 있었다. 업보이다. 살아서도 주위 사람들에게 온갖 수모와 경멸을 당하면서 악착같이 돈을 모으다가 죽었다. 세상에 그렇게 고통스러운 삶이 있을까? 돈이 차곡차곡 쌓이는 희열을 만끽할 여유가 있었을 리가 없다.

먹어도 먹어도 허기가 지는 걸귀 같은 인생을 살다가 갔을 뿐이다. 진경이 다시 어머니에게 봉투를 내밀었다.

"엄마, 받아."

"받으세요, 지금까지 변변한 선물도 사드리지 못했습니다."

"어서."

그러면서 진경이 어머니 손에 봉투를 쥐어주었다. 그날 밤 모두 제 방으로 돌아갔을 때 진경이 침대에 누워 있는 조철봉의 옆으로 다가왔다. 밤 12시가 넘어 있어서 주위는 조용했다.

"고마워요."

가운 차림의 진경이 조철봉을 내려다보았다. 금방 샤워를 하고 난 진경의 얼굴은 반들거렸다. 가운만 벗으면 알몸이 드러날 것이었다.

"엄마는 그런 큰돈을 처음 받아 보았을걸요? 엄마는 감동 먹었어요."

"이리 와."

조철봉이 말하자 진경은 선 채로 가운을 벗었다. 그러자 미끈한 알몸이 드러났다.

젖가슴은 아직도 단단했고 아랫배는 군살이 없는 데다 허벅지의 살집은 충실했다. 아직 불을 환하게 켜놓은 터라 조철봉은 눈앞에 펼쳐진 진경의 알몸을 보았다.

"어때요? 좋아요?"

진경이 한쪽 다리를 조금 벌리면서 눈웃음을 쳤다. 그러자 숲속의 골짜기가 드러났다.

"으음, 좋구나."

조철봉이 감탄한 표정으로 머리를 끄덕였다. 진경은 분위기를 끌어올리려고 의도적인 연출을 하고 있었지만 조금도 어색하지 않았다.

"이대로 더 있어요?"

진경이 몸을 더 비틀었을 때 조철봉은 빙긋 웃었다.

"그만 됐어."

따라 웃은 진경이 시트를 들치고 옆으로 다가오더니 조철봉의 철봉을 손으로 쥐었다.

"금방 할 것 같아요."

"그럼 안 되지."

"내가 위에서 먼저 해요?"

조철봉이 머리를 끄덕이자 진경은 조철봉의 몸 위에 앉았다. 정면으로 보며 앉은 것이다.

"난 흘러요, 그러니까 넣을 게."

진경이 철봉을 쥐면서 말했다. 그냥 넣을 수 있는데도 그렇게 말하는 것은 분위기를 띄우려는 것이다. 섹스는 그야말로 천차만별이다. 30년 동안 마누라하고만 섹스를 해도 매번 다른 분위기를 느낄 수 있다. 마음먹기에 따라서 섹스는 모두 달라질 수가 있는 것이다.

조철봉은 물론이고 진경도 그것을 알고 있었다. 서로 배려하고 성의를 보이면 된다. 조금만 노력해도 잠자리에서 얼마든지 새로운 느낌을 받을 수가 있는 것이다. 진경은 말대로 흐르고 있는 샘에 철봉을 넣었다.

조철봉과 최갑중이 전주식당에 찾아간 것은 다음 날 점심때였다. 전주식당은 주차장도 넓은 데다 주차 요원까지 있어서 그들은 금방 식당 안으로 안내되었다.

식당은 홀과 방으로 나뉘어 있었는데 12시가 조금 지났을 뿐인데도 홀은 벌써 손님이 가득 찼다.

"예약하셨습니까?"

한복 차림의 종업원이 다가와 물었을 때 조철봉이 불쑥 말했다.

"사장한테 직접 예약했는데, 나 조철봉이라고 해요."

"예, 잠깐만요."

종업원이 서두르듯 몸을 돌리더니 옆쪽 방안으로 들어갔다.

"장사 잘되지 않습니까?"

그것 보라는 듯이 갑중이 주위를 둘러보며 말했을 때였다.

"오셨어요?"

방에서 분홍색 한복 차림의 오세은이 나왔다. 환하게 웃는 모습이다.

"특실로 안내해드려."

종업원에게 이른 세은이 갑중에게도 머리를 숙여 보이더니 다시 웃었다.

"미리 전화라도 해 주시지."

"내가 무슨 대단한 사람이라고."

종업원을 따라 조철봉은 복도 끝 방으로 들어섰다. 조철봉의 저고리를 받아 옷걸이에 건 세은의 표정은 밝았다.

"상 차려 올게요. 한정식으로 하겠어요."

세은이 방을 나갔을 때 갑중이 말했다.

"괜찮은데요, 형님?"

"네 눈에는 다 괜찮겠지. 물론 하기 전에 말이지만."

조철봉이 빈정대듯 말했지만 생기를 띠고 있는 것을 갑중이 모를 리가 없다. 이윽고 종업원 둘이 양쪽에서 교자상을 들고 방안으로 들어섰는데 과연 산해진미였다. 뒤따라 들어온 세은은 상 옆에 앉아 시중을 들었다.

"모두 전라도 음식이에요."

세은이 젓갈과 전을 하나씩 설명해주면서 말했다.

"담가서 보내오지요."

"맛있군."

조철봉이 감탄했고 갑중도 머리를 끄덕였다.

"과연 소문대로군요."

"점심은 제가 사는 것으로 할게요."

세은이 말했을 때 조철봉이 눈을 크게 떴다.

"그래? 내가 얻어먹기만 하면 되겠어요? 내가 오늘 저녁에 술을 사지요."

된장찌개를 한 모금 삼킨 조철봉이 느긋한 표정으로 세은을 보았다.

"내가 이렇게 맛있는 점심은 난생 처음 먹어보는 거요. 오늘 밤에 한잔 단단히 사겠습니다."

"그러죠 뭐."

세은도 선선히 동의했다.

"오늘 밤에 조철봉 씨하고 데이트를 하죠 뭐."

세은이 방을 나갔을 때 갑중은 이맛살을 찌푸린 얼굴로 조철봉을 보았다.

"왠지 두 분 분위기가 조금 이상한데요."

"뭐가 말이냐?"

갑중이 머리를 한쪽으로 비틀었다.

"들뜬 분위기여야 정상인데 어쩐지 두 분 눈치가 딱딱하게 느껴져서 말입니다."

"살벌해?"

"예, 제 느낌이."

"내가?"

"아닙니다. 저 여자도."

"저게 석녀란다."

불쑥 말을 뱉은 조철봉이 주위를 둘러보고는 목소리를 낮췄다.

"그런데 몸은 따라주지 않지만 마음은 굴뚝인 모양이야. 그래서 서경윤이가 나한테 붙여준 것인데, 아예 안 될 줄 알고."

조철봉이 입만 딱 벌리고 있는 갑중을 향해 쓴웃음을 지어보였다.

"아주 고약한 여자가 걸렸단 말이다."

"얘, 왔다 갔어."

조철봉과 갑중이 식당을 떠났을 때 오세은이 핸드폰에 대고 말했다.

"오늘 저녁에 술 산단다."

"그래?"

수화구에서 울린 목소리의 주인공은 서경윤이다. 경윤이 궁금한 듯 물었다.

"어디서 만나기로 했는데?"

"문라이트호텔 바에서."

"응, 그곳 분위기 괜찮지."

경윤의 목소리가 은근해졌다.

"여자 술 먹이고 바로 방으로 끌고 들어가기 좋은 곳이야."

"그럼 어떻게 하지?"

"네가 알아서 해야지, 이젠."

"겁이 나."

"이것아, 그럼 왜 나한테 소개시켜 달라고 그런 거야?"

경윤의 목소리가 높아졌다.

"잘 나가다가 마지막 순간에 틀어버리면 어떡해? 한번 부딪쳐나 봐야지."

"글쎄 조철봉은 내 스타일이 아니라니까 그러네, 저질이야."

"그래?"

"아무래도 오늘 보디가드를 두 명 데려가야겠어."

"마음대로 해."

경윤의 목소리가 지친 듯 낮아졌다.

"보디가드를 두 명 데려가든 세 명 데려가든 말이야."

그날 저녁 8시가 되었을 때 세은은 문라이트호텔의 바로 들어섰다. 20평쯤 되는 바 안은 어둑했지만 안쪽에 앉아 있는 조철봉은 금방 눈에 띄었다.

"바 안이 환해지는 것 같군."

세은이 다가왔을 때 눈을 가늘게 뜬 조철봉이 감탄한 표정으로 말했다. 세은은 진주색 투피스 차림이었는데 미끈한 몸매에 잘 어울렸다. 조철봉의 시선은 아교처럼 끈적여서 찝찝하면서도 다른 한편으로 성적 자극이 전해져 오는 것이다. 탁자 위에는 이미 양주와 안주 접시가 놓여 있었으므로 조철봉은 세은의 잔에 술을 채웠다.

"뭐, 다 아는 처지니까 이젠 터놓고 이야기합시다."

조철봉이 잔을 쥐고 말했다.

"난 솔직히 당신을 처음 만났을 때 어떻게 한번 해보려고 마음을 먹었는데 지금은 포기했습니다."

한 모금에 양주를 삼킨 조철봉이 빙긋 웃었다.

"이유를 말씀드리지. 지난번에 내가 여자 경험이 없다고 한 건 거짓말이었습니다. 당신의 경계심을 풀어주려는 유치하지만 간단한 방법이었는데 실은 내가 여자 경험이 많아요."

그러고는 조철봉은 번들거리는 눈으로 세은을 보았다.

"여자를 두어 번만 보면 그 여자의 몸에 대해서 알 수 있는 경지는 되었지요. 자, 듭시다."

다시 술잔을 채운 조철봉이 건배하자는 듯 잔을 들어 보이더니 한 모금 삼키고는 말을 이었다.

"그런데 당신은 필이 오지 않아. 마치 조화에다 향수를 뿌린 것 같은 느낌이 온단 말이오. 만날수록 성적 충동이 작아지더니 지금은 전혀 느낌이 없어."

조철봉이 눈을 가늘게 떴을 때 세은은 자신도 모르게 들고 있던 양주를 한 모금에 삼켰다. 그러자 눈 주위가 금방 화끈거렸다. 조철봉이 머리를 한쪽으로 기울이며 말했다.

"왜 그럴까 하고 곰곰이 생각해도 영문을 모르겠어. 이런 느낌은 처음이니까 말이오."

그때 잔에 다시 술을 채운 세은이 쓴웃음을 지은 얼굴로 조철봉을 보았다.

"그럼 오늘 밤은 안심해도 되겠네."

조철봉은 잠자코 세은을 보았다. 세은은 지금 양주를 석 잔째 마시고 있다. 양주를 몇 잔 마시느냐가 중요한 것이 아니다. 세은은 벌써 마셔버린 것이다. 조철봉은 지금까지 한 번도 이런 수단을 써보지 않았다. 별놈의 사기를 다 쳤지만 여자는 이런 방법으로 유혹하지 않았던 것이다. 그러나 오늘은 예외였다. 사기가 먹히지도 않는 데다 이미 전력이 다 밝혀져서 여자는 선입견을 갖고 방어막을 쳐놓았다. 더구나 시간 여유가 없는 상황이다. 세은이 흐린 눈으로 조철봉을 보더니 웃었다.

"조철봉 씨, 달아오르지 않아서 다행이라구?"

바 안은 어둑한 데다 서너 팀의 외국인 남녀가 떠들썩해서 조금 어수선한 분위기였다. 조철봉은 느긋한 표정으로 술잔을 들었다.

"그래, 다행이야."

그러나 세은은 이미 흥분제를 마셨다.

세은이 오기 전에 세은의 잔에다 물에 녹인 흥분제를 발라 놓았던 것이다. 그래서 세은은 술에 섞인 흥분제를 깨끗이 세 번이나 헹궈 마셨다.

"아아암."

갑자기 세은이 어깨를 비틀면서 손으로 입을 가렸다. 하품을 한 것이다.

"아이, 피곤해."

"그래?"

조철봉이 은근한 시선으로 세은을 보았다.

"남자 만날 때 피곤하다면서 하품하는 건 실례야, 알고 있어?"

"흐흥, 알아."

그러면서 세은이 다시 손으로 입을 가리더니 하품을 했다. 눈이 조금 감기면서 다시 상체가 비틀렸다.

"내가 부축해줄까?"

조철봉이 몸을 일으켜 세은의 옆쪽에 앉았다. 그러고는 허리를 당겨 안고 낮게 말했다.

"이봐, 정신 차려. 술 석 잔 마시고 왜 이래?"

"글쎄, 내가 왜?"

그러다가 퍼뜩 머리를 든 세은이 눈을 치켜떴다.

"아, 미치겠어."

"방에서 조금 쉬었다 가지그래?"

"미쳤어?"

내쏘듯이 말했던 세은이 번쩍 손을 들었다. 그러자 입구 쪽에 앉아 있던 세 사내가 일제히 자리에서 일어서더니 다가왔다.

"예, 사모님."

"나, 갈 거예요."

"예, 사모님."

보디가드였던 것이다. 두 사내가 세은의 양쪽 팔을 부축하고 자리에서 일어섰으므로 조철봉은 의자에 등을 붙였다. 세은은 바를 나오자 머리를 흔들었다. 그러자 조금 정신이 나는 것 같았다.

"사모님, 방에서 잠시 쉬었다 가시는 것이."

앞장섰던 보디가드가 걱정스러운 표정으로 세은을 보았다. 그러나 다시 세은이 머리를 떨구자 보디가드는 결심한 듯 두 사내를 보았다.

"너희들 여기서 기다려."

세은은 사내의 목소리를 귀에서 아련히 들으면서 두 사내에게 부축당한 채 복도에 서 있었다. 머리는 몽롱했지만 온몸은 뜨거웠다. 이런 기분도 처음이다.

양팔을 쥐고 있는 두 사내의 손가락 감촉도 생생하게 느껴지고 있다.

"미안해요."

머리를 떨군 채 세은이 겨우 말했을 때 사내 하나가 대답했다.

"아닙니다, 사모님. 과음하신 건데요 뭐."

더운 숨만 뱉는 세은에게 사내는 말을 이었다.

"걱정하지 마십시오, 사모님. 저희들이 문 앞에서 지키고 있겠습니다."

그때 다른 사내의 목소리가 울렸다.

"키 가져왔습니다. 조금 쉬고 가시지요."

방으로 들어선 세은은 먼저 옷부터 벗어던졌다. 온몸에서 열이 났기 때문이다. 팬티와 브래지어 차림이 된 세은은 침대에 쓰러지듯 엎어졌다. 머리가 지끈거리면서 입으로는 뜨거운 숨을 뱉어내고 있었다.

양주를 석 잔 마셨을 뿐인데도 이런 현상이 오는 것에 아직 이상하다는 생각은 들지 않았다. 다만 뭔가 아쉽고 허전했다. 조금 전에 자신을 양쪽에서 부축했던 경호원들의 억센 손가락 감촉이 지금도 팔에 생생하게 남아 있는 것이다. 눈을 감은 세은은 온몸을 비틀었다. 그러자 열기가 뻗치면서 저도 모르게 가는 신음이 터져 나왔다.

"아아, 미치겠어."

천장을 향하고 누운 세은은 브래지어를 거칠게 벗겨내고는 젖가슴을 두 손으로 감싸 안았다. 젖꼭지는 이미 팽팽하게 곤두서 있어서 건드리면 소리가 날 것만 같다. 세은은 젖꼭지를 손가락으로 애무했다.

그러자 엉덩이가 치켜 올라가면서 하체가 꼬였다. 눈을 감은 세은은 곧 조철봉의 얼굴을 떠올렸다. 조철봉이 거대한 남성을 마치 창처럼 내세우고 다가왔다. 세은은 팬티를 벗어던지고는 샘에 중지를 넣었다.

"으으음!"

신음을 뱉은 세은의 손가락 움직임이 빨라졌다.

"힘껏 해줘. 더 세게."

세은이 비명 같은 외침을 뱉었다.

"어서, 여보."

그때였다. 바로 머리 위에서 낮은 헛기침 소리가 났으므로 세은은 눈을 떴다. 그러고는 기절할 듯 놀라 입을 딱 벌렸다. 눈앞에 조철봉의 얼굴이 떠 있었기 때문이다.

"아악!"

정말로 비명을 지른 세은이 벌떡 상반신을 일으켰지만 그것은 마음뿐이었다. 조철봉의 팔에 어깨를 눌린 세은이 다시 침대 위로 눕혀졌다.

"뭐, 다 보았으니까 부끄러울 것 없어."

이제는 하반신을 비틀며 세은이 일어나려고 했으므로 조철봉의 손이 허벅지를 눌렀다. 그 순간 세은은 허벅지를 덮은 조철봉의 손바닥 촉감에 굳어져 버렸다.

"화를 낼 것도 없어. 불필요하게 에너지만 낭비될 뿐이니까."

조철봉이 정색한 얼굴로 말을 이었다.

"계속하라고 말하고 싶지만 그렇게는 안 될 것 같으니까 대신 내가 해줬으면 하는데."

"당신, 정말."

얼굴이 빨개졌다가 금방 하얗게 된 세은이 헐떡이며 말했다. 조철봉이 침대 끝에 걸터앉아 있었으므로 세은은 겨우 시트를 당겨 가슴과 샘만 대충 덮었다. 어떻게 이곳에 들어왔느냐 또는 이게 무슨 짓이냐는 등 해댈 말이야 얼마든지 있겠지만 이런 상황에서 조철봉의 말마따나 에너지만 소모될 뿐일 것이다. 조철봉이 시트 속으로 손을 넣더니 세은의 젖꼭지를 부드럽게 만졌다.

"황홀한 몸이더군."

조철봉이 낮게 말했을 때 세은은 눈을 감았다. 저절로 어금니가 물려졌지만 젖꼭지에 짜릿한 자극이 오면서 순식간에 발가락 끝까지 내려가 발끝을 잔뜩 안쪽으로 오므리게 만들었다.

"경호원 생각은 잊는 게 나을 거야. 내가 매수해서 벌써 돌아갔으니까."

조철봉이 한 손으로 아랫배를 쓸어내리면서 말했다. 세은은 낮게 신음하면서 하체를 비틀었다. 온몸의 피부에 거머리가 달라붙은 것 같은 느낌이 오면서도 손길을 떨치기가 싫은 것이다. 그러고는 아랫배를 맴돌고만 있는 조철봉의 한쪽 손이 더 밑으로 내려가 주기를 간절하게 원하고 있다. 세은은 거칠게 몸을 흔들었다.

세은이 마신 이른바 최음제는 2인분이었다. 최갑중한테서 얻은 지 3년쯤 된 것인데 한꺼번에 술잔에 넣어 버렸으니 세은은 즉 2회분을 한 번에 마신 셈이 될 것이다. 조철봉으로서는 최음제를 여자한테 먹여본 경험이 없다. 범법 행위이기 이전에 비겁한 짓이었기 때문이다. 이것은 강간이나 다를 바 없는 것이다.

하지만 세은의 사연을 듣고, 그러고는 이중적인 행동을 겪고 나서 최음제는 이런 경우에 사용해야 되겠다는 생각이 든 것이다. 즉 세은에게 최음제는 지난날의 악몽 같은 기억을 제거해주는 역할과 함께 그것 때문에 파생된 현재의 부자연스러운 행동을 바로잡는 명약이 될 것이었다.

조철봉의 얼굴은 세은의 머리 위쪽으로 30센티쯤의 거리에 떠 있었으니 가장 영향력이 있는 간격이었다. 배를 쓰다듬던 조철봉의 손길이 세은의 도톰한 아랫배로 조금씩 미끄러져 내려갔다.

"다 잊어버려. 그저 내 손끝만 느끼면서 다음 행동을 상상해보란 말이야."

조철봉의 낮고 굵은 목소리가 마치 신내림을 받은 영험한 무당처럼 방안에 울렸다. 세은은 다시 눈을 감았다. 그렇지 않아도 조금 전에 조철봉의 얼굴을 떠올리며 손끝으로 샘을 건드렸던 세은이다.

"너는 나를 간절하게 기다리고 있는 거야. 지금 네 샘은 가득차고 싶어서 몸부림이 일어난다."

조철봉이 낮게 말했을 때 세은은 신음을 뱉으면서 몸부림을 쳤다. 바로 샘 위까지 내려왔던 조철봉의 손끝이 맴돌기만 하고는 샘에 다가오지 않는 것이다. 조철봉이 머리를 숙이더니 세은의 젖꼭지를 입안에 넣었다. 그 순간 화들짝 놀라 눈을 떴던 세은이 조철봉의 혀가 젖꼭지를 감아 돌렸을 때 저도 모르게 신음했다. 이런 느낌은 처음이다. 마치 뱀 같이 유연한 혀가 끈적이며 젖꼭지를 친친 감는 느낌이 든 것이다.

"아아, 넣어줘."

세은이 마침내 비명처럼 말했다.

"뭐해? 나 미치겠어."

그러나 조철봉의 손가락은 샘으로 다가오지 않았다. 가파르게 오르내리는 세은의 아랫배만 왕래하고 있을 뿐이다.

"너는 느낌만으로도 절정에 오를 수가 있을 거야. 넣을 필요까지는 없어."

젖꼭지에서 입술을 뗀 조철봉이 더운 숨을 가슴에 뱉으면서 말했다. 그리고는 두 손으로 세은의 겨드랑이에서 허리로 그리고 무릎까지 천천히 훑어 내려갔다. 마치 도자기를 마지막으로 쓸어 만드는 도공처럼 손길이 부드러웠고 조심스러웠다.

"너는 이미 절정에 올라왔어. 더 이상 길게 하면 오히려 느낌이 나빠져."

조철봉이 말하자 세은이 눈을 떴다.

"싫어, 넣어줘."

"넌 감당할 수 없을 거야."

그러면서도 조철봉은 몸을 일으키고는 옷을 벗어던졌다. 세은의 시선을 받은 채 셔츠와 팬티까지 벗고 금방 알몸이 된 조철봉이 물었다.

"네가 날 만족시킬 수가 없을 것이라는 말이야."

세은은 눈을 크게 뜨고는 눈앞에서 건들거리는 조철봉의 검붉은 철봉을 보았다. 이런 경험은 처음이다. 아직도 몸이 비비 꼬이는 상황이어서 눈앞에 떠 있는 거대한 철봉을 보자 맹렬한 갈증 같은 욕망이 일어났다. 그래서 저도 모르게 두 손을 뻗쳐 철봉을 감싸 쥐었다.

"해줘."

세은이 헛소리처럼 말했다.

"내가 만족시켜 줄 거야."

"그만둬."

조철봉이 한 걸음 물러서자 빈손이 된 세은의 얼굴이 일그러졌다.

조철봉이 되지도 않는 말을 길게 뱉으면서 세은의 애간장을 태우는 것은 서경윤으로부터 들은 정보 때문이다. 세은은 고등학교 때 강간을 당한 후에 석녀가 되었다고 했는데 마음은 굴뚝같지만 막상 행위 때가 되면 굳어진다는 것이다.

그래서 지금 질질 끌면서 기회를 노리는 중이었지만 최음제 효과 때문인지 세은의 반응은 보통 여자와 다르지 않았다. 조철봉이 한 발짝 물러서자 가슴이 내려앉는 표정을 지으면서 상반신을 일으키는 것을 봐도 그렇다.

"너, 정말 자신 있어?"

철봉을 건들거리면서 조철봉이 묻자 세은이 머리를 끄덕였다. 열심인 표정이다.

"자신 있어."

"날 만족시킬 수가 있단 말이야?"

"있어."

21세기에 이른 작금에 있어서 이런 대화가 어디에서 오가겠는가? 5백 년 전에 왕이 후궁한테도 이렇게 물어보지는 못 했을 것이었다. 그러나 그야말로 눈이 뒤집힌 세은이 절실하게 약속했고 조철봉은 다가갔다. 침대에서 세은을 안았을 때 조철봉이 부드럽게 말했다.

"그럼 정상위로 시작하지, 어때?"

세은이 엉겁결에 머리만 끄덕이더니 편하게 엉덩이를 잘 붙이고 자세를 만들었다. 천하의 조철봉으로서도 잘하고 자시고의 기준은 상대방의 분위기와 반응에 따라 정답이 여러 개가 나올 때도 있는 것이다.

따라서 여자가 자신을 만족시켜 주었느냐 어쩌느냐 따위를 평가한 적은 단 한 번도 없다. 말할 필요도 없이 세은의 샘은 진즉에 넘쳐나서 밖은 식어가는 중이었으므로 준비작업도 필요 없었지만 조철봉은 신중했다. 무릇, 남녀를 불문하고 섹스에서 가장 중요한 순간을 순서대로 꼽으라면 첫 번째가 처음에 철봉을 삽입할 때의 순간이 될 것이다.

그것은 첫 섹스의 첫 순간일 때의 감격에서부터 시작하여 30년간 같이 산 마누라하고의 섹스에서도 그 첫 순간은 언제나 아름답고 벅찬 것이다. 그래서 조철봉은 그 첫 순간을 나름대로 만끽하는 습성을 길러왔고 그것이 여자에게도 상당한 효과를 거두었다.

조철봉은 정상위의 자세를 취하고 있는 세은의 샘에 철봉을 붙이고는 잠시 움직임을 멈췄다. 아까부터 헛소리까지 섞어 철봉을 찾던 세은은 철봉이 닿는 순간 감전이나 된 듯이 몸을 굳혔는데 숨까지 죽였다.

그러자 다음 순간에 철봉은 샘 주위를 산책하기 시작했다. 양쪽 골짜기를 타고 오르내리더니 샘 위쪽의 작은 바위에도 몇 번 머물렀다가 다시 내려왔다. 그러자 세은의 샘이 다시 넘쳐나기 시작했다. 세은은 어느덧 두 손으로 조철봉의 목을 감아 안고 있었는데 철봉의 산책에 발걸음 하나까지 예민하게 감시하며 반응했다.

철봉이 골짜기 위쪽의 작은 바위에 몇 번씩 미끄러지며 오르내렸을 때에는 숨이 끊어질 듯한 신음을 뱉다가도 아래쪽으로 내려오면 기대감에 온몸이 굳어지는 것이었다.

"아, 좋아."

조철봉의 목을 힘껏 안은 세은이 귀에 대고 헐떡이며 말했다.

"이렇게 좋은 줄 몰랐어."

"너만 좋으면 안 되지."

조철봉이 마음에도 없는 소리를 했을 때 세은이 갑자기 손을 내리더니 철봉을 움켜쥐었다.

"이제 그만 넣어줘."

세은이 간절하게 말하면서 철봉을 샘 안으로 끌어들였다. 그러자 조철봉이 허리를 들어 철봉을 빼내었다. 이제 세은이 석녀가 아니라는 것은 분명해졌다. 그러나 주도권은 아직 이쪽에 있는 것이다.

"기다려, 난 아직 준비 안 됐어."

세은은 지금처럼 간절하게 철봉을 기다린 적이 없다. 조철봉이 떨어져 나갔을 때 세은의 가슴은 다시 절망으로 내려앉았다. 약 기운은 이미 최고 수준으로 상승되었으며 조철봉이 쓸고 간 온몸에는 아직 거머리들이 달라붙어 꿈틀거리는 중이다.

"오늘은 너 혼자서 즐겨봐."

"조철봉이 세은을 내려다보면서 말했다.

"평소에 해온 것처럼 말이야."

"아니, 왜?"

서로 홀딱 벗고 있는 마당에 체면을 따진다면 위선자거나 정신병자일 것이다. 눈을 크게 뜬 세은이 상반신을 일으켰다. 풍만한 젖가슴이 출렁이며 흔들렸다.

"정말 왜 그래? 날 이렇게 만들어놓고."

"내가 널 어떻게 만들었다고 그래?"

"다 계획적이잖아?"

세은이 젖가슴도 가리지 않고 침대에 앉아서 조철봉을 보았다. 달아오른 얼굴에 눈동자가 번들거리고 있어서 요염한 모습이었다.

"내 술에다 약까지 탔잖아?"

"알고 있었구면."

놀란 듯 조철봉이 눈을 치켜뜨자 세은이 아랫입술을 물었다가 풀었다.

"다 알고 있어. 내가 고용한 경호원도 매수했다면서? 다 계획적이잖아? 그런데 왜 그만둬?"

"그래, 정상적인 상황에서 해보려고 그런다, 왜?"

"지금 해."

"아직 약 기운이 남아 있는 모양인데."

"그까짓 것 상관할 필요 없어."

그리고 세은이 번들거리는 눈으로 조철봉의 철봉을 노려보았다.

"하고 싶어, 지금 당장."

"난 기분이 안 나. 비록 철봉이 내 의지와는 다르게 흔들거리고 있지만 말이야."

쓴웃음을 지은 조철봉이 힐끔 흔들거리는 철봉에 시선을 주었다.

"다음에 하고 싶을 때 연락해. 그때는 두말하지 않고 널 안을 테니까."

방바닥에 널린 팬티와 셔츠를 주워 입은 조철봉이 3분도 되지 않아서 양복 차림이 되더니 멀쩡한 모습으로 세은을 다시 보았다. 그때는 세은도 침대에 다시 누워 시트를 목 밑까지 끌어올리고 있었는데 천장을 향한 표정은 차분했다.

"오늘은 서로 벗고 상견례를 한 것으로 치자고. 아주 화끈했어."

조철봉이 세은의 옆모습을 보면서 말을 이었다.

"너한테 마음은 있지만 그렇게 절실하게 하고 싶은 생각이 없었다는 걸 오늘 겪어봐서 알았을 거다."

그리고 조철봉이 히죽 웃었다.

"남자가 물건을 세우면 곧장 밀고 들어간다고 생각하는 건 오산이야."

세은이 힐끔 시선을 주었을 때 조철봉의 목소리가 낮아졌다.

"다음에 기회가 오면 이것저것 따지지 않고 편하게 섹스를 할게. 오늘은 너하고 나 사이에 액땜 굿을 한 것으로 치자고."

"잠깐만."

세은이 불렀으나 조철봉은 몸을 돌렸고 방문을 나올 때까지 더 이상 부르는 소리는 들리지 않았다. 계획적으로 세은의 호텔방까지 따라간 것은 사실이다. 약을 먹인 후에 미리 경호원 셋을 매수해서 호텔방의 키까지 넘겨받고 방으로 들어갔던 것이다.

그러나 막상 약에 취한 세은이 몸부림치는 모습을 보고 나서 섹스 과정은 보류했다. 이것이 조철봉의 진면목인 것이다. 섹스는 서로가 원할 때 이루어지면 아름답다. 서로 사랑하는 관계라면 더 아름답다. 약에 취한 여자에게 철봉을 넣는 것은 하급이다.

다음 날 아침 조철봉이 회사에 출근했을 때 어김없이 서경윤으로부터 전화가 왔다.

"어떻게 되었어?"

경윤이 대뜸 물었으므로 조철봉은 쓴웃음을 지었다. 경윤이 관심을 보이는 것은 조철봉과 세은을 위해서가 아니었다. 냉정히 분석하면 조철봉은 계륵이다. 먹자니 먹을 것도 없고 버리자니 아까운 닭갈비 같은 존재일 것이다.

"이야기 해줄 테니까 나와라."

"그래, 어디로?"

"극동호텔."

그러자 경윤이 숨 한 번 쉴 동안 가만있다가 대답했다.

"알았어."

"그럼 11시에 커피숍에서."

어젯밤 일을 오세은이 이야기했다면 제정신을 가진 여자가 아닐 것이다. 따라서 경윤은 세은으로부터 신통한 이야기를 듣지 못하고 전화를 했을 가능성이 많았다. 조철봉이 커피숍으로 전화를 했을 때는 11시 5분이다. 커피숍에다 전화를 해서 서경윤을 찾은 것인데 전화를 받은 경윤의 목소리는 그럴 줄 알았다는 듯이 퉁퉁거렸다.

"나 807호실이다. 일루 와."

조철봉이 대뜸 말하자 경윤은 대꾸도 없이 전화기를 내려놓았다. 그러더니 정확하게 7분이 지났을 때 문에서 벨 소리가 났다. 조철봉이 방문을 열자 경윤은 시선도 주지 않고 방으로 들어오더니 소파에 앉았다. 조철봉이 웃음 띤 얼굴로 경윤을 보았다.

"우리는 이런 관계가 어울리는가 보다."

"시끄러."

경윤의 기색도 크게 불편하거나 불쾌한 것 같지가 않다. 앞쪽에 앉은 조철봉이 지그시 경윤을 보았다.

"내가 네 남편이었을 때보다 지금이 더 멋있게 보일거야, 그렇지?"

"남의 말 하고 있네, 제가 그러는 것 같구만."

"간통 전문이란 말이야."

그러자 퍼뜩 눈을 치켜떴던 경윤이 흐흥 하고 웃었다.

"우린 같은 부류란 말이지?"

"같이 살면 백발백중 어긋나지만 각각 임자를 만나면 누구 못지않게 잘 사는 인생이 되지."

"그래서 난 임자를 만났으니까 당신이나 어서 잡아봐."

정색한 경윤이 조철봉을 보았다.

"그래서 어젯밤에 어떻게 되었어?"

"먼저 한 잔 마시고."

자리에서 일어선 조철봉이 냉장고로 다가가며 물었다.

"뭘 마실 거야?"

"오렌지주스."

냉장고에서 오렌지주스 캔을 꺼낸 조철봉이 경윤 앞에 놓인 빈 잔에 주스를 따르고는 자리에 다시 앉았다.

"어젯밤 호텔방에 데리고 들어갔어."

조철봉이 말하자 경윤이 눈을 둥그렇게 떴다.

"정말? 빠르네, 재주도 좋아."

"그래?"

"계속해봐."

주스를 두어 모금 삼킨 경윤이 재촉했다.

"그래, 했어?"

"진하게 했지."

"걔, 괜찮아?"

"뭐가?"

"뭐긴 뭐야?"

갈증이 나는지 경윤이 남은 주스를 단숨에 삼키고는 조철봉을 노려보았다.

"어떻게 했느냐니깐?"

"여자가 달아오르더군."

"달아올라?"

경윤의 이맛살이 찌푸려졌다.

"석녀가?"

"당연하지."

조철봉이 심각한 표정으로 경윤을 보았다.

"석녀가 아니라 철녀라도 달아오르게 되어 있었어. 걘 말 두 마리가 발정날 만큼의 홍분제를 먹었거든."

"뭐야?"

소스라치게 놀랐던 경윤이 곧 상반신을 반듯이 세웠다. 두 눈이 번들거리고 있었다.

"그, 그러면 홍분제를 먹였단 말이야?"

"그래. 모르게."

"그래서 어떻게 되었어?"

"호텔방으로 데려갔지."

"홍분제 먹이면 그냥 따라와?"

"그래, 온몸을 비비 꼬면서 얼른 해달라고 정신이 없어."

"어머, 어머, 어머."

"그래서 방으로 데려갔지."

경윤이 다음 말을 기다리며 침을 삼켰을 때 조철봉은 소파에 등을 붙였다.

"방으로 들어가자마자 오세은이는 옷을 벗어 던지더구만."

그러고는 조철봉이 생각났다는 듯한 얼굴로 경윤을 보았다.

"아침에 연락해 봤어?"

"응, 했는데."

침을 삼킨 경윤이 몸을 비틀면서 겨드랑이를 긁었다.

"바쁘다면서 조금 있다 전화해준다고 하고는 연락 안 왔어."

"뭐, 할 이야기도 없겠지."

"그냥 했어?"

"뭘?"

"아니, 그거 말이야."

경윤이 붉어진 얼굴로 조철봉을 보았다.

"빨리 말해 봐."

"홀랑 벗은 채 누워서 빨리 넣어달라고 하더군."

조철봉이 눈을 가늘게 뜨고 경윤을 보았다.

"실습해보게 너도 한번 누워볼래?"

"미쳤어?"

경윤이 붉어진 얼굴로 침을 삼켰다. 그러고는 이번에는 허리를 긁었다.

"너도 하고 싶지?"

320

그러면서 조철봉이 자리에서 일어나 먼저 바지부터 벗었다. 그러자 치솟아 오른 팬티가 드러났고 곧 조철봉은 팬티까지 벗어던졌다.

"내가 이러고 서 있으니까 오세은이가 해달라고 울더군."

조철봉이 허리에다 힘을 주자 철봉이 저격수가 겨눈 총구처럼 위아래로 흔들렸다.

"애원을 했어, 넣어달라고."

그때 경윤이 다시 몸을 비틀더니 침을 삼켰다. 그러나 시선은 조철봉의 철봉에서 떨어지지 않았다.

"어때? 벗지 않을 거냐? 너한테는 넣어줄 테니까 벗어."

조철봉이 말하자 경윤이 홀린 듯이 자리에서 일어섰다. 그러고는 스커트와 블라우스를 바닥으로 떨어뜨리며 벗었고 곧 브래지어와 팬티까지 벗어던진 알몸이 되었다. 경윤이 조철봉에게 물었다.

"누워?"

"그래."

경윤은 다소곳하게 침대로 다가가 누웠다. 그러고는 열기 띤 눈으로 다가온 조철봉을 보았다.

"어서 해줘. 미치겠어."

"기분이 어때?"

"당신 말 한 마디마다 온몸이 떨려. 온몸이 근질거려 미치겠어."

경윤이 두 팔을 벌려 조철봉의 목을 감아 안았다.

"그냥 넣어줘, 어서."

그러고는 허리를 불끈 올렸으므로 하마터면 철봉이 샘에 빠질 뻔했다. 조철봉은 심호흡을 했다. 경윤의 잔에도 흥분제를 바른 것이다. 이번에는 말 한 마리분이다.

조철봉이 이번에도 먼저 와 기다리면서 주스 잔에다 흥분제를 발라 놓은 것은 약을 먹은 상대방의 반응을 알아보려는 의도였다. 그래서 일 회분만 발라 놓았는데 효과는 좋았다. 여자가 다급하게 재촉하는 상황 이 되었을 때 균형 감각을 제대로 갖춘 남자일 경우에는 대개 차분해지 는 법이다. 그래야 밸런스가 맞지 않겠는가? 서둔다고 재촉하는 대로 덥석 넣었다가 끝났을 때 귀싸대기를 맞는 경우가 많은 것이다. 그러나 그것은 여자가 정상적인 조건일 때의 균형 감각이었다. 조철봉의 철봉 이 진입했을 때 경윤의 입에서 터져 나온 신음은 한 번도 듣지 못한 것 이었다. 그만큼 크고 굵어서 다른 사람처럼 느껴졌을 정도였다. 그리고 다음 순간 조철봉의 얼굴은 딱딱하게 굳어졌다. 경윤의 몸도 다른 사람 처럼 느껴졌기 때문이다. 우선 철봉을 감아 죄는 탄력이 달랐고 운동이 새로웠다.

"아앗!"

조철봉이 서너 번 움직였을 뿐인데도 경윤의 몸은 절정으로 치닫고 있었다. 샘은 강렬하게 수축 작용을 반복했으며 신경 세포는 최대한으 로 예민해진 상태여서 다시 조철봉이 서너 번 더 움직였을 때 폭발해버 렸다. 경윤은 절규 같은 신음을 뱉으면서 온몸을 굳혔는데 만족도는 최 상인 것이 분명했다. 온몸이 활처럼 굽어졌다가 곧 새우처럼 웅크린 자 세를 두어 번 반복하더니 마침내 조철봉의 몸을 빈틈없이 팔다리로 휘 감고는 앓는 소리를 냈다.

"대단하다."

조철봉이 경윤의 귀에 대고 속삭였다. 이쪽은 허리 운동을 십여 번밖에 하지 않아서 숨도 가쁘지 않았다. 경윤이 앓는 소리를 내며 헐떡이다가 한참 만에야 허리를 비틀었다. 그러더니 아직 철봉이 샘 안에 있는 것을 느끼고는 다시 신음했다.

"나, 이렇게 좋기는 처음이야."

경윤이 앓는 소리로 말했다.

"정말 오늘 내가 왜 이러지? 밑의 감각도 다른 것 같아."

"흥분한 모양이다. 오세은이 이야기 듣고 말이야."

"그것도 그렇지만."

다시 허리를 비틀어 철봉을 느껴본 경윤이 신음했다.

"오늘 그것이 더 커진 것 같아."

"네 샘이 더 예민해진 것 같은데."

"그것도 그래."

경윤이 다시 허리를 흔들더니 숨소리가 더 가빠졌다.

"또 해줘. 이번에는 내가 위에서 할게."

그러더니 몸을 비틀었으므로 조철봉은 밑으로 누웠다. 경윤이 상반신을 세우더니 턱을 치켜들었다.

"아아, 좋아."

한낮이어서 창문을 통해 햇살이 환하게 비치고 있었지만 아무도 상관하지 않았다. 경윤은 승마를 하듯이 천천히 몸을 움직이기 시작했다.

"오늘 왜 이렇게 좋은지 모르겠어."

신음과 함께 경윤이 띄엄띄엄 말을 뱉었다.

"너무 좋아, 자기야."

조철봉은 다시 경윤이 절정으로 솟아오르고 있다는 것을 알 수 있었다. 약효는 이것으로 증명이 되었다. 여자의 성감도를 높여줌으로써 절정에 빨리 오르게 하는 것이다. 이쪽에는 거의 피해가 없다. 갑자기 경윤의 신음이 높아지더니 털썩 상반신이 엎어졌으므로 조철봉은 허리를 움켜쥐었다.

"이봐, 한 거야?"

그러나 경윤은 대답하지 않고 몸을 늘어뜨렸다. 그 순간 조철봉은 눈을 부릅떴다. 이건 무엇인가? 이것도 복상사인가?

"이것 봐, 일어나."

경윤을 밀치고 일어선 조철봉이 다급하게 소리쳤다. 그러나 경윤은 벌거벗은 몸을 침대 위로 기묘하게 웅크린 채 움직이지 않았다. 조철봉은 경윤을 반듯하게 눕히고는 가슴에 손바닥을 대었다. 그러나 당황한 터라 오른쪽 젖가슴 위에 짚었다가 다시 왼쪽에 붙였다. 경윤의 가슴에서 박동이 잡히지 않았다.

"큰일 났다."

경윤은 숨도 쉬지 않고 있는 것이다. 자리를 차고 일어선 조철봉이 전화기를 손에 쥐었다가 내려놓았다. 우선 옷부터 입어야겠다는 생각을 한 것이다.

"아, 이거."

얼굴이 하얗게 굳어진 조철봉이 팬티를 찾아 꿰면서 혼잣소리를 했다. 그러고는 다시 경윤에게 다가가 어깨를 흔들었다.

"이봐, 이봐."

그러고는 언뜻 영화에서 본 장면이 떠올랐으므로 가슴을 두 손바닥으로 누르기 시작했다. 10번쯤 누르고 나서 경윤의 입에 대고 숨을 불어

넣었다. 그러나 기대를 갖고 하는 행동은 아니다. 세 번쯤 그렇게 반복하고 나서 조철봉은 몸을 일으켰다. 온몸이 땀으로 범벅이 돼 있는 데다 이제 불안감으로 가슴이 터져나갈 것 같았던 것이다.

조철봉은 다시 전화기를 쥐었다. 그러고는 다이얼을 눌렀을 때였다. 뒤쪽에서 신음 소리가 들렸으므로 조철봉은 소스라쳤다. 머리를 돌린 조철봉은 경윤의 늘어졌던 손이 침대 위에서 움직이는 것을 보았다.

"어!"

전화기를 내동댕이친 조철봉이 경윤에게로 덤벼들었다. 경윤이 눈을 뜨고 조철봉을 올려다보았다.

"야, 깼어?"

"응?"

경윤이 무슨 말이냐는 듯 가늘게 묻더니 어깨를 웅크렸다.

"아이구, 추워."

조철봉이 시트를 당겨 경윤의 알몸을 덮었다.

"왜 그래?"

경윤이 덤벙대는 조철봉에게 물었다.

"나한테 무슨 일이 있었어?"

"니가 갔잖아?"

와락 말을 뱉었던 조철봉이 힐끗 경윤의 눈치를 보았다.

"홍콩에 말이야."

"내가 아까 위에서 했던 건 기억이 나는데."

경윤이 눈을 깜박이며 조철봉을 올려다보았다.

"그 후부터는 기억이 안 나."

"글쎄 홍콩에 갔다 왔다니까."

"그럼 내가 기절한 거야?"

눈을 크게 뜬 경윤이 시트로 가슴을 감으며 다시 물었다.

"하다가 기절했어?"

"그렇다니까?"

조철봉이 이맛살을 찌푸렸다.

"그것 하다가 기절해버리는 경우는 처음 당했다, 정말 황당하네."

"내가 숨도 안 쉬었어?"

"글쎄 죽은 줄 알았다니까."

조금 여유가 생긴 조철봉이 손을 뻗어 경윤의 샘에 넣었다.

"얼마나 좋았으면 하다가 그냥 가버리는 거야? 완전히 복상사하는 줄 알았네."

"여자가 복상사를 해?"

경윤이 다리를 꼬아 조철봉의 손을 샘 안에서 잡고 말했다.

"오늘 정말 좋았어, 자기야."

"나도 좋은 경험했다."

정색한 조철봉이 은근한 목소리로 말했다.

"모두 네 덕분이야."

앞으로는 세상없어도 흥분제는 사용하지 않을 것이다. 좋은 경험이다.

전주식당 오세은은 그날 이후로 일주일이 지나도록 연락이 없었고 조철봉 또한 전화도 걸지 않았다.

서경윤으로부터도 어떤 언질이 없었으므로 조철봉은 이렇게 시간이 지나가다 잊히는 것이라고까지 생각하게 되었다. 그렇다고 오세은에게 연락해서 만날 생각도 일어나지 않았다.

인연은 억지로 만들어지는 것이 아니다. 인연은 아주 우연히 일어나며 그래야 오래 지속된다. 흘러가는 대로 놔두는 것이 좋은 인연을 위한 방법이 될 수도 있는 것이다.

그런데 8일째가 되는 날 저녁 무렵 최갑중이 찾아와 전주식당을 가자고 하는 바람에 둘 사이의 공백이 허물어졌다. 내막을 모르는 갑중이 전주식당 음식 맛을 보고 싶다면서 조철봉을 데려간 것이다.

오세은은 조철봉과 갑중을 반갑게 맞았는데 아무 일도 없었던 것 같은 표정이었다. 그러고 보면 그날 실제로 아무 일도 일어나지 않았으므로 조철봉도 금방 태연해졌다.

"오랜만에 뵙네요. 그동안 내부 수리도 하고 바빴어요."

세은이 방으로 안내하며 조철봉에게 말했다.

"그러지 않아도 오늘쯤 전화를 드리려고 했는데."

잠자코 세은의 검은 눈동자를 보면서 조철봉은 대답하지 않았다. 흥분제 2회분을 한꺼번에 먹고 해 달라면서 몸부림을 치던 여자같이 보이지 않았다.

그동안 베트남에 다녀온 갑중이 방에 둘이 남았을 때 은근한 시선으로 조철봉을 보았다.

"두 분의 분위기가 나아진 것 같은데요."

"같이 호텔방에 갔었으니까."

"역시."

"하지만 안 했다."

"역시."

"역시라니?"

이맛살을 찌푸린 조철봉이 갑중을 흘겨보았다.

"인마, 벗겨놓고 해달라고 사정하는데도 안 했단 말이다."

"그러니까 눈빛에 미련이 담겨 있었다는 말씀입니다."

그러고는 갑중이 머리까지 끄덕였다.

"역시 형님은 남다른 곳이 있으신 분입니다. 그런 상황에서도 안 하시다니."

"야, 소름끼친다."

조철봉이 입맛을 다셨지만 나쁜 기분은 아니다. 그러나 세은과 얽힌 사연은 갑중에게 말해주지 않았다. 흥분제를 사용한 것이 부끄러웠기 때문이다.

종업원 둘에게 상을 들린 세은이 다시 방으로 들어섰으므로 그들의 관심은 음식으로 돌려졌다. 세은은 조철봉의 옆에 앉아 시중을 들었는데 자연스러운 분위기였다.

"저녁 드시고 다른 약속 있으세요?"

게장을 찢어주면서 세은이 조철봉에게 물었을 때 갑중이 대신 대답했다.

"없습니다. 어디 술집이라도 갈 작정이었는데요."

"그럼 제가 한잔 살게요."

세은이 웃음 띤 얼굴로 갑중을 보았다.

"좋은 곳 아시는 데 있으세요?"

"그럼 나이트에 가시지요."

흘끗 조철봉에게 시선을 준 갑중이 은근한 목소리로 말했다.

"아주 분위기가 좋은 곳이 있습니다."

"어딘데요?"

"용궁나이트클럽."

"아, 이야기는 들었어요."

세은의 얼굴이 밝아졌다. 용궁은 바로 조철봉의 단골 클럽이다. 잠자코 젓갈을 씹으면서 조철봉은 갑중의 말을 들었다.

"어쨌든 저는 그곳에서 한 건 올려야겠습니다. 저만 혼자 놀 수는 없으니까요."

하긴 용궁만큼 자빠뜨리기 좋은 분위기의 클럽은 드물다. 여자들은 대부분 자빠질 준비들을 하고 오기 때문이다.

나이트라는 곳은 이제 만인의 사교하는 장소로 인정되었다고 해도 과언이 아니다. 10년 전만 해도 이러지 않았다. 20년 전에는 그곳에 들락거리는 남녀는 세균 덩어리 취급을 받았다. 작금은 인터넷에서 스와핑 동호회원을 모집하고 이혼이 전혀 부끄럽지 않은 세상이 되었다. 세상은 변한다. 미풍양속만 따지고 있다가는 소외당할지 모른다는 두려움도 일어난다.

조철봉이 용궁에 처음 발을 디딘 것은 5년 전이었는데 그때와 비교해도 지금은 세상이 달라졌다. 자주 오면서 맞춰가는 사람들은 덜 느끼겠지만 오랜만에 오면 감동을 받게 된다. 이제 나이트는 사교의 장소로 당당하게 인정받게 되었다.

조명도 밝아졌고 손님들의 모습도 전과는 달라졌다. 어색하거나 멋쩍은 태도는 찾아볼 수가 없는 것이다. 조철봉이 용궁에 들어섰을 때는 저녁 9시 반이었다. 9시 반이면 조금 늦은 시간이었지만 예약을 해놓은 터라 조철봉은 이층의 룸으로 안내되었다. 물론 오세은과 최갑중이 동행이다.

"나만 신경쓰면 돼."

자리에 앉자마자 갑중이 웨이터에게 말했다. 갑중도 안면이 있는 웨이터 100번은 경력이 20년인 노장이다.

"오늘 밤 찐하게 노실 겁니까?"

100번이 정색하고 묻자 갑중의 표정도 진지해졌다.

"학생이 어떻게 되는데?"

"3학년이 두 명 있는데 오늘 2차가 가능합니다. 하지만 그쪽 테이블 술값은 내주셔야 되겠는데요."

"그까짓."

"양주 비싼 것으로 두 병 마시고 있습니다."

"그거 술꾼들 아냐?"

"아닙니다. 제가 보장합니다."

"그리고 다른 학생은?"

"4학년이 서너 팀 있는데 물이 좋습니다."

"좋아, 그럼 선부터 보고."

신바람이 난 갑중이 호기 있게 말하더니 흘끗 조철봉을 보았다.

"저한테 신경쓰지 마시고 노십시오."

"이놈이 물 만난 개구리처럼 노는군."

입맛을 다신 조철봉이 옆에 앉은 오세은의 어깨를 자연스럽게 감싸 안았다.

"어디 너 노는 꼴이나 보자."

"방해는 하지 말아 주십시오."

갑중이 정색했다.

"사장님하고 같이 와서 좋은 꼴 본 적이 별로 없습니다."

그때 웃기만 하고 있던 세은이 불쑥 조철봉에게 물었다.

"자주 오시나 봐요."

"가끔."

조철봉이 웃음 띤 얼굴로 세은을 보았다.

"이곳에 오면 활력이 느껴지지, 욕망을 대부분 드러내놓고 있으니까."

"자극이 있어요?"

"물론이지."

그때 100번이 방으로 들어서더니 곧 여자 둘이 따라 들어왔다. 얼핏 보기에도 세련된 차림의 미인들이다.

"자, 여기 앉으시지요."

갑중이 서둘러 옆쪽 자리를 권했고 100번은 술잔에 술을 따라 여자들 앞에 놓느라 부산했다.

"혼자세요?"

여자 하나가 갑중에게 묻고도 흘끗 조철봉과 세은에게 시선을 주었다. 자기들은 둘인데 갑중 혼자냐고 묻는 것이다. 그때였다. 세은이 상반신을 세우더니 여자에게 말했다.

"아니, 여기 둘이에요. 저는 곧 갈 거니까 신경쓰지 마세요."

"아니, 그런."

당황한 갑중이 조철봉의 눈치를 보더니 100번에게 손을 저어 보였다. 여자들을 보내라는 신호였다.

"에이, 바꿔, 오늘 주빈이 누군데."

여자들이 일제히 일어난 것은 당연한 일이었다. 찬바람을 일으키며 여자들이 방을 나갔을 때 세은이 먼저 이맛살을 찌푸렸다.

"왜 그러세요? 둘 다 괜찮은데."

"아니, 그보다 나은 여자들이 얼마든지 있습니다."

그렇게 말한 것은 100번이다. 100번이 주름진 얼굴을 펴고 웃었다.

"잘 보내셨습니다. 제가 다른 여자를 데려오지요."

100번이 방을 나가자 조철봉이 웃음 띤 얼굴로 세은을 보았다.

"곧 갈 거라니 무슨 말이야? 그래서 갑중이나 100번이 놀란 것 아닌가? 가만있었다면 둘이 잘 수습을 했을 텐데."

그러고는 조철봉이 자리에서 일어섰다.

"우리도 나가서 춤이나 추자고. 기분전환도 할 겸."

세은이 잠자코 따라 일어섰으므로 그들은 아래층 플로어로 내려왔다. 마침 플로어에서는 블루스곡이 연주되는 중이었고 10여 쌍의 남녀가 엉켜 돌아가고 있었는데 붐비지는 않았다. 세은의 허리에 팔을 두른 조철봉이 두어 발짝 발을 떼고 나서 말했다.

"잘 추는군."

"거기도."

세은이 바짝 몸을 붙이면서 웃었다. 두어 발만 떼고 나면 상대방의 실력을 알 수 있는 것이다. 조철봉은 세은을 부드럽게 리드하여 플로어

안쪽으로 이동했다. 안쪽은 어두웠고 기둥이 있어서 외부의 시선이 닿지 않는 사각지대가 있는 것이다. 기둥 옆으로 왔을 때 세은이 이를 드러내며 웃었다.

"능숙하시네요."

그 순간 조철봉은 머리를 숙여 세은의 입술에 입을 맞췄다. 세은이 눈을 감으면서 몸을 붙여왔다. 그러고는 혀를 내밀어 조철봉의 입안을 휘저었다. 뜨거운 반응이었다. 조철봉은 기둥에 세은의 몸을 붙였다. 춤을 추던 한 쌍이 다가왔다가 그들의 등을 스치고 사각지대를 빠져나갔다. 조철봉이 허리를 흔들자 철봉이 세은의 샘 주위를 문지르고 지나갔다.

"으음."

조철봉의 허리를 당겨 안은 세은이 신음했다. 세은의 숨소리는 가팔랐고 뜨거웠다.

"못 참겠어."

세은이 헐떡이며 말했을 때 조철봉이 다시 철봉으로 밀었다.

"이곳에서 해보는 것이 어때?"

"미쳤어."

했지만 세은이 조철봉의 철봉을 받아들이려는 듯이 두 다리를 벌렸다. 조철봉이 철봉으로 세은의 하반신을 천천히 문질렀다.

"강한 쾌감을 얻게 될 거야."

"싫어, 방에서 해."

"넌 그런 방법으로 만족하지 못하는 것 같던데."

"내가 왜?"

퍼뜩 눈을 치켜떴던 세은이 곧 철봉이 부딪쳐 왔으므로 다시 헐떡였다.

"다 젖었어."

서경윤은 세은이 불감증 환자라고 했다. 고등학교 때 성폭행을 당해 그렇게 되었다는 것이다. 그래서 전남편하고도 성생활에 문제가 많았다고 했는데 지금 형편을 보면 정상인이나 같다. 지난번의 행태도 마찬가지였다.

"우리 방으로 가, 응?"

조철봉의 하반신에 몸을 딱 붙인 세은이 숨 가쁘게 말했다.

"지난번처럼 사람 감질만 나게 하지 말고, 응?"

마침내 조철봉이 머리를 끄덕였다.

"좋아. 방으로 가자."

방으로 돌아왔을 때 갑중은 보이지 않았다. 파트너를 만나 나간 것이 분명했다. 자리에 나란히 앉았을 때 세은이 먼저 조철봉의 철봉 위에 손을 얹었다. 환한 불빛을 받은 두 눈이 번들거렸고 얼굴은 상기되어 있었다.

"미치겠어."

세은이 입술만 달싹이고 말했을 때 조철봉은 어깨를 당겨 입술을 붙였다. 기다렸다는 듯이 세은이 두 팔로 조철봉의 목을 감아 안으며 입을 벌렸다. 다시 세은의 젤리같이 달콤한 혀가 조철봉의 입안으로 빨려 들어왔다. 세은의 호흡이 더 가빠졌고 몸은 더욱 밀착되었다. 그때 조철봉이 입술을 떼고 세은에게 속삭였다.

"섹스한 지 얼마나 되었어?"

"몰라."

"말해봐, 참고로 할 테니까."

"뭘 참고로 해?"

세은이 몸을 비틀면서 말했을 때 조철봉은 스커트를 들치고 팬티 속으로 손을 넣었다. 그러자 곧 질퍽하게 젖은 세은의 샘과 만났다. 너무 젖어서 팬티는 이미 흥건했고 샘 주위까지 번져 나와 있었다. 조철봉이 팬티를 벗겨 내었을 때 세은은 다리를 들어 벗겨 내는 것을 도왔다. 이미 두 눈은 초점을 잃었고 호흡이 가빠져 제 정신이 아니었다.

"여기서 할까?"

조철봉이 묻자 세은은 대답 대신 혁대를 두 손으로 푸느라 허둥대었다.

"좋아."

마침내 조철봉은 앉은 채 바지를 벗어 내리고는 세은을 위에 앉혔다. 그동안 세은이 조철봉의 목을 안은 채 몸을 맡겼는데 철봉이 샘 끝에 닿는 순간 움칫했다. 조철봉이 세은의 허리를 당겨 안으면서 낮게 말했다.

"네가 위에서 해야 되는 거야, 알지?"

"몰라."

세은의 대답이 간단했으므로 조철봉은 쓴웃음을 지었다. 조철봉은 철봉을 세은의 샘 안으로 천천히 진입시켰다. 그러자 세은이 신음 소리를 뱉으면서 두 손으로 조철봉의 어깨를 움켜쥐었는데 어느덧 상반신이 굳어 있었다. 조철봉은 세은의 허리를 당겨 안았다. 그것은 세은의 샘 안에 더 깊게 들어가려는 의도였다. 그 순간 세은의 입에서 더 큰 신음이 터졌다. 그러나 세은은 조철봉의 어깨를 움켜쥔 채 꼼짝도 하지 않았다.

"이봐, 움직여."

조철봉이 세은의 귀에 대고 속삭였다.

"네 샘은 기뻐서 철철 넘치고 있단 말이다. 어서 움직여 달라고 아우성을 치고 있단 말이야."

그러고는 세은의 허리를 두 손으로 들어 올렸다가 내려놓자 신음 소리가 다시 일어났다. 그러나 아직 세은은 움직이지 않았다. 뚝 그친 것 같았던 숨소리가 배나 가빠지면서 조철봉의 어깨를 움켜쥐고는 있었지만 샘은 대못이 박힌 것처럼 요지부동이다. 그때 조철봉이 다시 세은의 귀에 대고 속삭였다.

"난 다 안단 말이다. 네 샘 주위의 모든 세포가 지금 좋아서 날뛰고 있단 말이야. 네가 억지로 움직이지 않고 있는 것을 저주하고 있다니까."

"무서워."

갑자기 세은이 훌쩍이며 말했으므로 조철봉이 다시 허리를 들어 올렸다가 내려놓았다. 그러자 세은이 신음을 뱉었고 샘 안의 세포가 수천 마리의 거머리처럼 꿈틀거리며 반겼다.

"네가 움직여."

조철봉이 차갑게 말하자 세은이 엉덩이를 들었다가 놓았다. 그러고는 신음을 길게 뱉더니 다시 엉덩이를 들었다. 어느덧 숨이 다시 가빠지고 있었다.

다시 엉덩이를 내려놓은 세은이 신음을 뱉더니 조철봉의 목을 두 팔로 감아 안았다.

"안 되겠어."

세은이 울음 섞인 목소리로 말했다.

"움직일 수가 없어."

"거짓말."

세은의 허리를 움켜쥔 조철봉이 입술을 비틀었다.

"네 몸은 끓어오르고 있는데도 네 입은 거짓말만 늘어놓고 있어."

"하지만 몸을 움직일 수가 없어."

비명처럼 세은이 말했을 때였다. 문이 열리더니 갑중이 들어섰다.

"어이구, 형님."

놀란 갑중이 엉겁결에 형님이라고 부르더니 엉거주춤 자리에 앉으려는 시늉을 했다. 갑중은 테이블 밑으로 가려진 조철봉과 세은의 하반신이 엉켜 있는 것을 아직 모른다. 그러나 방안의 심상치 않은 분위기를 눈치채고는 조철봉을 보았다. 그때였다. 세은은 문을 등지고 조철봉의 다리 위에 앉아 있었는데 갑자기 엉덩이를 들었다가 놓는 것이었다.

"어어."

놀란 탄성은 갑중의 입에서 터져 나왔다. 세은이 엉덩이를 드는 서슬에 하반신이 드러났기 때문이다.

"형님, 그럼 저는 나갔다가 오겠습니다."

갑중이 서둘러 말했을 때 세은이 다시 엉덩이를 들었다 내려놓으면서 이번에는 신음을 뱉어내었다. 그때 조철봉이 손을 흔들며 갑중에게 말했다.

"괜찮아, 여기 있어도 된다."

"하지만, 형님."

"다 아는 사이에 괜찮다니까."

그 사이에도 세은은 세 번이나 엉덩이를 움직였고 신음은 더 높아졌다. 조철봉이 갑중을 향해 한쪽 눈을 감았다가 떴다.

"끝날 때까지 여기 앉아 있어라."

"아니, 형님, 형님이야 괜찮으실지 모르지만 저쪽은."

"아니, 오히려 이쪽이 더 바라는 것 같다."

그 사이에 세은의 움직임은 더 격렬해졌다. 상반신을 들어 올리는 폭이 커졌으며 부딪치는 강도도 더 거칠어졌다.

"아아, 좋아."

신음 같은 탄성과 함께 세은이 소리쳤다. 그때서야 갑중이 눈치를 채고는 번들거리는 눈으로 세은의 뒷모습을 보았다. 갑중은 테이블 건너편에서 세은의 등을 바라보며 앉아 있는 것이다.

"그렇군요. 이제 알겠습니다."

"아아, 미치겠어."

세은의 흥분은 더 고조되었다. 움직임도 더 커졌고 신음도 높아졌다. 소리치듯 말한 세은이 격렬하게 몸을 흔들었을 때 갑중이 감탄한 듯 말했다.

"오늘 진짜루다가 좋은 구경을 하게 되었습니다, 형님."

그 순간 세은이 절정에 올랐다. 샘이 수축되면서 몸이 경직되기 시작했으므로 입을 딱 벌린 채 경련이 일어났다.

"홍콩으로 가신 모양이군요, 형님."

세은의 뒷모습을 노려본 채 갑중이 말했을 때 조철봉은 쓴웃음을 지어 보였다. 갑중이 나타나지 않았다면 세은은 엉덩이를 더 이상 들지도 않았을지도 몰랐다. 그렇다고 체위를 바꿔 이쪽에서 했다고 해도 세은이 호흡을 맞춰 주었을지 알 수도 없는 것이다.

그러나 요행히 갑중이 들어온 순간부터 세은의 성감은 정상으로 되돌아왔다. 노출증인지 또는 전에 겪은 경험 때문인지는 알 수 없었지만 갑중이 등 뒤에서 중얼거릴수록 세은은 더 흥분했다. 조철봉은 품에 안긴 채 늘어져 있는 세은을 내려다보고는 머리를 들었다. 그러고는 갑중과 시선이 마주치자 차갑게 말했다.

"너, 이제 나가봐."

갑중이 다시 방을 나갔을 때 조철봉은 늘어진 채 숨만 몰아쉬고 있는 세은의 몸을 추슬러 세웠다.

"그만 일어나."

"으응."

가늘게 신음을 뱉고 난 세은이 머리를 들고 조철봉을 보았다.

"나 기운이 하나도 없어."

"그럼 눕혀줄 테니까."

세은을 들어 옆자리에 눕힌 조철봉은 차분하게 옷을 입었다. 그러고는 물수건으로 세은의 하반신을 닦아 주었다. 소파에 길게 누운 세은은 조철봉이 몸을 닦아주자 눈을 조금 떴다가 다시 감았다.

세은이 눈을 뜬 것은 그로부터 10분쯤이 지난 후였는데 그동안 조철봉은 양주를 두 잔 마셨다.

그러나 아직 갑중은 돌아오지 않았다. 방에서 열을 받고 나갔으니 다른 곳에서 일을 저지르고 있는지도 모른다.

"나, 아까 처음으로 했어."

상반신을 세운 세은이 수줍은 시선으로 조철봉을 보며 말했다.

"난생 처음이야."

"처음 좋아하네."

조철봉이 이맛살을 찌푸렸다.

"네 샘에 들어가 보니까 마치 설악산 바위처럼 여러 명 이름이 쓰여 있던데."

"웃겨."

풀썩 웃은 세은이 눈을 흘겼다.

"내 그곳에 들어온 사람도 지금까지 다섯 명 미만이야."

"일주일에 다섯 명이라면 믿지."

"정말이야."

정색한 세은이 조철봉의 팔을 잡아 당겼는데 애교가 넘쳤다.

"난 한 번도 절정에 올라본 적이 없어."

그러고는 세은이 조철봉의 옆에 바짝 붙어 앉았다.

"아까는 정말 좋았어. 죽는 줄 알았어."

"네가 어떻게 해야 절정에 오른다는 건 알았다."

조철봉이 말하자 갑자기 세은의 눈 주위가 붉어졌다. 세은이 눈을 크게 뜨고 조철봉을 보았다.

"나 변태야?"

"변태라고까지는."

"갑자기 그 사람이 방안에 들어왔을 때 굳어졌던 몸이 풀렸어."

"그것 참 신기하군."

“나도 그래.”

“그럼 앞으로 저놈 데리고 다녀야겠다.”

“미쳤어.”

세은이 손을 뻗어 조철봉의 바지 위를 손바닥으로 쓸었다.

“난 남편하고 한 번도 절정에 올라보지 못했어. 삽입만 되면 몸이 굳어져 버리는 통에.”

“글쎄, 샘은 철철 넘쳐나고 있던데 몸이 움직여지지 않는단 말이야?”

“그렇다니까.”

길게 한숨을 뱉은 세은이 상기된 얼굴로 조철봉을 보았다.

“몸이 굳어지면서 자연히 샘도 말라버리는 거야.”

“그렇다면 넌 섹스할 때 셋이 필요하군.”

조철봉이 머리를 끄덕였다.

“이제 알게 되었으니까 돈 싸들고 남자 둘씩 사서 하면 되겠다.”

“시끄러.”

눈을 치켜뜬 세은이 바지 위로 철봉을 잡았으므로 조철봉의 몸이 오그라졌다.

“이제 내가 어떻게 하면 절정에 오르는 줄 알았으니까 앞으로 자기가 책임져.”

“얼씨구.”

“난 자기만 쫓아다닐 테니까.”

세은이 이렇게 된 것은 성폭행을 당한 것이 원인일 것이다. 서경윤 덕분에 조철봉이 알게는 되었지만 이런 방법으로 절정에 오를 줄은 전혀 우연이었다. 백날 연구해서 될 일도 아니었다.

다음 날 오전 10시경에 세은은 경윤의 전화를 받았다. 물론 상황이 궁금했기 때문이지만 경윤은 세은에게 조철봉을 소개시켜준 당사자다. 세은이 조철봉과 나이트를 간다고 보고까지 해준 터라 그 결과를 물어볼 만했다.

"어젯밤 어떻게 되었어?"

경윤이 대뜸 물었을 때 세은은 준비하고 있었던 것처럼 금방 대답했다.

"그저 그랬어."

"나이트가?"

"응."

"그냥 나이트에서 놀았니?"

"그럼."

"에이, 시시해."

그러고는 경윤이 혀까지 찼다.

"나이트까지 갔으면 당연히 2차로 옮겨야 정상 아냐?"

"그럴 필요도 없었어."

"왜?"

"진이 다 빠져서."

"에이, 내가 다 김이 빠진다, 애."

경윤의 말투는 밝다. 본인은 가라앉히려고 노력했겠지만 저도 모르게 밝아진 것이다. 그러자 세은이 말을 이었다.

"어쨌든 고맙다, 경윤아, 신경써줘서."

"그럼 그 사람 앞으로 안 만날 거야?"

"봐서."

세은의 말투가 내용과는 다르게 밝았으므로 경윤의 가슴은 가벼워졌다. 경윤에게 조철봉이란 존재는 들고 있자니 불편하고 버리자니 아까운 존재인 것이다. 그때 세은이 힘들게 말했다.

"나, 피곤해. 이만 전화 끊어."

"어, 그래."

측은해진 경윤이 얼른 전화를 끊었지만 세은의 말을 제멋대로 해석했을 뿐이다. 세은이 진이 다 빠졌다고 한 것을 김이 빠졌다고 들었다. 방에서 난생 처음으로 홍콩에 갔기 때문에 진이 빠졌다고 한 것이다. 그리고 세은은 경윤이 조철봉을 소개시켜 주었지만 버리자니 아까운 존재라는 것을 안다.

따라서 세은은 오늘부터 경윤과 철저하게 벽을 쌓고 지내게 될 것이었다. 그 예로 경윤이 명랑한 기분으로 청소기 코드를 꽂았을 때 세은은 조철봉에게 전화를 했다. 금방 경윤에게 다 죽어가는 목소리로 피곤하다고 할 때와는 전혀 다른 맑고 높은 목소리였다.

"자기야? 나예요."

우선 그렇게 부르고 나서 조철봉이 우물쭈물하자 금방 말을 이었다.

"저기, 조금 전에 경윤이한테서 전화가 왔는데 날더러 어젯밤 어떻게 되었느냐고 묻는 거 있지?"

"그래서?"

겨우 호흡을 맞춘 조철봉이 묻자 세은이 먼저 큭큭 웃었다.

"그래서 별일 없었다고 했더니 되게 좋아하는 거 있지? 그 기집애 심보가 그래. 그러니까 자기도 걔가 물으면 그렇게 대답해. 알았지?"

"응. 알았어."

조철봉의 얼굴에도 웃음이 떠올랐다.

"네 앞에서는 철봉이 일어나지도 않았다고 할게."

"어머, 그러면 안 돼."

놀란 듯 세은의 목소리가 굳어졌다.

"섰는데 내가 들어오지 못하게 했다고 하는 게 나아."

"제기, 내 철봉만 미안하게 만드는군."

"그렇게 해야 돼, 알았지?"

"알았어."

전화를 내려놓은 조철봉은 어깨를 들썩이며 소리 없이 웃었다. 곡절은 있었지만 이것도 해피엔딩이다. 사연이 길어지면 꼭 비극이 된다. 그러니 적당한 시기에 조절하는 것이 필요한 것이다.

<6권 계속>